潜文本的阐释与翻译

刘 早 ◎ 著

中国社会科学出版社

图书在版编目(CIP)数据

潜文本的阐释与翻译／刘早著．—北京：中国社会科学出版社，2019.7
ISBN 978-7-5203-4413-5

Ⅰ.①潜⋯　Ⅱ.①刘⋯　Ⅲ.①文学翻译-研究　Ⅳ.①I046

中国版本图书馆CIP数据核字(2019)第088603号

出 版 人	赵剑英	
责任编辑	任　明	
责任校对	王　龙	
责任印制	郝美娜	

出　　版	中国社会科学出版社	
社　　址	北京鼓楼西大街甲158号	
邮　　编	100720	
网　　址	http://www.csspw.cn	
发 行 部	010-84083685	
门 市 部	010-84029450	
经　　销	新华书店及其他书店	
印刷装订	北京君升印刷有限公司	
版　　次	2019年7月第1版	
印　　次	2019年7月第1次印刷	

开　　本	710×1000　1/16	
印　　张	16.5	
插　　页	2	
字　　数	270千字	
定　　价	85.00元	

凡购买中国社会科学出版社图书，如有质量问题请与本社营销中心联系调换
电话：010-84083683
版权所有　侵权必究

目 录

第一章 绪论 …………………………………………………………（1）
  第一节 研究的起源 ………………………………………………（1）
  第二节 国内外研究现状 …………………………………………（2）
    一 文本分析的研究现状 ………………………………………（2）
    二 潜文本的研究现状 …………………………………………（4）
  第三节 研究的意义 ………………………………………………（6）
  第四节 理论基础、研究方法和总体框架 ………………………（7）
第二章 文本及文本分析理论 ……………………………………（10）
  第一节 文本理论的若干方面 …………………………………（11）
  第二节 翻译导向的文本分析理论及其现状 …………………（42）
    一 德国功能主义翻译理论的文本分析理论 ………………（42）
    二 俄国文本翻译理论的文本分析模式 ……………………（46）
    三 交际理论学派的文本分析模式 …………………………（50）
    四 国内当代的几种文本分析模式 …………………………（51）
  小结 ………………………………………………………………（54）
第三章 文艺文本的分析途径 ……………………………………（56）
  第一节 文本分析的心理过程 …………………………………（56）
  第二节 与文艺文本分析相关的因素及其类别 ………………（58）
    一 文本分析中与文本相关的因素 …………………………（58）
    二 文本分析中与人相关的因素 ……………………………（65）
    三 文本分析中与社会文化环境相关的因素 ………………（71）
  第三节 文本分析各因素的权重及因素间关系 ………………（79）
    一 文本分析各因素的权重 …………………………………（79）
    二 文本分析各因素之间的关系 ……………………………（82）
  第四节 潜文本阐释导向的文本分析模型 ……………………（85）

小结 …… (91)

第四章 俄罗斯小说中的潜文本构建方式 …… (93)
第一节 与潜文本阐释相关的理论观点 …… (93)
第二节 潜文本的类型界定 …… (96)
一 情感潜文本与规约潜文本 …… (96)
二 离散潜文本、恒常潜文本与潜文本框架 …… (100)
第三节 俄罗斯小说中潜文本的构建方式 …… (105)
一 情感潜文本的构建方式 …… (105)
二 规约潜文本的构建方式 …… (115)
三 恒常潜文本与潜文本框架的构建方式 …… (118)

小结 …… (119)

第五章 以文本分析阐释俄罗斯小说中的潜文本 …… (121)
第一节 19世纪俄罗斯小说中的潜文本及其阐释 …… (122)
一 莱蒙托夫小说中的潜文本及其阐释 …… (122)
二 果戈里小说中的潜文本及其阐释 …… (134)
三 契诃夫小说中的潜文本及其阐释 …… (141)
第二节 20世纪上半叶俄罗斯小说中的潜文本及其阐释 …… (148)
一 别雷小说中的潜文本及其阐释 …… (148)
二 布尔加科夫小说中的潜文本及其阐释 …… (160)
第三节 20世纪下半叶和21世纪初俄罗斯小说中的潜文本及其阐释 …… (166)
一 邦达列夫小说中的潜文本及其阐释 …… (166)
二 伊斯坎德尔小说中的潜文本及其阐释 …… (173)
三 佩列文小说中的潜文本及其阐释 …… (192)
四 伊里切夫斯基小说中的潜文本及其阐释 …… (200)

小结 …… (207)

第六章 俄罗斯小说中潜文本的翻译方法 …… (210)
第一节 潜文本翻译的伦理和原则 …… (210)
一 潜文本不显译 …… (211)
二 潜文本不漏译 …… (216)
三 潜文本不过度解读 …… (217)
第二节 潜文本翻译的方法和策略 …… (220)

一　情感潜文本的翻译方法 …………………………（220）
　　二　规约潜文本的翻译方法 …………………………（229）
　小结 ………………………………………………………（237）
结语 ………………………………………………………（239）

参考文献 …………………………………………………（244）
后记 ………………………………………………………（254）

第一章　绪论

第一节　研究的起源

俄国文学作品尤其是小说作品，长久以来一直受到中国读者青睐，是俄语语言文学研究、翻译研究以及文艺研究的重要客体。在经历解体所带来的文学低潮后，近年来一批俄罗斯经典作家的新风向作品以及新锐作家的新流派作品纷纷进入大众视野，在中俄政府间一系列推进文化交流的活动中，以及"一带一路"倡议政策的推动支持下，俄罗斯小说作品在中国文学市场的占有率缓步回升。譬如，2017年8月24日，俄罗斯当代知名小说家希施金（Шишкин Е. В.）在北京俄罗斯文化中心举办了《魔鬼的灵魂》《爱情守恒定律》两本小说中译本的新书发布会；同日与中国读者见面的还有话剧家、作家格利什卡韦茨（Гришковец Е. В.）带来的新译作品《衬衫》；又如，广西师范大学出版社在2017年8月再版了著名俄罗斯作家阿斯塔菲耶夫的《鱼王》一书，其中的两章曾因苏联的书报审查制度被删节，从未面世，在新版中以中译本的形式首次出现在全球读者面前；以及中文核心期刊《世界文学》杂志在2018年第一、二期推出"俄罗斯作家笔下的莫斯科"专栏，全面推介俄罗斯现当代优秀短篇小说；《芳草》文学期刊自2012年开辟"先锋俄罗斯／一带一路"专栏起，连续五年推介俄罗斯优秀中短篇小说，向中国读者介绍了索尔仁尼琴（Солженицын А. И.）、邦达列夫（Бондарев Ю. В.）、伊斯坎德尔（Искандер Ф. А.）、托尔斯塔娅（Толстая Т. Н.）、佩列文（Пелевин В. О.）等人的小说作品。俄罗斯文学译作的逐渐回温给中国的文艺学研究、俄语语言文学研究，特别是翻译研究带来了大量崭新的文本材料和译例。

在这些文本材料中，我们常常可以见到俄国文学作品中频发的一种现象，即潜文本现象，它又被称为潜台词、言外之意等。它表现为显性文本之下出现一个或多个含义分层，具有相应语言能力和超语言学知识的读者可以将这种隐藏含义解读出来，识别出其中的情感和信息。潜文本现象既可以由特定大小的文本片段的语义来隐性地表达，也可以通过特殊的文本结构、标点符号来间接地表达。普什卡廖娃（Пушкарёва Н. В.）认为，狭义上的潜文本可以定义为：各类作品中似曾相识的，用于理解文本含义的表现形式；而在广义的条件下潜文本指的是，烘托某个客体的特点或者某个特定时代的文化现象，并作为其现实化手段的审美文化背景。[①] 由该定义可以看出潜文本在文学作品中的重要性，其所具有的隐性含义是文本内容、语用功能和作者交际意图的重要组成部分。

因此，在俄国文学作品的解读中，无论是原文读者、译文读者，还是身兼原文读者和译文作者身份的翻译人员，主动搜寻并阐释每一处潜文本的含义，是"模范"读者的重要任务之一，更是"模范"译者的根本任务之一。可以说，以俄罗斯小说翻译为客体，研究文本分析视角下的潜文本阐释问题，是对当下俄国文学回温的一种正面回应，也是其必然要求。

第二节　国内外研究现状

潜文本是文本的组成部分，是文本字面下的潜在成分，它无法脱离文本独立存在。因此在研究潜文本时，不可避免地要对文本进行分析研究。换而言之，潜文本研究的首要途径是文本分析。

一　文本分析的研究现状

广义的文本分析法多种多样，有符号学分析法、社会学分析法、解构主义分析法、"新批评"法等。但针对翻译领域的文本分析方法种类并不多。20世纪70年代末，德国学者凯瑟琳娜·莱斯（Katharina Reiß）和汉斯·弗米尔（Hans J. Vermeer）首先提出要在翻译中进行文

[①] Пушкарёва Н. В., *Подтекстовые смыслы в прозаическом тексте*, СПБ.：Филологический факультет СПБГУ, 2012, стр. 16.

本分析，创建了"目的论"（Skopostheorie）理论，他们所提出的功能文本类型理论，根据交际功能把文本划分为信息功能、表达功能和感召功能三大文本类型。其后20年，德国人克里斯蒂安·诺德（Christiane Nord）又在功能文本类型理论的基础上，提出了翻译导向的文本分析模式。该模式强调对源文本的充分理解和准确阐释，解释语言、文本结构及源语言系统规范的关系，为译者选择翻译方法和策略提供可靠的基础。诺德的文本分析模式将源文本中的语言和非语言因素分为文外因素和文内因素：文外因素包括发送者、发送者意图、接收者、媒介、交际地点、交际时间、交际动机、文本功能八个方面；文内因素包括主题、内容、预设、文本构成、非语言因素、词汇、句子结构、超语段特征八个方面。

在当代俄国，有阿列克谢耶娃（Алексеева И. С.）提出的四步文本分析方法：首先收集超文本信息；其次确定来源、受众和目的；再次分析信息组成及其密度；最后建立交际任务公式。有布朗德斯（Брандес М. П.）提出的三阶文本分析方法：第一阶段，仔细地多次阅读文本，弄清文本的共同体裁、语体特征；第二阶段，分析文本言语结构形式，得出其言语特点；第三阶段，在以上两阶段的框架内分析文本的具体的文本语言。

在国内翻译研究领域，有胡谷明提出的文本分析模式。该分析模式包括文本分析方法和对应的翻译策略。胡谷明的文本分析方法包含四个方面：第一，分析文本中句子的语义连接方式；第二，分析文本中句子的句法连接方式；第三，分析文本的散文段构成；第四，分析文本的叙述类型。在提出四方面文本分析模式后，胡谷明进一步给出文学翻译的策略：首先是从整体上把握原作。整体把握原作既包括对宏观上的社会文化背景（социально-культурный фон）的把握，也包括对文本内的微观上下文（микроконтекст）的把握。其次，文学翻译中应以散文段为基本翻译单位，以保证全面准确地理解原文，从而精确地再现原作的风格特征。

国内外国文学研究领域，有申丹提出的"整体细读"文本分析法，其中"整体"涉及作品的文内、文外和文间三个层面，即作品中各成分之间的关联；作品和语境的关联，包括对作者生平的考察；作品和相关作品的相似性与差异性，即互文性。同时"细读"也包括两个层面：

语言细读+结构细读，既关注遣词造句，又关注超出文字层面的叙事结构和叙事策略；局部细读+全局考察，即在细读局部成分时，仔细考察其在作品全局中的作用。国内还有黄秋凤提出，文本分析应当分为三个方面：语言学分析、文艺学分析、文化分析。此外，可见零星的期刊文章、硕士学位论文以诺德的功能主义文本分析模型为理论基础，分析具体文学作品或教学案例的文章。

综上所述，国内外现有的针对翻译导向的文本分析研究成果比较单薄。德国功能学派的文本分析法以目的论为核心，打破了对等理论的局限，提出了以目的性法则为准绳的文本分析方法，是当代西方翻译理论研究的重大突破。在实际操作中，该理论也存在不足之处：它过分强调翻译的目的，以及译者、译入语的目的，使译文忽略了原文的文体和美学特征，达不到应有的等同。俄国学者提出的文本分析法过于宽泛，罗列因子要素，但忽视权重以及各要素之间的关联，未给出详细可行的操作流程。中国学者提出的文本分析方法或倾向于广义的文学翻译研究，或倾向于文体学和叙事学研究，并不针对潜文本研究领域。综合现有的研究成果，可以发现翻译导向的文本分析研究，尤其是针对潜文本阐释的研究，不论是从深度还是从广度，都难以称得上详尽和透彻。

二 潜文本的研究现状

潜文本概念源于法国剧作家梅特林克（M. Maeterlinck）的"第二对话"。在梅特林克的观点中，"第二对话"是隐藏在无意义对话中的潜在思维、意识和情感①。梅特林克的这一思想在19世纪末与俄罗斯文艺文本出现了交集——在契诃夫和斯坦尼斯拉夫斯基的戏剧中，"第二对话"的艺术表现形式时常浮现。

在俄罗斯文艺研究领域，针对文艺作品中的潜文本阐释研究自20世纪下半叶开始成为热点。鲍里索娃（Борисова М. Б.）从戏剧文本的方向研究潜文本现象，她认为潜文本存在于词汇层级上，与具有审美作用的伴随含义紧密相关，与关键词和语气相关，与隐喻有关②。阿诺德

---

① Ронен О., "Подтекст", *Звезда*, No. 3, 2012.

② Борисова М. Б., "Подтекст в драме Чехова и Горького", *Норма и функционирование языковых единиц: межвуз. сб. науч. тр.*, Горький: Изд-во Горьк. Ун-та., 1989, стр. 111.

(Арнольд И. В.)则认为,潜文本作为一种言外之意(подразумевание),是在整个作品的宏观语境中实现的,与其相关的不是片段,而是作品的情节、主题和思想,因此在单个的话语层级上无法阐释潜文本的含义①。与阿诺德持相同观点的还有彼尔姆功能修辞学派的奠基人科任娜(Кожина М. Н.),她认为,潜文本是作者话语的深层含义,无法在文本的某一结构上完整表现,而需要从整个交际情景、交际结构的层面来进行理解和阐释。②

此外,俄国学者戈利亚科娃(Голякова Л. А.)从认知符号学的角度研究潜文本的理解和阐释。她认为,潜文本信息是文学作品中语义结构的主导因素,是作品的隐藏含义,它是作者影响读者观念系统的特定语言组织手法。③

最早提出要对俄国文学中的潜文本现象进行语言学研究的是阿基莫娃(Акимова Г. Н.)。她认为,阐释文艺文本中的潜文本必须研究其种类、词汇特点和句法特点,并提出了一个阐释潜文本的方向:在作者的言语中遇见不同种类的潜文本时,首先要确定其种类,其次分析其潜在的语义,最后确定潜文本与具体的句子结构之间的关系。④ 此外,俄罗斯语言学家凯达(Кайда Л. Г.)将潜文本与文本交际完整性联系起来,指出潜文本是作者特意编程并置入文本系统内的,使信息在传达中出现显性层面和隐性层面分层的效果。从语言学角度研究潜文本阐释的还有加利佩林(Гальперин И. Р.),他认为构成潜文本的主要文本单位是词汇,至于句法单位在潜文本构建中是否起作用的问题则未予以回答。普什卡廖娃也从语言学领域研究潜文本的阐释,她将俄罗斯文学作品中的潜文本分为情感潜文本和规约潜文本,并着重分析了情感潜文本可以表

---

① Арнольд И. В., "Импликация как приём построения текста и предмет филологического изучения", *Семантика. Стилистика. Интертекстуальность*: *СБ. Статьей*, СПБ.: Изд-во С. Петерб. Ун-та., 1999, стр. 77.

② Кожина М. Н., "Соотношение стилистики и лингвистики текста", *Филологические науки*, No. 5, 1975.

③ Голякова Л. А., "Проблема подтекста в свете современной научной парадигмы", *Вестник Томск. гос. пед. ун-та.*, No. 5, 2006.

④ Акимова Г. Н., *Новое в синтаксисе современного русского языка*, Москва: Высшая школа, 1990, стр. 101.

现的人类心理状态和情绪,还梳理了情感潜文本含义种类的发展脉络。

在国内,潜文本领域的研究分为几大方向。在叙事学方向上,申丹的《叙事、文体与潜文本——重读英美经典短篇小说》一书是潜文本研究的前沿成果。申丹指出,对于潜文本而言,任何解读都是特定社会历史语境中某一个体的一种分析结果,但文体学和叙事学的分析特点是紧扣文本,而文本具有客观性,因此可以根据文本事实在某种程度上判断对潜文本的阐释是否合乎情理。[1]

在翻译学方向上,有卢玉卿提出的"言外之意"翻译方法。卢玉卿在中国古典哲学中追根溯源,将言外之意分为含蓄式、寄寓式两种意向型言外之意,以及意象式、意境式两种审美型言外之意。[2] 以此为基础,卢玉卿从认知学角度分析言外之意的生成、构建和重构,并提出翻译言外之意实际上是翻译语境和语用预设,最终得出五种翻译文化预设的方法。此外,有许多学者根据某一部具体的外国文学作品或影视、广告作品,探讨其中的潜文本现象,尝试析出潜文本翻译的策略。

在戏剧研究方向上,"潜台词"理论也是研究客体之一,但多集中于潜台词在舞台艺术上的运用,对本研究无太多借鉴意义。

由上可见,国内外现有的潜文本研究呈现出百花齐放,但研究领域和方向分散的特点。针对俄罗斯小说中的潜文本研究成果不多,且大多止于现象和成因分析,没有进一步深挖其发展脉络、类型区分、构建手法和翻译方法等方面。综合现有的研究成果,可以发现俄罗斯小说中的潜文本阐释研究,尤其是针对潜文本翻译的研究,都有待进一步深入和拓宽。

第三节 研究的意义

对国内外文本分析的研究现状以及潜文本的研究现状进行梳理之后可以发现,在俄罗斯小说翻译领域,尚无一个针对潜文本的分析理论,以及基于该理论阐释潜文本的翻译方法。国内外现有的文本分析理论和

---

[1] 申丹:《叙事、文体与潜文本——重读英美经典短篇小说》,北京大学出版社2009年版,第12—13页。

[2] 卢玉卿:《文学作品中言外之意的翻译研究》,博士学位论文,南开大学,2010年。

潜文本理论，在某一历史阶段或某一研究方向上具有合理性以及实用性。具体到俄罗斯小说翻译方面，以及潜文本阐释方面，上述理论都略显乏力，在当前语境下，不足以完成俄罗斯小说翻译中的潜文本阐释任务。

本研究旨在构建一个针对俄罗斯小说翻译中潜文本现象的文本分析模式，在具体的翻译实践中验证该文本分析模式的有效性和适用性。而后以该文本分析模式为基础，研究各时期俄罗斯小说中的潜文本现象，研究其类型和构建手法，并最终得出潜文本的阐释方法和翻译方法。具有针对性的分析模式和具有可操作性的翻译方法可以为俄罗斯小说翻译活动提供理论支撑，也可以为翻译评价拓宽审视角度及提供新的理论依据和标准。

本研究以俄罗斯小说翻译实践为基础，总结出行之有效的文本分析模式和潜文本阐释、翻译方法，是对俄罗斯文学翻译活动回暖的正面回应。在中俄全面战略协作伙伴关系的背景下及"一带一路"倡议的推动下，中俄文化交流越发紧密，中俄文学互译活动方兴日盛。提炼、整合一个适应新文学形态的文本分析模式，以及基于该模式的翻译方法，可以适应当前中俄政治经济文化交流的语境，可以重新认识俄罗斯小说汉译的有效方法和途径，可借小说翻译中的潜文本研究来探讨文化在异国环境中的接受问题。此外，本研究可为俄罗斯小说的新译以及经典小说的重译提供理论指引，促使译者重新审视自己的翻译策略和方法，精进翻译技巧，还可以使译作读者更充分了解俄罗斯小说的阅读技巧。本研究对国家制定文学译介政策、促进中俄文化交流，也具有一定的积极现实意义。

第四节　理论基础、研究方法和总体框架

一

本研究运用文本分析理论中的潜文本理论作为理论基础，尝试引入已有的翻译导向的、文本分析导向的以及外国文学导向的相关理论，去粗存精，充分糅合并论证，将之作为本书自身理论架构的基础和支撑。

首先，引入德国功能学派的功能文本分类理论，将本书的研究范围

限定于具有表达功能的小说文本，排除具有信息功能和感召功能的非小说文本。其次，在文本分析理论方面，引入诺德的翻译导向文本分析理论、纽马克的交际理论、胡谷明的语篇语言学文本分析理论、申丹的文体叙事学导向的文本分析法等，集众家之长，提出本书的文本分析因素及模型。最后，在潜文本阐释理论方面，将主要基于普什卡廖娃的潜文本含义理论，将时序、门类厘清，并适当予以扩充。

本书所研究的方向前人涉及较罕，以上拟引入的理论，无法以其中某一个或几个作为全书理论基础或论述脉络。需要在前人理论中搜寻可用材料，以之为钢筋水泥，重塑全书理论框架。

二

本书将运用文献研究法、逻辑思维方法、模拟法（模型方法）、经验总结法等，对当前课题进行研究。首先，运用文献研究法对当前研究领域已有的科研文献成果进行收集，进而获得资料，全面正确地了解掌握当前领域的研究现状。同时大量阅读相关的文学作品，在其中搜寻可供分析的潜文本现象和其他语料。

其次，运用逻辑思维方法中的归纳和演绎、分析和综合方法，对获得的语料进行思维加工，从而去粗存精、去伪存真，初步揭示文本分析的因素种类、各因素之间的关系，以及潜文本阐释的内在规律。

再次，运用模拟法搭建一个阐释俄罗斯小说中潜文本现象的文本分析模型，并将该模型代入具体的俄罗斯小说文本中，验证其有效性。

最后，运用经验总结法，对当前研究中的具体情况进行归纳，使之系统化和理论化，总结出可在俄罗斯小说翻译中使用的潜文本阐释和翻译方法。

三

本研究由三个部分组成，分别为绪论、正文第二至六章、结论。

绪论部分介绍本研究的起源，包括俄罗斯小说翻译在当前中俄关系语境下的现状，介绍本研究领域的国内外研究现状，厘清其历史脉络、流派、发展和传承，并指出现有理论的长处与不足。然后引出本研究的理论意义和现实意义，介绍本研究的理论基础、研究方法、论文结构和创新点。

正文部分分为五章。第二章为文本及文本分析理论，主要论述文本理论的各个定义，分析文本的信息结构，尤其是其包含隐性信息的深层结构。而后引出文本分析理论，论述国内外现有理论的优缺之处。

第三章为文艺文本的分析途径。本章首先论述文本分析的心理过程，引出文艺文本分析相关的因素，包括与文本相关的因素、与人相关的因素以及与社会文化环境相关的因素。之后论述三大类八种文本分析因素的权重以及因素间的关系。最后搭建文本分析模型。

第四章为俄罗斯小说中的潜文本构建方式。本章首先论述国内外与潜文本阐释相关的理论，指出潜文本阐释理论与文本分析理论之间的紧密关系。而后明确潜文本分类标准，并对俄罗斯小说中的潜文本进行分类。再对每一类潜文本的构建方式进行详细论述，并在此基础上明确潜文本构建手法与文本分析因素之间的内在关联，将每种潜文本类型的构建方式与一种或多种文本分析因素建立了联系。

第五章为以文本分析阐释俄罗斯小说中的潜文本。本章以文本分析模型为基础，详细论述了 19 世纪至当代，包括莱蒙托夫、果戈里、契诃夫、别雷、布尔加科夫、邦达列夫、伊斯坎德尔、佩列文、伊里切夫斯基 9 位知名作家小说作品中的潜文本现象，解析每一位作家的潜文本构建手法以及潜文本含义种类，厘清其中发展和传承的脉络，在翻译实践中提出了总结潜文本翻译方法的必要性。

第六章为俄罗斯小说中潜文本的翻译方法和策略。本章首先论述了潜文本翻译的伦理和原则，根据潜文本翻译的三条原则，即不显译、不漏译、不过度解读，分别论述情感潜文本和规约潜文本的翻译方法，并佐以译例进行说明。

结论部分重新梳理第二至六章的理论脉络，意简言赅地展示全书的论证逻辑，进一步加强各章节间的联系性和紧密性。

第二章　文本及文本分析理论

在开始研究小说文本及其包含的潜文本之前，我们不可避免地需要面对几个问题，即什么是文本，文本具有哪些特征，这些特征怎样在语言层面上体现出来。在世界文学领域，各式各样的小说文本对这几个问题做出了不尽相同的回答。

譬如，俄罗斯后现代主义作家佩列文（Пелевин В. О.）在自己的小说集《拾遗：早期未发表作品》中收录了两篇作品：《十四行诗》和《水塔》。两篇作品虽然被作者一同归入短篇小说行列，但它们的表现形式与传统小说之间，甚至两者各自的表现形式之间，都存在巨大的差异。小说《十四行诗》在题目下引用了马雅可夫斯基的诗句"我引领自己军队的书页"[①]，而后是小说正文：十四行全部是由黑色扛枪小人图案组成的篇章，形制完全参照十四行诗的格式，只是以图形代替词语。小说《水塔》是由单词组成，但全篇只有一个句子，长度达13页。俄国学者阿基莫娃曾做过统计，这篇只有一个句子的小说包含2800余个单词，而这些单词又组成了266个述谓结构和多层主从复合句。[②]

依照符号学对于文本的宽泛理解，小说《十四行诗》可以认为是广义上的文本。符号学理论认为，任意具有意义的符号序列，任何交际形式都可以认作是文本。[③] 因此，佩列文根据特定格式排列出的，传达特定含义的十四行黑色小人便是符号学意义上的文本。从语言学的角度出发，小说《水塔》虽然形式特殊，但依旧属于狭义上的文本。这两篇

[①] Пелевин В. О., *RELICS: Ранее и неизданное*, Москва: Эксмо, 2005, стр. 7.

[②] Акимова Г. Н., "Водонапорная башня В. Пелевина-синтаксический нонсенс?", *Мир русского языка*, 2006, стр. 26.

[③] Николаева Т. М., *Лингвистический энциклопедический словарь*, Москва: Советская энциклопедия, 1990, стр. 507.

被归为一类，形态却截然不同的文学作品，迫使我们在研究伊始便面对文本的概念问题——术语"文本"究竟应当如何定义。

第一节 文本理论的若干方面

广义和狭义的文本定义

在人文科学的各个领域内，文本（текст）这一概念的理解存在广义和狭义之分。文本的广义符号学范畴所涉及的范围相当宽泛，一卷竹简，一段口述英雄史诗，一墙涂鸦，一曲乐律，一部电影，一场弥撒，甚至一个肢体语言，只要其具有某种含义，具备特定交际意图，便都可以视作文本。广义的文本作为研究客体，可见诸符号学、文化学、文学、社会学、艺术学、心理学等各学科各类学术著作。

关于文本的狭义定义，不同的学科、不同的学者对其有不同的阐释。譬如，著名语言学家、苏联科学院院士尼古拉耶娃（Николаева Т. М.）将文本定义为"语言符号的序列[①]"。洛特曼（Лотман Ю. М.）对文本的定义是："文本是完整意义和完整功能的携带者。假如区分文化研究者和文化携带者，那么从文化研究者看来，文本是完整功能的携带者；从文化携带者看来，文本是完整意义的携带者。"[②] 该定义是洛特曼从文化符号学的角度出发对文本概念进行的阐释，展现了自然语言与文本构成之间的充分和必要关系：文本可以由自然语言构成，但自然语言构成的并非全都是文本；文本不仅仅是由自然语言构成的，任何具有完整意义并表达完整功能的客体都是文本；同一文本可以由不同自然语言或某一自然语言的不同形式来构成。此外，洛特曼的定义实际上还界定了文本的最小规模，即具有完整意义并表达完整功能的客体。短至一个词语，长至一部百科全书，都可以成为文本，同时一个文本还可以作为另一整体文本的组成部分。

苏俄心理学家布鲁德内（Брудный А. А.）以尼古拉耶娃的定义为

[①] Николаева Т. М., *Лингвистический энциклопедический словарь*, Москва: Советская энциклопедия, 1990, стр. 507.

[②] Лотман Ю. М., *Семиосфера*, СПБ: Искусство-СПБ., 2001, стр. 506.

基础，从心理学和哲学角度对文本做出如下定义："文本是以时序展开的，表现某种内容或具有某种含义的，以可理解为原则的，并可以再现的，符号或形象的序列。①"由布鲁德内的定义可以推导出，一个符号序列想要成为文本，必须具有某种程度的可解读性，从而将读者推上了该解读过程的主体地位。

苏俄语言学家阿诺德从交际理论的语用角度出发，提及文本与非文本（нетекст）的边界，他认为要将"文本从非文本中分离出来……主要因素是交际任务，即其语用。在交际过程中用来完成特定交际任务的，即为文本，不符合该要求的则为非文本"②。这条界限的意义在于，它不仅从语用出发划定了文本范畴的边界，还同时划定了非文本范畴的边界，即除文本以外，不能完成交际任务的都是非文本。由此可以得出，猴子使用画笔进行涂写、婴孩拨弄琴弦、公路上留下的刹车印这类不含交际意图的，以及撕下的书页残片、故障硬盘中的无用数据片段、精神病患者的呓语这类无法完成交际任务的，都属于非文本之列。

英国著名语言学家韩礼德（M. A. K. Halliday）从系统功能语言学的角度阐述文本时指出：如果说句子是句法单位，那么文本则是语言的操作单位。韩礼德的观点中值得注意的一点是，他认为文本是一个功能语义上的概念，其大小并不起决定性作用。③

在词典和百科全书中也有关于文本的定义。比如，《俄语百科》一书中将文本定义为："文本是指按照语义联系联合起来的言语单位序列。④"该定义是比较明显的语义学定义。

由上可见，各学科对于文本概念所下的定义莫衷一是。每门学科，甚至每位以文本为研究客体的学者，都以自身的研究需要为根据，在各自的研究领域内为文本范畴划定边际。因此在当前语境下，即俄罗斯小

---

① Брудный А. А., *Психологическая герменевтика*, Москва：Лабиринт，2005，стр. 32.

② Арнольд И. В.，"Импликация как приём построения текста и предмет филологического изучения"，*Семантика. Стилистика. Интертекстуальность：СБ. Статьей*，СПБ.：Изд-во С. Петерб. Ун-та，1999，стр. 77.

③ Halliday M. A. K., *Explorations in the Functions of Language*, London：Edward Arnold, 1973, p. 107.

④ Филин Ф. П., *Руский язык. Энциклопедия*, Москва：Советская энциклопедия，1979，стр. 348.

说文本研究的领域内,我们同样需要为文本这一范畴做出界定。

(一) 文本的语言学定义

本研究的客体俄罗斯小说文本,是一种最常见、最普遍的文本类型。这种文本区别于影像文本、声音文本等,由特定的自然语言符号,即俄语语言文字构成,是一种书面文本。因此,本研究选择由广义的语言学领域入手来研究俄罗斯小说文本。首先,我们从语用、语义、认知、交际等各个方面对文本概念进行分析。

在语言学的各个分支中,对文本定义的表述都不尽相同。在语用学领域,阿诺德以是否具有交际功能为前提,区分了文本与非文本,进而给出了文本的定义:"在语言学意义上,文本是一系列以特定形态组合在一起的、非空的、有序的、完成交际任务的句子统一体。文本的规模可以等于,也可以大于该统一体。[1]"可以看出,在该定义中交际任务是基本因素,信息性、完整性和关联性是文本的主要属性。尤其值得注意的是,阿诺德指出文本的规模可以大于组成它的句子的规模,实际上是指,文本的信息性可以大于句子信息的总和,指出了纵深挖掘文本中的潜文本信息的可能。

俄罗斯语言学家库布里亚科娃(Кубрякова Е. С.)从语言学和神经生理学的接合处入手,从认知语言学方向上阐释文本概念。她在前人研究基础上,将符号序列、信息等经典论述纳入自己的文本理论,还创新地引入信息接收者这一角色。她认为,有信息就必定存在信息的接收者,接收者的任务是接受并解读信息。包含信息的文本渴望被解读,因此文本应当被视作这样一种作品,其结构、组织以及所有语言手段都是为了确保在接收者的心理活动中建立起思维模型,它还应保证接收者能够走出当前文本的边际,去搜寻阐释该文本的更多可能性。[2] 按照库布里亚科娃的观点,接收者思维活动的结果是解读文本和实现文本的功能。文本不仅与接收者思维结果相关,还会为接收者的思维过程导航。

---

[1] Арнольд И. В., "О понимании термина《текст》в стилистике декодирования", *Семантика. Стилистика. Интертекстуальность*: *СБ. статей*, СПБ.: Изд-во С. Петерб. Ун-та, 1999, стр. 157.

[2] Кубрякова Е. С., "О тексте и критериях его определения", *Текст*: *Структура и семантика*, Москва, Т. 1., 2001, стр. 77.

由此，库布里亚科娃对文本做出了定义："文本，是一种人们可以从中获取对于语言或者世界的一般性信息的，并由此做出理性推论的事物，文本不仅展示其内部现实存在的东西，还预示着潜藏在语义之下的东西①"。可以看出，库布里亚科娃也认为文本中存在两种等级的信息：显性信息和可以在思维过程中揭示的隐性信息。

俄罗斯语言学家瓦尔金娜（Валгина Н. С.）在阐述文本理论时，强调在文本形成和文本理解过程中都必须考虑人的因素。每个人类个体都具有独一无二的知识储备，而这种知识储备在文本生成与文本理解过程中扮演了重要角色。她指出，文本作为作者的言语思维活动的产物和读者言语思维活动的材料，首先是一种特殊形式的知识，即语言知识和背景知识。② 由此可以推导出，文本同时作为产物和材料的双重性质，不可避免地与其创作者和使用者相关，甚至可以说没有人的参与，语言符号就无法转化为承载信息的文本。瓦尔金娜在对文本进行论述时，提到了文本的一个特征："这种由材料构成的整体结构带有某种非材料的知识，而且这种知识并非总能以语言手段实现。"③ 这句话可以理解为，文本作者在构建文本的过程中运用了各类语言手段，使读者在解读文本时可以接收到额外的信息。

苏俄著名语言学家加利佩林（Гальперин И. Р.）认为："文本，是言语创作过程的产物，它具有完整性，体现为经过文学加工的书面文件，这种产物由主题和一系列特殊单位以各类词汇、语法、逻辑、修辞关系组成，具有特定的针对性和语用学宗旨。"④ 加利佩林的定义同样从语用学角度出发，将文本定性为具有特定语用任务的书面形式，并且文本的各成分间还存在不同层级的联系。该定义指出了在文本之中存在不同形式的信息：既有显性信息，也有运用特定单位时产生的隐性信息。

俄罗斯语言学家佐洛托瓦娅（Золотовая Г. А.）从交际理论出发，

---

① Кубрякова Е. С.，"О тексте и критериях его определения"，Текст：Структура и семантика，Москва，Т. 1.，2001，стр. 80.

② Валгина Н. С.，Теория текста，Москва：Изд-во Логос，2003，стр. 17.

③ 同上。

④ Гальперин И. Р.，Текст как объект лингвистического исследования，Москва：Изд-во КомКнига，2007，стр. 18.

指出"文本首先是含义，是人与人之间传递的讯息，含义是由交际意愿产生的，用各类语言手段表达出来，它可以是口头的也可以是书面的"。① 在佐洛托瓦娅的观点中，文本被视为言语的交际单位和含义单位，其大小是随机的，接收者也是随机的，是口头还是书面也并不重要，文本中所有语言因素的出现和语言手段的使用都以交际成功为核心准则。佐洛托瓦娅以交际途径研究文本概念，在该领域另辟蹊径，她将句子的句法模型、交际者的交际意图、文本策略等因素引入研究当中，重新审视上述因素在文本中构建的复杂含义层级。值得注意的是，佐洛托瓦娅认为文本不是作为孤立的语言现象存在的，而需要同时考虑到作者的交际意愿和读者阐释的结果。②

可以看到，上述的文本定义以及对文本特征的表述中，都将交际功能作为必备因素之一，同时还确立了文本构建和解读过程中人的因素的重要性。经由交际途径研究文本概念，不仅要考虑文本作者的观点，还要通过文本解读者的眼光看待问题。更重要的是，在语言学领域研究文本的学者们都对文本可能产生多个含义分层的现象加以关注，一些论著中还阐述了解读这种多层含义现象的可能性。

对上述已有的较为经典的文本定义进行梳理后，我们可以在自身研究领域内，即俄罗斯小说文本及其翻译的研究范围内，对文本这一概念提出界定：文本是言语创造过程的产物，具有特定意义和交际任务。它由文本创造者依据交际意图进行语言学和文学加工，并发送给接收者，由接收者根据自身信息储备进行解读。文本所承载的信息量并不受其自身规模的约束，文本在纵深尺度上的含义分层现象可能带来信息量的超载。

(二) 与文本相关的下位文本概念

在确定本研究中文本的概念及其相关特征后，还有少数从属于文本定义的下位定义在本书的叙述和论证中将会遇到，需要预先予以界定厘

---

① Золотовая Г. А., "Текст как главный объект лингвистики и обчения языку", *Русское слово в мировой культуре*: *Материалы X Конгресса МАПРЯЛ. Сб. Докладов*, СПБ.: В 2 т. Т. I., 2003, стр. 102.

② Пушкарёва Н. В., *Подтекстовые смыслы в прозаическом тексте*, СПБ.: Филологический факультет СПБГУ, 2012, стр. 22.

清。相关理论概念包括：元文本、互文文本、潜文本、前文本、上下文、文艺文本。

1. 元文本

在20世纪的语言学研究中，元文本（метатекст）概念开始进入人们的视野。"元"是指跳到一个系统之外对整个系统的观察①。话语可以分为信息本身和对信息进行注解的信息。因此，话语中便出现了文本与元文本的交织，这些元文本网络可完成各种各样的功能，它们解释文本的语义，链接其各类元素，加强巩固其效果等。譬如：

<u>现在我想谈一谈那些只在消除贫困的国家政策和计划</u>。[在过去15年里，那些有目标的计划——其中一些得到国际支持，为消除中国许多地区的贫困，改善医疗和教育条件做出了巨大的贡献。《八七扶贫攻坚计划》的目标是在2000年前消除中国的贫困，这是一项大胆的事业。尽管目前中国的贫困人口大大少于15年前的贫困人口，我们不应对达到这一目标的难度存有幻觉]。②

该文本片段中，下划线部分是讲述人对谈话内容的注解，方括号内是讲述人谈话的内容。前者是元文本，后者是文本本身。可以看出，元文本是对文本本身进行注解和解释的文本。

除此以外，文本的阐释、解码也会运用到元文本。在文本的阐释过程中，其含有的信息首先被解码，进而再被编码，原有的含义被再次打包封装，从而变为另一种形式，即元文本③。元文本在文本含义的形成过程中扮演着特殊的角色。它以一种句法构造现象出现在文本结构中，独立于文本的语义结构之外，将文本分为主要、次要两部分和主要信息、次要信息两种信息分层。因此，元文本实际上是一种互文元素，它

---

① 塔尔斯基：《语义性真理概括和语义学的基础》，《语言哲学》，商务印书馆1998年版，第28页。

② 转引自马国彦《元话语标记与文本自互文——互文视角中的篇章结构》，《当代修辞学》2010年第5期。

③ Чернейко Л. О., "Художественный текст как чтение и его филологическая интерпретация", *Текст. Структура и семантика. Доклады УШ Межвузовской конференции*, Москва, 2001, стр. 146.

互文的对象是当前文本内部的一处文本片段，互文动作是对其进行注解或评论。经由元文本的解释，读者可以关注文本内部被强调的部分，或发觉容易被忽略的潜文本、潜藏信息。

2. 互文文本

上文在论述元文本时提及了互文文本（интертекст）概念，又称互文性（интертекстуальность）、文本间性。在阅读或日常生活中，我们时常会遇到这类互文情况：两个或多个独立的，甚至相去甚远的文本之间存在某种联系。我们发觉这种暗藏的联系并不是通过分析文本的语言特点，而是基于背景知识和生活经验。互文文本在文学作品中尤为常见，它表现为一个文本对另一文本的引入或映射，二者之间的联系可以跨越时代和地域，跨越语种和体裁。

文本对其他文本的引入和映射，会在文本内和文本间形成两种特殊结构。首先，文本对其他文本的引入，会使后创作的文本内出现"文中之文"。在多数情况下，文中之文现象体现为引用或借用其他文本的某个片段。譬如，佩列文的长篇小说《"百事"一代》中，第五章名为"穷人"，第二章名为"穿裤子的云"，是作家借用陀思妥耶夫斯基的《穷人》和马雅可夫斯基的《穿裤子的云》的题名，为自己的小说章节命名。在极端情况下，可能会出现整章乃至整部作品的引用。例如，索罗金（Сорокин В. Г.）在小说《定额》的第三部中，将自己的短篇小说《瘟疫》全文插入叙事中。文中之文出现的地方，文本含义会出现分层，在表层意义之下会出现潜藏的含义。

其次，文本对其他文本的映射，会在文本之间形成文本聚合或文本联合的结构。两个具有互文性的文本，因为拥有相似的语言学特征（词汇、句法结构、语义结构等）或拥有类似的潜文本含义，在具备足够信息储备的读者心理活动中，这两个文本便具有了亲和性。这种亲和性会忽略文本创作时间的先后，换而言之，在读者发觉两个文本的亲和性时，哪个文本是源头、哪个文本是映射便已不再不重要。读者在阅读时的关注焦点是这种相似性的联系，并主动去搜索这种联系所带来的潜文本含义。譬如，佩列文在小说《"百事"一代》中引用过诗人茨维塔耶娃（Цветаева М. И.）的诗句：

Разбросанным в пыли по магазинам

（Где их никто не брал и не берет！）
Моим стихам, как драгоценным винам
Настанет свой черед①

译文：
我的诗句尘封在商店
（过去和现在都无人问津！）
可它们就像珍贵的美酒
终将会等来自己的时辰②

  小说中，主人公塔塔尔斯基原本一心热忱地投身于文学翻译事业，想将少数民族文学译介至俄语，然而苏联解体打破了文艺青年的文学梦。塔塔尔斯基将茨维塔耶娃的诗句套用在自己身上，将自己比喻为无人问津的美酒，改变了原诗追求美好崇高的风格，多了些许轻佻和戏谑，隐性表现了塔塔尔斯基游戏人间的生活态度。
  互文性会加深文本的含义深度，使其语义出现双层乃至多层结构，产生额外的潜文本含义，在纵深上丰富文本的信息含量。同时还可以看出，互文文本的出现使得读者主动去激活自身的信息储备，回忆引文或似曾相识的映射，寻找它们在经典作品或真实历史中的出处，以及它们与文本作者的生平经历、创作环境、历史事件等因素之间的联系，积极地参与到文本的解读中去。

3. 潜文本

  行文至此，前文已经多次出现隐性含义、潜在含义、潜文本含义这类表述。它们都与潜文本（подтекст）这一概念紧密相关，同时潜文本也是本研究的核心概念之一，需对其定义加以界定。
  潜文本这一术语常见于文艺学、剧作理论和语言学研究中。虽然名称不尽相同，有的称言外之意，也有的称潜台词，但指的都是同一种现象，即在字面（或话语）意思之下，还隐含有更深层次的含义。潜文本现象表现为一种语义的分层，在不改变文本规模的前提下拓展文本的

---

① Пелевин В.О., *Generation "П"*, Москва：Вагриус, 1999, стр. 16.
② ［俄］佩列文：《"百事"一代》，刘文飞译，人民文学出版社 2001 年版，第 7 页。

语义深度。这种分层可以是双层，也可以是多层，主观上取决于文本作者的交际意图，客观上受限于作者的语言文字功底、文学造诣和知识储备。

什么是潜文本，它有什么特征，该如何定义。针对这三个问题，古今中外许多学者在不同研究领域内给出了自己的论述。譬如，刘勰在《文心雕龙》中写道："隐也者，文外之重旨者也"，"夫隐之为体，义生文外，秘响傍通，伏采潜发"。刘勰的"隐"指的是文本之外的含义，字面之下的蕴涵，仿佛没有响声的乐律，没有文字的篇章。刘勰将潜文本归纳为一个"隐"字，是史上较早的对潜文本概念的阐述。此外，钱锺书在提到潜文本（言外之意）时写道："夫言外之意，说诗之常，然有含蓄与寄托之辨"，"诗中言之而未尽，欲吐复吞，有待引申，俾能圆足，所谓含不尽之意，见于言外，此一事也"，"诗中所未尝言，别取事物，凑泊以合，所谓言在于此，而意在彼，此又一事也"①。钱锺书将潜文本分为含蓄型和寄托型两类：含蓄型的潜文本含义存在于文本内部，但不宜吐露，需要读者潜心解读，文本与潜文本的关系是形和神，二者同属一体；寄托型的潜文本含义存在于文本外部，需要读者搜寻互文，文本与潜文本的关系是形和影，二者你我有别。

著名戏剧理论家斯坦尼斯拉夫斯基（Станиславский К. С.）认为，潜台词"是可以明确感知的人物内心活动，它一刻不停地在文本的字面下流淌，始终在支撑文本并使其更加鲜明"②。在斯坦尼斯拉夫斯基体系中，潜台词"在舞台语言因素中具有心理和情感意义"③。同样是在戏剧研究领域，契诃夫的剧本中也存在许多独特的象征性潜台词。俄罗斯当代评论家苏西赫（Сухих И. Н.）认为，契诃夫剧本某些片段中出现的潜台词现象是话语意义和含义不吻合的结果，它经常出现在交际中断的地方，其识别具有一定概率性。④

---

① 钱锺书：《管锥篇》（第一册），中华书局1979年版，第108页。

② Станиславский К. С., "Работа актера над собой. Ч. 2: Работа актера над собой в творческом процессе воплощения: Материалы к книге", *Станиславский К. С. Собр. соч.: В 9 т. Т. 3*, Москва, 1990, стр. 80.

③ Коллектив авторов, *Большая советская энциклопедия Т. 20*, Москва: Советская энциклопедия, 1958, стр. 137.

④ Сухих И. Н., "Чехов в XXI веке", *Нева*, No. 8, 2008.

俄罗斯哲学家多利宁（Долинин К. А.）从认知方向上审视潜文本现象，他认为，读者脑海中或此或彼的文本内容的显性元素，与它们在现实中的观念、概念联系在一起，这便是潜文本的形成机制。① 兹维金采夫（Звегинцев В. А.）将潜文本视为文本中一种等待阐释的语义结构，"当直接理解的客体结构中的直接信息被附加上另一种出自当前文本内部的、隐藏的信息时，该结构便具有了特殊的双层性"②。

俄国学者马斯连尼科娃（Масленникова А. А.）认为，潜文本的产生与交际过程存在联系。话语的隐藏含义与其意向性以及解读的可能性相关。③ 语言学家凯达（Кайда Л. Г.）也将潜文本与文本交际的完整性联系起来，她认为潜文本是作者编程并置入文本系统内的，使信息在传达中出现显性层面和隐性层面分层的特征。她还指出，挖掘潜文本要对文本进行功能修辞分析，因为潜文本是以句法手段构建的。④ 可以看出，凯达将潜文本视作一种由作者有意置入文学作品中的文本成分。

在俄罗斯《科学院俄语大辞典》（《Большой академический словарь русского языка》）中，潜文本词条出现在语言学术语一类，它的释义为：潜文本——文本或话语的内部隐藏含义⑤。而在《语言学术语词典》中，对潜文本词条的描述为：潜文本是内在的，暗指的，不在字面表现出来的话语或文本的含义⑥。由这两条定义我们可以推导出潜文本的部分构建方式：如果潜文本没有表现在字面和词汇上，但又存在于文本当中，那么其构建手法便只可能是特殊的文本结构，带有附加含义的文本结构是构建潜文本的手法之一。

---

① Долинин К. А., "Имплицитное содержание высказывания", *Вопросы языкознания*, No. 6, 1983.

② Звегинцев В. А., *Предложение и его отношение к языку и речи*, Москва：Изд-во Московского университета, 1976, стр. 298.

③ Масленникова А. А., *Лингвистическая интерпретация скрытых смыслов*, СПб.：Изд-во С. -Петерб. ун-та, 1999, стр. 260.

④ Кайда Л. Г., *Стилистика текста：от теории композиции к декодированию*, Москва：Флинта, 2004, стр. 63.

⑤ Герд А. С., *Большой академический словарь русского языка*：Т. 10, СПБ.：Изд-во Наука, 2004, стр. 651.

⑥ Ахманова О. С., *Словарь лингвистических терминов*, Москва：Советская энциклопедия, 1969, стр. 331.

文艺学研究方面，俄国学者普什卡廖娃指出："在文艺学中，术语潜文本指的是各类文学作品中能够引人联想的类似物，它有助于理解文本的含义。"① 布鲁德内则将言语活动中的潜文本与文学作品中的潜文本区分对待。他认为在言语活动中，潜文本可视为一种用言语消息填充的引喻，潜文本在言语中的出现，实际上是因为思维的表达在对话中缩水了，而迫使参与对话的人去补足缺失的信息；对于文学作品而言，潜文本是一个关系系统，该系统不出现在文本中，确切地说，出现得比较隐蔽。②

以上定义大多指出了潜文本的隐藏属性，少数还指出了其构建手法。潜文本的隐藏属性决定了它不会出现在或较少出现在需要信息精确性的文本中，比如科技文本、法律文本等。潜文本孕育的天然温床是文艺文本，尤其是在小说作品中。例如，伊斯坎德尔在短篇小说《山羊与莎士比亚》中有如下片段：

Я читал Шекспира. Сэр Джон Фальстаф баронет и королевские шуты надолго и даже навсегда стали моими любимыми героями. Один шут сказал придворному, наградившему его монетой:

— Сударь, не будет **двоедушием**, если вы удвоите свое **великодушие** !

Мне эта фраза казалась пределом остроумия, доступного человеку. ③

译文：

在品读莎士比亚时，约翰·福斯塔夫爵士以及那些宫廷小丑是我长久以来，甚至是这辈子最喜爱的角色。有一个小丑对赏赐给他一枚钱币的朝臣说道：

---

① Пушкарёва Н. В., *Подтекстовые смыслы в прозаическом тексте*, СПБ.: Филологический факультет СПБГУ, 2012, стр. 16.

② Брудный А. А., "Подтекст и элементы внетекстовых знакомых структур", *Смысловое восприятие речевого сообщения*, Москва: Наука, 1976, стр. 152-154.

③ Искандер Ф. А., *Козы и Шекспир*, Москва: Изд-во Время, 2007, стр. 22.

"老爷，您大方些再赏一个子，也不会大放血的！"
在我看来，这句话是人类机智可以达到的极致。①

文本片段中，двоедушие（虚伪）、удвоить（加倍）和 великодушие（慷慨）三个单词两两组合，形成两组形近且谐音的搭配：двоедушие 与 удвоить；двоедушие 与 великодушие。并且三个单词还有一个不等式关系：великодушие × удвоить ≠ двоедушие。这种复杂而精妙的文字游戏，在片段的表层意义之下迅速构建起两层潜文本含义：一层是小丑对朝臣表达的讽刺和讥笑情感，另一层则是叙事人对小丑熟练运用文字游戏的赞赏。可以看出，表层文本没有任何一个字词带有讽刺、讥笑或赞赏的意义，然而潜藏的情感几乎喷薄而出，在阅读过程中难以将之忽略。

由以上各类对潜文本定义的阐述以及例句可以看出，潜文本主要特征有两点。首先，潜文本客观上具有潜在性，或称隐含性。潜文本是潜伏在表层文本之下的，是一种不占用表层空间的超载信息。"它隐而不露，由说话者有意识地隐藏在句子的背后，而又由听话者通过语境提供的条件、自身的知识结构以及个人的联想作用而理解出来"②。潜在性是潜文本的根本特征。

其次，潜文本主观上具有开放性。潜文本的识别和解读取决于文本读者的语言能力和信息储备，还包括文化修养、阅读习惯等因素。不同等级的信息储备在识别潜文本的存在以及阐释潜文本的含义方面，会展现出完全不同的效果。譬如，索尔仁尼琴的短篇小说《年轻人》(《Молодняк》) 中有这样的片段：

Но на какие-то сутки, счёт им сбился, — вызвали, "руки назад!", и угольноволосый надзиратель**повёл**, **повёл** ступеньками — на уровень земли? и **выше**, **выше**, на этажи, всё прищёлкивая языком, как неведомая птица.③

---

① ［俄］伊斯坎德尔：《山羊与莎士比亚》，文吉译，《芳草：文学杂志》2017年第5期。
② 邵敬敏：《说言外之意》，《华东师范大学学报》1990年第4期。
③ Солженицын А. И., *Рассказы*, Москва：АСТ, 2009, стр. 24.

译文：

　　但这一天，他要被算总账了——被叫号了，"双手背在身后！"头发炭黑的狱监架着他，**一步，一步**，上台阶——要到地面上去？**向上，向上**，一层层，舌头一声声不停弹响，仿佛某种不知名的禽鸟。①

　　文本片段描写的是主人公被苏联国家政治保安局提审的情景。"舌头一声声不停弹响"指的是关押政治犯的监狱不允许犯人见面，当押着犯人的狱监听到另一名狱监弹舌的声音时，便要命令自己押送的囚犯面向墙壁，直至前者离开。此外，"一步，一步""向上，向上"的特殊结构还隐性表现出主人公惊惶的心理状态。

　　如果读者对苏联这段历史较为熟悉的话，可以发觉并解读出第一条潜文本含义；如果读者在阅读时较为细心，注意到文中特殊的结构，便可以识别第二条潜文本含义。然而，如果读者没有相关的信息储备，或缺乏相关的解读意愿，便会忽略文本片段中的潜文本含义，甚至会觉得莫名其妙：为什么要不停弹舌头。

　　此外，不同的人生经历可能导致不同读者对同一潜文本产生不同的阐释结果，比如，曾有狱警职业经历和囚犯经历的读者在阅读上文片段时，会产生不同的心理反应；不同的阅读习惯也会影响潜文本的阐释结果。因此，潜文本具有开放性的特征。

　　根据潜文本的主要特征，结合其他学科对潜文本概念的阐述，本书将潜文本定义为：潜文本是文本表层结构之下的，隐性表达特定情感信息或规约信息的，实现特定交际意图的信息实体。潜文本的特征是：客观上具有潜在性（或称隐含性），主观上具有开放性。潜文本来源于作者特定的交际意图，即在有限的文本大小内表现超载的信息，这种交际意图一般出现在文艺文本内。而在力求表达精确、语无歧义的非文艺文本，尤其是科技文本内，潜文本则较为罕见。

4. 前文本

　　前文本（предтекст）同样是一个与互文性相关的文本概念。当信息不足，造成某个词语、句子或文本片段的理解出现困难时，前文本概

---

① ［俄］索尔仁尼琴：《年轻人》，文吉译，《芳草：文学杂志》2013 年第 3 期。

念便显示出它的作用，缺失的信息一般会在前文本中找到。①

前文本特指具有互文性的多个文本中，在时间、空间尺度上相对较早出现的文本。前文本的"前"字所标识的坐标不仅存在于三维空间内，还存在于第四维的时间维度上。换而言之，在空间上，前文本可以是某一文本片段的前一个自然段、前一章节，也可以是某丛书最后一册的前几册；在时间上，前文本可以是早于当前文本面世的文本。譬如，对于本研究的第二章来说，第一章是其前文本；对于明初才成书的《三国演义》来说，西晋陈寿的《三国志》是其前文本。

在文学作品中，前文本与互文文本的关系多数是时间维度关系，即外互文；少数是空间关系，即内互文。具有外互文性的两个文本之中，其中之一必然先于另一个现世；具有内互文性的两个文本之中，其中之一必然位于另一个之前。

在文学研究中，前文本对作家所施加的影响，以及在其创作过程中起到的作用是一个重要的研究课题。换而言之，具体某个前文本对晚于其出现的文本有何影响，这种影响的深度、广度如何，是具体文本研究中无法规避的。

5. 上下文

上下文（контекст）是一个纯粹的文本内概念，它指的是"被挑选出的含有必要和充分信息的文本片段，用以定义某个语言单位"②。上下文位于文本内部，以一段或几段文本片段的形式存在，可以处在待阐释的语言单位之前，也可以在其之后，上下文中含有可阐释该语言单位的语言信息，或包含作者置入文本中的文化信息。

从表面上看，上下文中包含的是信息，然而深层挖掘后可以发现，上下文还是意义和含义表达的方法。需要阐释的语言单位与包含信息的上下文一起，共同组成了一个信息链条。这种信息链条可以是表层信息，也可以是深层信息。表层的信息链条只需依次串起各个信息点，便可以得出完整信息。譬如：

---

① Пушкарёва Н. В., *Подтекстовые смыслы в прозаическом тексте*, СПБ.: Филологический факультет СПБГУ, 2012, стр. 14.

② Ярцева В. Н., *Лингвистический энциклопедический словарь*, Москва: Советская энциклопедия, 1990, стр. 238.

У дяди Кязыма была замечательная скаковая лошадь. Звали ее Кукла. Почти каждый год на скачках она брала какие-нибудь призы. Особенно она была сильна в беге на длинные дистанции и в состязаниях, которые, кажется, известны только у нас в Абхазии, — чераз.

Суть чераза состоит в том, что лошадь разгоняют и заставляют скользить по мокрому полю. При этом она не должна спотыкаться и не должна прерывать скольжения. Выигрывает та, которая оставляет самый длинный след.①

译文：

卡齐姆叔叔有一匹出色的赛马，唤作洋娃娃。几乎每年的赛会它都能赢回些奖项。它尤其擅长一种只在我们阿布哈兹本地出名的长距离奔跑项目——**切拉兹**。

切拉兹，就是把马匹赶进湿滑的地里迫使其滑着跑。在这个过程中既不能跌倒也不能停步。留下最长滑痕的那一匹赢得比赛。这种比赛项目有可能源自于山路崎岖的生活环境，马匹在落脚困难的时候可以滑行的能力显得尤为珍贵。②

在当前文本片段中，单词"чераз"，即切拉兹，是一个俄罗斯少数民族语言阿布哈兹语的生僻方言词汇，对于非阿布哈兹族的读者而言，它是一个陌生的概念，一个待阐释的语言单位。如果此时停下阅读进程去查询字典的话，很难找到其解释，因为大多数常用的俄语字典都未收录该词条，遑论汉语词典。如果我们联系上下文阅读，很快会发现下一自然段就是对切拉兹这项运动的解释。两个信息点串成了完整的信息链条。

深层的信息链条则需要读者进行挖掘，找出可能存在关联的信息点并将之链接在一起，最终得出完整的潜文本信息。比如，佩列文的短篇

---

① Искандер Ф. А., *Стоянка человека*, Москва：Изд-во Правда, 1991, стр. 262.
② ［俄］伊斯坎德尔：《卡齐姆叔叔的马儿》，文吉译，《芳草：文学杂志》2016 年第 1 期。

小说《СПИ》(《睡吧》)的标题,读者在阅读时第一眼就会产生疑问,为什么题目要全部用大写字母,此处便出现一个部分信息不明确的语言单位。在小说阅读过半时,小说中出现了如下片段:

> Никита уставился на бутылку. Этикетка была такой же, как и на 《Особой московской》 внутреннего разлива, только надпись была сделана латинскими буквами и с белого поля глядела похожая на глаз эмблема 《Союзплодоимпорта》 — стилизованный земной шарик с крупными буквами 《СПИ》.①

译文:
尼基塔转而端详酒瓶。商标和内销型的"莫斯科特酿"一模一样,只是底色是白色,而且全是拉丁字母,乍看去像是一只眼睛的**"睡莲进口公司酒吧"**商标——一个象征手法绘制的地球外,加硕大的**"睡吧"**二字。②

读者在此时会发觉,俄文原著中"СПИ"原来是"Союзплодоимпорт"的缩写,译文中"睡吧"则是"睡莲进口公司酒吧"(此处做了稍许变译,以对应缩写)的全称缩写。两个信息点连在一起,解释了题目的特殊形式,但又增添了新的问题:为什么题目会与某个伏特加酒的牌子联系起来。阅读至小说结尾,读者发现主人公尼基塔在酒醉后神智才回到现实世界,而他之前的清醒状态不过黄粱一梦,甚至还在梦中做梦。至此,两个表层信息点与一个深层信息点链接起来,组成了一条完整的潜文本信息:荒谬的社会现实远不及清醒的梦,不如睡去。

如以上例子所示,上下文分析在潜文本阐释方面的作用是不可忽视的。但上下文概念也具有其局限性,它的分析能力无法超出文本本身。当上下文分析无法解释特定信息时,往往需要引入文本之外的因素对表

---

① Пелевин В. О., *Все рассказы*, Москва: Изд‐во Агентство ФТМ, Лтд., 1991, стр. 12.

② [俄] 佩列文:《睡吧》, 文吉译,《芳草: 文学杂志》2013年第2期。

层信息或深层信息进行阐释。

6. 文艺文本

文艺文本（художественный текст）是一个较为宽泛的概念，与之对应的是非文艺文本。从字面意思理解，文艺文本是与文学艺术相关的文本，日常生活中常见的小说、诗歌、报告文学、乐谱都属于此列。

虽然针对某一具体种类的文艺文本的研究很多，比如研究小说的特点，或研究诗歌的阐释，但作为整体的文艺文本却很少被作为科学研究的客体，因此留下了许多悬而未决的问题，首先便是文艺文本与非文艺文本的区分标准缺失的问题。语言学家西多罗娃（Сидорова М. Ю.）如此评论这种现状："语言学者确定自己在从事文艺文本研究，却无法确定自己所使用的方法以及研究得出的结论，是否为当前文本种类所特有。"①

与此同时，洛特曼在提及文艺文本时也指出："文艺文本的信息性较高，当文艺文本与非文艺文本的信息性相同时，前者的规模总是较小。"②洛特曼认为，应当依据文本的功能及其构建方法将文本分为两类，其中文艺文本"完成的是审美功能，它们具有特殊的语义结构，并伴有一系列符号，使读者去关注这种结构"③。

阿列克谢耶娃认为，文艺文本与非文艺文本的区分应按照其含有的信息种类为准则。阿列克谢耶娃将文本中的信息分为四类：认知信息、操作信息、情感信息和审美信息。当某种信息在文本中占据主导地位时，文本也可以对应地分为：认知文本、操作文本、情感文本和审美文本。其中文艺文本属于审美文本一类④。阿列克谢耶娃的文本分类法以信息和信息的功能为标准，将常见的文本诸如科技文献、法律文书、文学作品等划分为几大类，但仍旧没有指出文艺文本与非文艺文本的区分标准。

---

① Сидорова М. Ю., "К проблеме определение художественного текста", *Текст*: *Структура и семантика Т.* 1, Москва, 2005, стр. 133.

② Лотман Ю. М., *Об искусстве*, СПБ.: Искусство-СПБ, 1998, стр. 327.

③ Лотман Ю. М., *Семиотика культуры*: *Избр. статьи*, Таллин: Изд-во Александра, 1992, стр. 206.

④ Алексеева И. С., *Текст и перевод*: *впросы теории*, Москва: Изд-во Междунар. Отношения, 2008, стр. 71.

本研究认为，划分文艺文本和非文艺文本不仅要研究其语言因素，还应考虑到人，即交际参与者的因素。

　　首先，文艺文本作为一个信息集合体，其作者在创作过程中赋予文本的信息量总是超载的。换而言之，作者的交际意图使文艺文本的信息分为表层文字信息和深层含义信息，两者的信息量之和总会大于规模相同的非文艺文本。部分片段中信息不分层的现象，不影响文艺文本在整体上的信息超载。

　　其次，文艺文本的非文艺文本的区别在于，前者始终拥有在阅读过程中搜寻、阐释其超载信息的读者。读者对深层含义信息，或称潜文本信息的挖掘，是对文艺文本作者的交际意图的迎合，也是文艺文本完成其交际任务的必然要求。而非文艺文本以信息传输为主导任务，这种传输是单向的。文艺文本以交际为主导任务，且这种交际是双向的。作者在构建文艺文本时融入了特定交际意图，并将之连同文本一起发送给读者，读者在解读文本时察觉交际意图，搜寻并阐释深层含义，产生某种情感或心理反应，进而完成整个交际任务。

　　由此可见，文艺文本的根本特征是：整体的信息超载性，以及双向交际性。换而言之，文艺文本是一种具有纵深含义结构的特殊语言构造体，其存在意义就在于被读者解读和阐释。

　　应当指出，此处的读者并非一般意义上的读者，它涉及"模范读者"（образцовый читатель）的概念。意大利著名符号学家、文学批评家安伯托·艾柯（Umberto Eco）指出，模范读者"会竭力去弄清，作者想要怎样去引领读者"，在对作者的手法驾轻就熟之后，"成为货真价实的模范读者"[①]。只有成功识别出文艺文本中全部或绝大部分超载的潜文本信息，并对其进行阐释的读者，才称得上是模范读者。此处的阐释过程我们避免使用"正确阐释"的表述，因为千人心中有千个哈姆雷特，不同的读者因其迥异的世界观、人生观、价值观，以及不同的知识背景、信息储备，对同一文艺文本的阐释可能千差万别。文艺文本的译者尤其应当是模范读者，作为译文的作者，译者应以各种翻译策略、方法将原著的超载信息和原作者的交际意图展现在译文当中，以期

---

① Эко У., *Открытое произведение: Форма и неопределённость в современной поэтике*, СПБ.: Изд-во Симпозиум, 2006, стр. 13.

译文读者获得与原文读者相同，或基本相同的心理反应。

联系到本研究的领域，俄罗斯小说文本即属于一种具体的文艺文本。俄罗斯小说文本具有整体上的信息超载性，含有特定的交际意图和交际功能：它记叙和传达作者（或叙事人）精神世界的情感状态，记录和传递历史文化信息，换而言之，俄罗斯小说文本交际功能具体体现为认知功能和教化审美功能。

俄罗斯小说文本的认知功能体现在两个方面，即创造功能和记忆功能。首先，从小说文本的作者角度来看，文本主要体现的是创造功能。一个文本作为特定的自然语言符号的序列，它体现的不仅仅是所有符号所携带信息的合集，还是孕育和产生新信息的摇篮。若干短小的信息片段在作者笔下进行随机但可控的排列组合，在文字表层构成新的意义（значение）聚合体，在文字层面之下还可能会构建隐含的含义次层（смысловой подслой）。从理论上而言，无数的信息片段随机排列组合所能够组成的文本数量是无穷大的，通过文本作者之手，排除其中无交际功能的非文本部分，再以特定交际意图择出其中符合自身创作要求的符号序列，余下这一部分文本的数量依旧是不可计量的。倘若再加上含义次层可能表达的隐含信息，以及各自然语言的译本、各译者的版本（此处我们将译者视为译文的作者，他发挥的也是创作功能），可能存在的小说文本实乃瀚若星海。其次，从小说文本的读者角度来看，文本主要体现的是记忆功能。文本不仅是新意义和新含义产生的温床，也是历史文化记忆的存储器。没有文本的记忆功能，人类文明所积累的成果将失散在历史长河中，如果信息只以意识的方式存储在人脑中，而不以文本的形式记录下来，那文明和历史便只能以残片的形式展现在后人面前。具体到小说文本而言，它在特定历史语境中记录和存储的信息，在文本形成的那一刻起，便承担了向所有当代以及后世读者传递记忆的任务。读者通过阅读俄罗斯小说文本，可以了解各个历史时期的自然景观、社会风貌、人文风情，这是其认知功能方面。

俄罗斯小说文本的教化审美功能体现在其宗教、哲学、社会道德、意识形态等价值观念和价值评判的内容中，教化和审美两方面是同一的，符合作品中教化倾向的即为美，反之则为丑。小说作者希冀通过小说文本中的文学形象，将这种价值观念、价值评判体系和审美原则传达给读者，并影响读者，以期后者在价值观念上认同自己，实现教化大众的目的。譬如，陀思妥耶夫斯基的《罪与罚》中，主人公拉斯科尔尼科夫在犯下入室盗窃和谋杀的罪行后，惶惶不可终日，良心在道德的拷问下饱受煎熬，在救助马尔梅拉多夫并在其死后接济其遗孀后，发觉自己善心未泯，最终在索尼娅的献身精神和爱情感召下前去自首，获得灵魂的拯救。陀思妥耶夫斯基通过描绘现实的残酷、人性的虚伪、灵魂的沉沦和救赎，以东正教思想和社会道德为出发点，劝人有所信仰，有所畏惧，劝人向善。俄罗斯小说文本的教化审美功能在19世纪的"黄金时代"进入高潮，至苏联解体陷入低潮，其间无论是普希金、莱蒙托夫、托尔斯泰，还是高尔基、肖洛霍夫、帕斯捷尔纳克，都在各自的作品中以各自的方式，有意或无意地履行着小说文本的教化审美功能。

（三）文本的信息结构

在对文本以及相关下位概念的定义进行梳理后，我们不难发现，无论是语言学、文学研究角度，还是符号学、文化学等研究领域，都直接或间接承认文本具有多个层次的潜在可能。不同的领域、不同的学者使用不同的表述来指明这种文本分层的现象：文字层面和文内深层、材料结构和非材料知识、表层意义和深层含义、表层文本和潜文本、字面意义和潜文本含义、文本规模和信息超载等。文本在纵深尺度上具有信息分层的潜力和可能性，这是文本研究领域已达成的共识。

文本所要传达的信息由两方面构成：显性信息（эксплицитная информация）和隐性信息（имплицитная информация）。前文我们已经阐明，文本是言语创造过程的产物，具有特定意义和交际任务，它由文本创造者依据交际意图进行语言学和文学加工，并发送给接收者，由接收者根据自身信息储备进行解读。根据该定义，可以认为一切文本都具有显性信息，而隐性信息只存在于特定文本类型中。显性信息是文本中一目了然的直观信息，它由作者直接传达给读者，读者不需要对这种信息进行解读和阐释。譬如：

> Этим летом я жил с пастухами на альпийских лугах Башкапсара, в живописной котловине, огороженной справа и слева хребтами, тучными и зелеными у подножия, с аскетически костлявыми, скалистыми вершинами. Котловину прорезала горная

речушка, довольно безобидная, если не обращать внимания на ее шум. ①

译文：
今夏，我在巴什卡普萨山脉的高山牧场上与牧人们待在一起，住在风景如画的谷地中。所住之处往右去是围栏，左侧则是道道山脊，山麓下郁郁葱葱水草肥美，山峰似苦修般嶙峋陡峭。谷地被一条山间小河贯穿，如果不理会其水声便是完全无碍于人的。②

该文本片段是伊斯坎德尔短篇小说《圣湖》（《Святое озеро》）的开头，是纯粹的记叙性描写，交代故事发生的时间、地点、周围环境等客观因素。片段内未出现特殊的词汇、不寻常的标点用法、异常的文本构造等非常规修辞手法，也不含互文或隐喻因素，因此该文本片段属于显性信息。

与显性信息相对地，文本中的隐性信息是作者有意置入的非直观信息，需要读者搜寻并解码的信息。隐性信息可能出现在各个语言层级上，从音位、词汇到句法、段落结构；还可能出现在语言之外的领域，比如交际情景等。为了揭示隐性信息，读者需要运用自己的语言知识和背景知识，在某个或某几个语言层级上重建缺失的信息。换而言之，隐性信息的揭示取决于读者的语言能力和信息储备，因此揭示隐性信息的结果因人而异，可能取得成功，可能部分成功，也可能失败。可以说，作者在创作带有隐性信息的文本时，无法保证某一条具体隐性信息被完全解读，也无法保证所有的隐性信息都被识别并解读，更无法保证所有读者都能够完整解读所有的隐性信息。极端情况下，这种解读难度甚至是作者有意为之，是创作和交际意图之一。

显性信息和隐性信息交织出现的文本结构是一种纵深结构。隐性信息埋藏在显性信息之下，不占用或很少占用文本篇幅，有时还会出现削减文本篇幅的情形。譬如，伊斯坎德尔在短篇小说《山羊与莎士比亚》（《Козы и Шекспир》）中有如下描写：

---

① Искандер Ф. А., *Святое озеро*, Москва：Изд-во Проспект，2013，стр. 4.
② ［俄］伊斯坎德尔：《圣湖》，文吉译，《芳草：文学杂志》2016年第2期。

Но вот наконец козы, загнанные в загон, угомонились. **Ночь**. **Тишина**. Взбрякнет колоколец сонной козы, и вновь тишина. Передохнем и мы. ①

译文：
最终，被赶进羊圈的羊群，安静下来。**夜**。**静**。睡梦中，某只山羊脖子上的铃铛当啷一声，再度寂静。我们也歇息了。②

"Ночь."和"Тишина."两个单部句在行文篇幅上已是最小单位，省去不少字词。二者并列，在发音上达到最短、最轻的效果。文本片段一共二十个单词，却使用了八个标点，前后短小的句子加大了单部句的效果。这种特殊的文本结构和标点符号的运用在文本片段中构建了一种安宁、闲适的隐性情感信息。

可以看到，这种信息结构从整体上增大了文本信息总量，与同篇幅的纯显性信息文本相比，显性信息和隐性信息交织的文本其单位体积内的信息密度更大，整体上呈现一种信息超载的状态。读者在解读（全部解读或部分解读）信息超载的文本时，单位时间内获得的信息量增加。由此，文本给读者带去的印象更加深刻，交际效果更加明显。

应当指出的是，文本具有信息分层的潜力，不代表所有文本中都有信息分层的现象。信息分层频繁出现在以双向交际为主导目的的文艺文本中，在以认知为主导目的的非文艺文本中较少出现。在文艺文本中也有少数例外现象，比如：在俄罗斯浪漫主义文学作品中，对角色情感和心理的描写是显性的。在大多数俄罗斯社会主义现实主义（социалистический реализм）作家的小说以及近几年时兴的非虚构文学中，也是如此。隐性信息在文本中的出现与历史时期、文学流派没有必然联系。隐性信息与作者的交际意图紧密相关，当作者需要将故事情节与人物情感状态结合在一起的时候，隐性信息就会频繁出现。

1. 显性意义和隐性含义

文本中可能出现的信息结构分层现象，会导致文本具有含义分层的

---

① Искандер Ф. А., *Козы и Шекспир*, Москва：Изд-во Время, 2007, стр. 25.
② ［俄］伊斯坎德尔：《山羊与莎士比亚》，文吉译，《芳草：文学杂志》2017 年第 5 期.

潜力。换而言之，如果文本出现了信息结构的分层，那么文本中必然出现含义分层。在具有含义分层现象的文本中，显性信息构成文本的意义（значение），隐性信息传达文本的含义（смысл）。意义是直观的，明码的；含义是曲折的，密写的，需要进行解码。此处，我们有必要将意义和含义做一质的定性，厘清这两个概念的内涵和外延。

依据索绪尔（F. de Saussure）的语言和言语的关系理论，我们将某一自然语言系统称为语言（язык），该语言在实际运用中形成的客体称为言语（речь）。以口头形式出现的言语称为话语（высказывание），以书面形式出现的言语称为文本（текст）。

广义的意义概念涉及哲学、心理学、文学、语言学等多个学科门类。学者们从不同领域、不同的研究需要出发对意义概念进行了阐释。以维特根斯坦（L. Wittgenstein）为代表的早期研究者们认为，意义的关键在于其所指对象；以胡塞尔（E. Husserl）为代表的概念论学者，则将意义与人脑中的思想和概念联系起来；以维也纳小组为代表的实证论学者，将意义与所表达的命题的实证联系起来；还有以索绪尔为代表的符号关系论者，将意义与符号关系联系在一起。[1]

在语言学研究领域，对意义概念的阐释较早的有法国学者布雷阿尔（M. Bréal），她认为"研究意义的变化构成了语义学"[2]。英国学者奥格登（C. K. Ogden）列举了意义的二十余种定义，指出人们对于意义这种基本概念的不同认识会导致各类问题。此后，英国语言学家利奇（G. Leech）提出，语言知识应和真实世界区分开来，而意义只是语言本身的一种表现。在国内有伍光谦提出的"意义是语言与客观世界之间的联系"，他认为，人们"通过语言进行口头或书面交流，把信息从一个人传递给另一个人或其他人，或通过语言达到某个愿望。要顺利地进行交际，就必须使交际的双方都明白语言所传达的内容，这个内容就是意义，我们所讲的意义就是这种表现在交际之中的内容"[3]。还有卢玉卿提出的，意义是语言在使用过程中所传达的内容，即言语义，它包括

---

[1] 卢玉卿：《文学作品中言外之意的翻译研究》，博士学位论文，南开大学，2010 年。
[2] 转引自石安石《语义论》，商务印书馆 2005 年版，第 3 页。
[3] 伍光谦：《语义学导论》，湖南教育出版社 1988 年版，第 132 页。

结构意义和语用意义①。

上述对意义概念的各类表述实际上都是广义的表述，其研究客体是文本的整体意义。整体意义中又包含了狭义的意义与含义，二者共生共存。换而言之，文本的整体意义由两方面组成：其一是词汇——句法构造所传达的意义，它是显性的，直观的；其二是这种词汇——句法构造进入言语使用过程中所产生的含义，它是隐性的，具有特殊交际意图的。就此，苏联著名神经心理学家卢里亚（Лурия А. Р.）指出，"如果说'意义'是语言系统中各单位间关系的客观体现，那么'含义'则是'意义'被引入相应时间和情景时所产生的主观方面"②。

由此可以得出，文本的意义实际具有两种特性：显性、客观。它来源于语言系统内部，由固定的词汇、句法关系构成，不以作者或读者的意志为转移，且任何掌握该门语言的读者都可以明白这种意义。相应地，文本的含义也具有两种特性：隐性、主观。它在文本作者的言语使用过程中形成，潜藏在言语意义之下，解读它不仅需要语言知识，还应具有相应的背景知识。除此以外，含义的主观特性是双向的：它首先体现在文本创作过程中，作者在遵守语言规则和言语规范的前提下，以特定的词汇、句法手段植入自己的主观交际意图；其次，读者在阅读过程中，根据自己的语言知识和背景知识，可以选择揭示所有隐藏的含义成分，或选择忽略、跳过部分，甚至全部隐藏的含义成分。譬如，伊斯坎德尔的小说《山羊与莎士比亚》中有如下片段：

К козам меня приставили не случайно. Мои родственники, с немалым преувеличением страшась, что я **страдаю под бременем дармоедства**, выдали на мое попечение коз. ③

译文：
被派去放羊实非偶然。亲戚们展示出十足的忧心忡忡，担心我

---

① 卢玉卿：《文学作品中言外之意的翻译研究》，博士学位论文，南开大学，2010 年。

② Лурия А. Р., *Язык и сознание*, Москва：Изд-во Московского университета, 1998, стр. 55.

③ Искандер Ф. А., *Козы и Шекспир*, Москва：Изд-во Время, 2007, стр. 23.

饱受好吃懒做之苦，于是便将羊群交给我照管。①

文本片段第二句中，词组"страдать под бременем"表示承受某种重担，"дармоедство"意为吃闲饭、好吃懒做。该句的词汇、句法都合乎语法规则，行文流畅，句子的意义清晰明了地传达了亲戚们的心情和感受。然而在言语规范上，"好吃懒做"与"承受重担"的语义显然是矛盾的，这种异于日常生活用语的、罕见的词语搭配方式在意义之下构建了隐藏的含义：对亲戚的讽刺以及主人公对自己的自嘲。作者利用特殊的修辞手法在文本中置入了自己的主观交际意图，使文本中的交际形式趋于复杂。

交际形式的复杂化会造成含义的增多，进而在表层的意义层面之下产生潜文本含义层面。这种在文艺文本中频繁出现的现象可以拓宽某个场景的信息，或是加深某个角色的形象。类似的例子可见于各个时代的俄罗斯文艺文本，尤其是19世纪以来的小说文本。这些文学作品的引人入胜之处就在于，文本在叙述一般性的内容时，还会展现表达特殊效果的附加信息。"模范读者"在一定的场景、事件之外还可以察觉出别样的情感意味，如讽刺、挖苦、激动等，用以表现语言没有表达出来的正面或负面的评价。

综上所述，显性的意义和隐性的含义共同组成了文本的整体意义。显性的意义相对稳定，为语言使用者所共同掌握，是语言系统在言语运用中的具现，具体来说，"它是语法结构意义、词序意义、感情意义、风格意义等的统一体在具体使用中体现出来的意义，是人们进行言语交际、表达思想的物质基础"②。隐性的含义是临时的、偶发的，是语言在具体语境中受各种非语言因素影响而产生的，是语言在言语使用中的变体，在文化层面上的跃迁。

2. 意义与含义的关系

显而易见，意义和含义都产生于文本之中。如果说文本是骨骼血肉肌肤，那么意义则是这具躯体的灵魂，而含义就是灵魂中不时闪过的思想火花。换言之，文本的意义和含义是密不可分的，且含义依赖于意义

---

① [俄] 伊斯坎德尔：《山羊与莎士比亚》，文吉译，《芳草：文学杂志》2017年第5期。
② 卢玉卿：《文学作品中言外之意的翻译研究》，博士学位论文，南开大学，2010年。

才得以产生。由此，我们将意义与含义的关系概括为以下三点。

其一，意义与含义共同依托于同一文本，同根同源，不可分割。其二，意义在表，含义在里，含义依附于意义。其三，大多数情况中，文本的意义与含义一一对应，少数情况里，意义和含义可能呈现出复杂的多对多对应现象。譬如：

> Если, скажем, окружающие захотели увидеть в тебе **исполнительного мула**, сколько ни сопротивляйся, ничего не получится. Своим сопротивлением ты, наоборот, закрепишься в этом звании. Вместо простого **исполнительного мула** ты превратишься в **упорствующего мула** или даже **озлобленного мула**.①

译文：
> 打比方说，如果周围人想在你身上看到一种**勤劳驴子**的特质，任劳任怨不计得失。你非但不会抵触，反而会努力坐实这个名号。不满足于仅仅是**勤勉的驴子**，你还会发展为**倔驴**，甚至是**狠驴**。②

文本片段中"驴"这个词重复了四次，每一次所带的形容词都不同：第一、二次是"勤劳/勤勉的驴子"，第三次是"倔驴"，第四次是"狠驴"。可以看出，在名词重复的基础上，修饰它的形容词中所带的情感意味也逐渐上升。从表面上看，该文本片段的意义是指人一旦被形容为驴，就会经历三个发展阶段。但分析过文中名词的重复现象，以及形容词的情感渐进现象后，读者会发现潜藏在深层的自嘲情感含义。

首先，从意义和含义的关系来分析，该片段中"驴子的发展阶段"是显露于文本表层的意义，自嘲的含义潜藏于文本之下，需要分析文本微观结构特征才得以阐释，可见含义依附于意义。其次，显而易见地，"驴子的发展阶段"的意义和自嘲的含义都依托于当前文本片段。最后，在该片段中，自嘲含义与"驴子的发展阶段"意义属于一一对应

---

① Искандер Ф. А., *Малое собрание сочинений*, Москва：Изд - во АЗБУКА, 2014, стр. 7.

② ［俄］伊斯坎德尔：《开始》，文吉译，《芳草：文学杂志》2015 年第 5 期。

的情况，然而"坐实某一名号"的情节却在小说前半部分又一次出现。主人公被老师误认为是懒汉，以后不得已在学习和生活中一次次坐实该形象，即便本身并不是懒汉。于是，自嘲的潜文本含义在文中形成了一个潜文本框架："驴子的发展阶段"与"懒汉形象"两种显性意义跨越了小说段落对应起来，"驴子"的自嘲与"懒汉"的自嘲也出现对应，于是文本片段的意义与含义呈现出复杂的多对多对应。

3. 含义与潜文本的关系

前文我们论述了文本表层结构下出现的潜文本，以及文本的表层意义和深层含义。乍一看，潜文本可以直接与文本的含义画上等号，但实际上二者有所差别，此处有必要予以厘清。

含义与潜文本二者有很深的联系，但并不完全相等。首先，含义与潜文本分属两个不同的概念范畴。语言学中的潜文本是一个文本概念，是文本语言学的研究客体。而含义是一个语用学概念，它是语用学的研究客体之一，含义理论也是语用学的核心理论：正是美国语言哲学家格莱斯（Grice H. P.）在20世纪中叶提出了会话含义理论（conversational implicature），进而才使语用学发展为一门独立的学科。

其次，相较之下，含义的覆盖范围比潜文本更加广泛。格莱斯将含义划分为规约性含义和会话含义，其中规约性含义与文本形式相关，会话含义则与文本形式无关。徐盛桓发展了格莱斯的会话含义理论，对含义展开本体论研究。他认为，在话语或文本的构建过程中，由于利用了事物的常规联系，所以便产生了含义。这种被利用的事物间的常规联系转化为文本的隐性信息，其中埋藏着含义，含义是文本的普遍构成因素[1]。他还指出含义具有两种不同的形态，自然形态和加工形态：一部分含义是"自然而然形成的，表现的是事物自身原来的性状和它与事物的自然关系，依循事物自身存在和自身发展的逻辑"，自然形态的含义是对"显性表述做出自然补足，而不需要做出外加的阐释"；另一些含义则处于加工形态，是文本作者运用各类手段进行加工的产物。[2] 譬如：

我热血沸腾。

---

[1] 徐盛桓：《广义含意理论的建构》，《外语研究》1998年第2期。
[2] 徐盛桓：《含意的两种形态》，《外语与外语教学》1997年第2期。

显而易见,热血沸腾不是指血液温度真的达到了沸点,而是比喻人内心激动的样子,这种象征性的表达手法使这个句子具有了自然形态的含义。究其原因,人类在语言形成的早期阶段还不具备高度的抽象思维,语言也就不具备抽象性符号。一方面,早期的人类对自身、周遭世界的认识仍处于目视、耳听、鼻嗅、手触的低级经验阶段,反映到语言中,对某一事物或现象的表述便会呈现出具象化的、可感知的倾向,用语言学术语表述,就是比喻和拟人等象征性的表现手法,这便使言语带有了含义。自然形态的含义已在漫长的语言使用历史中,随着语言知识、社会经验融入了我们的日常言语之中,不需要思考、阐释也能立刻明白它要表达的意思。

　　另一方面,思维方式、语言符号随着人类文明的进步而不断进化。早期的语言符号系统从图画、声音、身势逐步抽象化,形成各种现代语言。无论哪种抽象的现代语言,其起源都是某种表情达意的原始符号系统,不可能离开本源凭空造出一套与原系统完全无关的现代语言,即便是人造的世界语(Esperanto),其字母也是采用拉丁字母,基本词汇的词根也是来源于欧洲各民族的语言。人类语言进入抽象阶段后,具象的含义反而成为特殊的表现手段。[①] 因此,如果文本中通常会使用抽象概念表达的地方出现了具象化手法,便可以认定这部分文本片段中出现了加工形态的含义。

　　如潜文本定义一节中所述,本研究中的潜文本是文本表层结构之下的,隐性表达特定情感信息或具体文化信息的,实现特定交际意图的潜文本含义。由此可以得出,潜文本概念区别于自然形态的含义,是一种由文本作者刻意加工后的产物。潜文本概念与加工形态的含义较为接近,但并非完全重合。俄罗斯语言学家叶尔马科娃(Ермакова Е. В.)指出,潜文本是一种作者有意识地塑造或引入的知识,而隐性含义则是一种知识存在现象。[②] 换而言之,含义的存在可能是无意识的自然形态,也可能是文本作者有意地加工;而潜文本一旦出现在文本当中,必然是文本作者有意为之,为完成其特定交际意图而置入文中的。由此可见,含义概念在覆盖范围上要宽于潜文本。

[①] 徐盛桓:《含意本体论论纲》,《外语与教学研究》1997年第1期。
[②] Ермакова Е. В., *Имплицитность в художественном тексте*, Саратов, 2010, стр. 8.

在后文的论述中，我们将频繁使用潜文本含义（подтекстовый смысл）这一概念。潜文本含义即潜文本所具有的含义，它兼具二者的共同特征：位于文本表层结构之下，隐性表达特定信息，实现作者交际意图，呈现人为加工的形态。

4. 潜文本是文艺文本构建次层面的手段

在文艺文本中，文本的情节与潜文本含义都为同一目的服务，即完成作者的意图。潜文本不仅为文本带去额外信息，增强情感色彩，还会构建文本的次层面，进而烘托情节的起伏转折，加深含义，还能加强文本对读者施加的影响。

俄罗斯语言学者罗戈娃（Рогова К. А.）指出，就性质而言，潜文本实际上是一种"背景"话语成分：作者在展开情节描写时，还会同时进行"背景"描绘。这种"背景"还常常会构成某种含义统一体（смысловое единство），其规模可以跨越整个短篇小说，甚至在更长篇幅的文本中作为相对完备的文本成分。[1] 换而言之，潜文本构建的次层面可小可大，小至一个句子之下潜藏的隐性情感含义，大至整部作品之下都可能伴随着一个挥之不去的"影子"含义。

潜文本所构建的次层面在拓展文本含义深度方面具有重要意义。具体对于俄罗斯小说文本而言，潜文本次层面是其含义结构极为重要的组成成分。自黄金时代的莱蒙托夫、契诃夫开始，带有隐性情感含义的潜文本便出现在俄罗斯小说文本当中。在这两位文学巨匠的作品中，潜文本体现为一种"时代思潮"，换而言之，是一种"社会生活中的情感张力"[2]。要捕捉这种主流人群和社会思想中共有的情感潜文本，文本显性信息所起的作用是次要的，处于从属地位，处于主导地位的是具有表现力的文本微观结构（如重复手法、分割加强法等）。要解读这种共有的情感潜文本，需要具备一定水平的语言知识。譬如，莱蒙托夫在长篇小说《当代英雄》（《Герой нашего времени》）中有如下片段：

---

[1] Рогова К. А., "О смысловой глубине текста", *Материалы XXVII межвуз. нау. метод. конф. преподавателей и аспирантов*, СПБ., 1998, стр. 29.

[2] Чубарова В. Н., "Скучная история А. П. Чехова: опыт интерпретации", *Изв. Южн. Ун-та. Филол. Науки*, No. 4, 2009, стр. 25.

Я был скромен — меня обвиняли в лукавстве: я стал скрытен. Я глубоко чувствовал добро и зло; никто меня не ласкал, все оскорбляли: я стал злопамятен; я был угрюм, — другие дети весёлы и болтливы; я чувствовал выше их, — меня ставили ниже. Я сделался завистлив. Я был готов любить весь мир, — меня никто не понял: и я выучился ненавидеть。①

译文：

我曾经谦逊——人们指责我调皮：我变得内向。我深悟善恶；无人宠爱过我，所有人都欺侮我：我变得记仇；我彼时抑郁，——其他孩子则是快乐而吵闹；我觉得自己高人一等，——人们将我看矮看扁。我变得善妒。我曾准备好热爱全世界，——无人理解我：于是我学会了憎恨。②

从语法特点上分析该文本片段，可以发现作者运用了词汇重复手法和分割加强手法。首先，人称代词"我"共重复了 14 次，占文本片段篇幅超过 10%。这种高频率的重复在字面之下构建起了一种深层含义，表达角色"我"的失落苦闷心情。其次，片段中的标点符号在构建潜文本次层面中也扮演了重要角色。文本片段中所有的句子都是无连接词复合句，它们之间的含义关系完全是以破折号、冒号和分号来表现的，破折号标示出了前后两个分句的对比关系，冒号标示出了因果关系，分号则标示出了并列关系。大量标点符号将该片段分割为短促的句子，共同构成一系列潜藏的情感紧张点，等待着在读者阅读过程中依次爆发。③

除此之外，要解读这种主流人群和社会思想中共有的潜文本，读者不仅需要相应的语言知识，还要具备足够的信息储备，才可以解码作者未直接说明的潜文本含义。换而言之，为了理解故事情节及其线索走向，必须具备一定的历史文化知识，了解文本创作的时代特点。例如，

---

① Лермонтов М. Ю., *Герой нашего времени*, Москва: Academia, 1937, стр. 237.
② ［俄］莱蒙托夫：《当代英雄》，翟松年译，人民文学出版社 1956 年版，第 112 页。
③ 胡谷明等：《阐释俄罗斯文学作品中潜文本现象的文本分析模型》，《俄罗斯文艺》2017 年第 3 期。

布尔加科夫的长篇小说《大师与玛格丽特》（《Мастер и Маргарита》）中有如下描写：

> Пропавшего Римского **разыскали** с изумляющей быстротой.①

译文：
失踪的里姆斯基**被找到**了，速度之快可谓惊人。②

  该文本片段是一个无人称句，并没有指明"找到"这个动作的发出者是谁。但了解文本描述的历史阶段及其社会环境的读者可以发觉，在文本之下埋藏了潜文本次层面：找到里姆斯基，且速度如此之快的只会是国家机关的行为。

  由以上两个例子可见，在识别并阐释潜文本次层面方面，读者的角色是十分活跃的。语言学家瓦尔金娜在艾柯的"模范读者"理论基础上，列出了一系列挖掘潜文本次层面所必须的条件：除却学识和受教育程度，同样重要的还有特殊的直觉、对词语和语气的敏感度、体验情感的能力和敏锐的心灵。③ 一方面，活跃的"模范读者"可以从纵深尺度，即文本的表层和次层面全面地接收信息，完全领会作者的交际意图；另一方面，作者在文本创作中也会考虑读者的作用，预估其挖掘潜文本次层面的能力。这样一来，读者成了文本某种意义上的共同作者。

  在俄罗斯小说中，作家在文本创作的同时便考虑读者角色的现象具有悠久的传统。譬如，契诃夫在1890年一封写给苏沃林（Суворин А. С.）的信中写道："当我写作时，会将希望完全寄托在读者身上，认为他会自己补足那些缺失的元素。"④

  在世界范围内，在文艺文本中构建次层面也是一种常见现象，最著名的例子当数乔伊斯（J. Joyce）的《尤利西斯》。小说极具实验性的意

---

① Булгаков М. А., *Избр. произведения*：В 2 т. Т. 2，Киев：Дніпро, 1989, стр. 661.

② ［俄］布尔加科夫：《大师与玛格丽特》，钱诚译，外国文学出版社1987年版，第489页.

③ Валгина Н. С., *Теория текста*，Москва：Изд-во Логос, 2003, стр. 246.

④ Чехов А. П., *Собр. соч.*：В 12 т. Т. 11，Москва：ГИХЛ, 1956, стр. 429.

识流手法使作品在纵深尺度上变为一个复杂的、多层次的结构体。《尤利西斯》的成功说明文本分层已被读者所接受，被文学所认可。俄罗斯诗人布罗茨基（Бродский И. А.）也认为，卡夫卡、福克纳等作家的小说作品在阅读时之所以有一定难度，就是因为他们运用了各种手法使文本之下出现次层面，而出现这种情况的原因是，原有的写作手法已不能满足新时代的写作需要。①

俄罗斯小说中的潜文本现象始于19世纪，在世界秩序大变革的20世纪得以长足发展，解体后，在后现代主义等文学流派的推动下，潜文本次层面的创作手法也得到再次创新。潜文本作为文艺文本中构建次层面的手段，一直为俄罗斯各阶段各群体的作家所沿用。

第二节 翻译导向的文本分析理论及其现状

与广义的文本概念类似，广义的文本分析同样涉及多个学科领域：较为热门的有符号学分析法、社会学分析法、解构主义分析法、"新批评"法等。种类繁多的文本分析方法是不同研究者在不同领域，根据自身具体的研究客体，解决特定研究任务提出的理论。具体到翻译学领域，国内外的学者提出的文本分析方法也是为了同一目的：研究原文本、译文文本和翻译过程，解决翻译中出现的与文本相关的一系列问题。以翻译为研究导向的文本分析理论多从语言学分析入手，首先分析文本的语言学特征，其后或引入信息论，或引入语用功能理论，或引入交际理论，从多个不同角度创立了多种文本分析理论。本节将对几种翻译导向的文本分析理论分别进行评述，尝试解析各理论构架的脉络，萃其精华。

一 德国功能主义翻译理论的文本分析理论

德国功能主义学派在国际翻译学界的影响力不容小觑，该学派的理论在实际解决各类具体翻译问题中具有很强的实用性，在阐述各类翻译现象时也具有很强的解释力。德国功能主义学派的理论认为，在翻译中

---

① Бродский И. А., "По ком звонит осыпающаяся колокольня", *Иностранная литература*, No. 5, 2000, стр. 244.

追求的不应是译文文本与原文本的等值,而应该重视译文文本在译入语环境中是否达到了预期的功能。换言之,译文文本在译入语语言文化环境中所产生的效果,应当等同于或近似于原文本在源语语言文化环境中所产生的效果。

20 世纪 60 年代末,德国语言学家、翻译理论家纽伯特(A. Neubert)以文本的目的性为标准,从交际语用的角度提出了自己的文本分析方法。他认为,文本依照其交际任务可以分为四种类型:第一种是科技文本,它在源语和译入语中都追求同一交际目的,具有极高的可译性;第二种是法律文本,它只供原文读者阅读使用,是完全不可译的;第三种是文艺文本,它可以表现全人类共有的需求,具有有限的可译性;第四种文本在创作之初就考虑到了译本和译入语读者的存在,因此具有很高的可译性。① 作为最早出现的翻译导向的文本分析法,纽伯特的理论只考虑到语言外因素(экстралингвистические факторы),而将语言因素排除在外,因此该理论稍显片面,欠缺了文本分析的关键因素之一——文本内因素(внутритекстовые факторы)。纽伯特的文本分析方法为德国功能主义译学理论的形成做了前期的铺垫。

20 世纪 80 年代初期,德国功能主义翻译学派的奠基人凯瑟琳娜·莱斯(Katharina Reiß)和汉斯·弗米尔(Hans J. Vermeer)在论证翻译的等值性(переводческая эквивалентность)时,提出了"目的论"(Skopostheorie)理论。他们认为翻译是一种实践活动,是为了实现特定目的的一连串心理和生理活动。如果翻译的目的达到了,则翻译活动便是成功的,反之则是失败的。

在莱斯和弗米尔的理论中有两点创新之处。其一,在"目的论"中,翻译目的的范畴要大于交际任务和文本功能。翻译的目的不仅是足值地传达原文本的内容,有时还会在接收者的意识中植入某种念头,或是误导接收者,使其产生疑惑,等等。根据各种不同的语用目的,翻译出的译文文本可以在内容和形式上发生较大的变化。其二,"目的论"将翻译的等值性置于从属、次要地位,等值只是一种功能上的对应,译文与原文的等值并不能保证翻译目的的完成。由此可以看出,"目的论"

---

① Neubert A., "Pragmatische Aspekte der Übersetzung", *Grundfragen der Übersetzungswissenschaft*, Leipzig, 1968, pp. 21-33.

将等同性（адекватность）视为译文文本的核心属性，换而言之，莱斯和弗米尔认为，翻译应该以完成双语交际为首要目的，语言层面的等值则是次要因素。因此，莱斯和弗米尔的"目的论"将交际视作核心因素，将交际功能视为文本的核心功能。在此基础上，莱斯和弗米尔再将文本所传达的信息、文本发送者和接收者的特点纳入理论体系中，提出一套保证交际目的的文本分析方法。依据该方法，所有文本可归入四类。

第一类是信息文本。信息文本受其描写对象所约束，其交际功能和语言形式是固定的，这类文本包括学术论文、科普文本、说明书等。第二类是表现文本，这类文本传达特定主题的信息，但语言形式和交际功能完全取决于文本作者的意图，如小说、诗歌、传记等。第三类是呼吁文本，此类文本专注于某个特定主题，其语言形式多种多样，哪种形式能够在接收者身上产生更强的作用便采用哪种形式，如广告、布道词、演讲等。第四类是视听文本，就交际功能而言，此类文本可能属于上述三种文本的任意一种，但文本的形式包含了技术手段和非文字成分。视听文本包括音乐、手势等。[①]

可以看出，莱斯和弗米尔的文本分析方法所涵盖的面十分广泛，涵盖了一切类型的文本，并将之划分为四大类。这种划分为文本分析研究提供了全新的视角，且特别适合非文艺文本的翻译研究。然而该分析法也存在一些缺陷：首先，在提出文本分类方法之后，没有进一步阐述如何具体分析每种文本的原则和方法；其次，分类法中的第四类实际上违背了该文本分析方法的原则和初衷，单独以符号种类再分一类，混淆了该理论的边界。

20世纪90年代，德国功能学派的第二代代表人物克里斯蒂安·诺德在莱斯和弗米尔的理论基础上提出了一个更为完备的文本分析模型。诺德的文本分析模式有两大主要理论基石：其一是文本语言学，在诺德看来，文本是一种交际活动，可以通过语言和非语言因素来实现[②]；其

---

① Алексеева И. С., *Текст и перевод: впросы теории*, Москва: Изд-во Междунар. Отношения, 2008, стр. 48.

② 张文英等：《解读诺德翻译导向的文本分析模式》，《长春理工大学学报》2012年第5期。

二是莱斯和弗米尔的文本分类方法,在前者的文本四大类型理论基础上,诺德提出文本具有四类功能,分别为指称功能、表现功能、诉求功能和寒暄功能。进一步地,诺德提出在文本分析过程中要同时关注文本内因素(внутритекстовые факторы)和文本外因素(внетекстовые факторы)。对文本内因素的分析包括:对主题、信息内容、语用预设、文本布局、非语言因素(交际中的肢体语言、表情、音调、图像等)、词汇、语法和句法、超语段特征八个方面的分析。对文本外因素的分析包括:对发送者、发送者意图、接收者、媒介、交际地点、交际时间、交际动机、文本功能八个方面的分析。① 文内、文外共16个因素之间互有直接或间接联系,构成一个复杂的关系网络。诺德指出,在对具体文本的文本内因素和文本外因素进行分析之后,便可以确定下一步的翻译活动属于哪种翻译。她认为翻译分为文献型翻译(документальный перевод)和工具型翻译(инструментальный перевод)。其中文献型翻译类似于直译,其目的是使译文读者与源语文化展开交际,展现原文本的特征,在翻译时尽量保存外来词汇、语法特点和异国情调,再现原文本的语言系统、言语形式和交际情景。诺德认为新闻、政论文章、学术论文的翻译都属于文献型翻译。工具型翻译则强调译入语文化,根据译入语读者的需要来传达原文本的信息,工具型翻译可以发现文本的其他效果,还可以替换原文的效果,诺德认为科技文献、商务信函、说明书的翻译属于工具型翻译。

诺德从传统西方翻译理论中的静态文本分析框架中走出来,不再固守功能对等思想,而是着重强调在翻译中译文文本的动态交际生成,并指出同一文本在不同语言文化环境中其功能会出现差异和错位。同时,该理论还改写了翻译评价标准,翻译质量的高低不再以原文文本为唯一标准,而是要从宏观上考量原文本与译文文本所属的独特文化语境,考察二者的功能性,以及具体的翻译作品在具体目标人群中交际功能的实现程度。诺德的文本分析模式更符合现代翻译活动多样性的特点,具有

---

① Nord C., *Text Analysis in Translation: Theory, Methodology and Didactic Application of a Model for Translation-Oriented Text Analysis*, Amsterdam & New York: Rodopi B. V., 2005, p. 84.

相当程度的实践指导意义。① 另外，诺德的文本分析模式也存在少数不足之处。其一，诺德在分析了文本内因素和文本外因素，并指明各因素之间的直接、间接关系后便驻足不前，对具体单个因素在文本分析中的重要性和其权重值未作阐述。其二，诺德在其文本分析模式中未给出明确的文本分析途径，换言之，如何依照该模式进行具体的翻译分析，问题悬而未决。最后，诺德的功能主义文本分析模式偏向于非文艺文本，适合科技文献、法律文书、新闻广告等类型的文本分析。在文艺文本的分析方面，该文本分析模式具有相当程度的潜力，但诺德提出的"文献型翻译"和"工具型翻译"两分法实际上模糊了文艺文本和非文艺文本的边界：她将小说散文翻译纳入文献型翻译的次类型"异化翻译"，而将诗歌翻译纳入工具型翻译的次类型"相应功能翻译"中。

纵观德国功能主义学派的译学理论，从发端伊始就关注文本这一研究客体，并从多个角度对其进行分析，尤其是诺德的文本分析模式堪称经典，为后世翻译学发展提供了多方位的理论支撑。诺德文本分析模式中关于文本外因素和文本内因素的划分可见于中西方翻译学界的各类著作、论文当中，其中就包括了俄罗斯翻译理论界的几位知名学者。

二 俄国文本翻译理论的文本分析模式

21世纪初，俄国语言学家、翻译理论家阿列克谢耶娃（Алексеева И. С.）在莱斯的文本分类方法和诺德的文本分析模式基础上，扬弃并发展出一整套新的文本分析模式。阿列克谢耶娃指出，莱斯的文本分类方法缺失了分类标准，由此带来边界模糊的问题。譬如，在莱斯的理论中，说明书属于信息文本一类，但无法解释说明书中为何含有大量应当属于呼吁文本的祈使因素：命令式、情态动词等。她认为，必须首先提出明确的分类标准，在此基础上才可以建立在翻译实践中有实际效力的文本分类法。②

阿列克谢耶娃认为，文本在完成自己的交际任务时，会给读者带去

---

① 朱琳：《翻译导向的文本分析综合模式理论基础及教学启示》，《外语教学》2012年第5期。

② Алексеева И. С., *Текст и перевод: впросы теории*, Москва: Изд-во Междунар. Отношения, 2008, стр. 49.

特定类型的信息。这些信息的形成遵照一系列固定的方式、手段。因此在构建翻译导向的文本分类时应当引入信息类型的概念。换言之，阿列克谢耶娃认定的文本分类标准是文本中所包含的信息类型。阿列克谢耶娃将文本中的信息类型分为四类，分别为：认知信息（когнитивная информация）、祈诉信息（апеллятивная информация）、情感信息（эмоциональная информация）和审美信息（эстетическая информация）。认知信息是外部世界的客观消息，具有客观性、抽象性、致密性的特点。祈诉信息是完成特定动作的意图或指示，其特征是带有请求、指示、命令意义的词汇和中性（非情感）背景。情感信息在交际过程中传达情绪和感受，其主导特征是主观性、具体性，情感信息与认知信息就分类特征而言是完全对立的。审美信息是一种专门塑造美感的情感信息，其特殊之处在于它既是传达信息的手段，也是信息本身，因此必须单列一类。同时，阿列克谢耶娃也指出，具体文本通常会出现多种类型的信息混合出现的现象，在这种情况中则需要找出其中的主导信息类型。①

由此可以得出，文本的交际功能是由包含在文本中的信息类型决定的。当多种类型的信息共存于同一文本时，则该文本的交际功能也趋向于复杂化和多层化。依据文本的信息类型，以及被信息所主导的文本交际功能，阿列克谢耶娃提出了文本的翻译学分类，分别为：认知主导文本、祈诉主导文本、情感主导文本和审美主导文本。其中，常见的认知主导文本有科技类、公告类、艺术学类、哲学类文本等；常见的祈诉主导文本有法律类、宗教类、说明书等；常见的情感主导文本有演讲、广告、讣告等；常见的审美主导文本有文艺文本、文艺评论等。②

在对文本进行翻译学分类的基础上，阿列克谢耶娃进一步引入文本发送者、文本接收者、文本目的概念，建立了一套翻译导向的文本分析模式。她认为，翻译的文本分析应分为笔译文本分析和口译文本分析，二者组成因素不同，应予以区别对待。阿列克谢耶娃将笔译的文本分析

---

① Алексеева И. С., *Текст и перевод: впросы теории*, Москва: Изд-во Междунар. Отношения, 2008, стр. 50-56.

② Алексеева И. С., *Текст и перевод: впросы теории*, Москва: Изд-во Междунар. Отношения, 2008, стр. 72.

分为三步：

第一步是译前分析。首先搜集超语言信息，如作者生平、出版年代等；其次，要确定文本的发送者、接收者和翻译的目的；再次，发掘文本中的信息类型；最后确定交际任务。

第二步是分析寻找翻译选项。这个步骤实际上就是翻译过程本身，如果说上一步回答的是翻译什么的问题，这一步回答的则是如何翻译的问题。

第三步是译后检查。首先检查译文文本是否完整翻译了原文本，其次校勘词汇、语法、句法，最后检查翻译策略是否运用得当。

口译的文本分析同样也分为三步：

第一步是译前分析。首先搜集超语言信息，如果没有得到原文本，则预先收集相关主题的材料加以熟悉。其次确定文本的发送者、接收者和翻译的目的。最后确定交际任务。第二步是分析寻找翻译选项。第三步是翻译结果的分析检查，口译的译后检查是与翻译同步进行的，因此译后检查主要是修正翻译偏差和填补漏译之处[1]。

阿列克谢耶娃的文本分析模式在德国功能学派的理论基础上有了长足发展。她以所含主导信息的类型为分类标准，建立了文本分类方法，厘清了各类常见文本的主导特征，尤其是划清了文艺文本和非文艺文本之间的界线，有利于解决当代翻译实践活动中常见的翻译策略选择问题。此外阿列克谢耶娃认识到，此前学者们研究文本分析实际上是研究狭义的文本，即书面文本，而忽略了翻译的一个重要组成部分——口译。因此，阿列克谢耶娃将笔译实践与口译实践分开，分别提出适合两种翻译类型的文本分析模式，开辟了译学文本分析的一条蹊径。

然而必须指出的是，阿列克谢耶娃的理论侧重于重新构建翻译的文本分类体系，对于文本分析模式并未进行深入的研究。其笔译和口译的文本分析模式没有继承德国功能学派关于文本外因素和文本内因素的经典论述，只是简单引入了发送者、接收者、目的三个因素。对于三因素与文本因素的互动作用方面也未着笔墨。此外，阿列克谢耶娃的文本分析模式更接近于一种翻译策略（переводческая стратегия），而非文本分

---

[1] Алексеева И.С., *Текст и перевод: впросы теории*, Москва: Изд-во Междунар. Отношения, 2008, стр. 149.

析方法，这也使该理论在指导翻译实践方面稍显乏力。

同时期另一位研究文本和翻译的俄国学者布朗德斯（Брандес М. П.）在论述翻译教学法时，也提出了一套翻译导向的文本分析方法，该文本分析法分为三阶段。

在第一阶段中，需要仔细并多次阅读文本，确定文本的体裁和语体特征。对于非文艺文本，要确定其功能语体（функциональный стиль），如科学语体、报刊政论语体、公文事务语体等，再确定其言语体裁（речевой жанр）。对于文艺文本，则需确定其文学流派和叙事主体的形象，即作者形象。在这一阶段中明确的实际上是交际的程序参数：找出体裁类型，是新闻报道、科技文献还是辩论；明确作者形象，是叙事形象、戏剧形象还是抒情形象；揭示言语的特点，是书面语还是口语，疏远还是亲近，经过加工还是未经加工，等等。在第二阶段中，如果是非文艺文本，则要厘清文本内容是以哪种言语结构形式（композиционно-речевая форма）进行叙述表达的。如果是文艺文本，则要挖掘叙事主体以何种形象出现在文本中，是第一人称叙事者，第三人称讲述者、观察者，还是局外分析者。此外还要分析，是哪种言语结构形式使读者认定，叙事主体是以这种形象出现的。第二阶段的文本分析有助于了解文本的典型句法结构和典型词汇特征。文本分析的第三阶段，在前两阶段已经分析明确的文本叙述框架内分析文本的具体语言。①

布朗德斯的文本分析方法有助于厘清文本的含义结构，还有助于解决翻译中的主要难点，即在全文尺度上把握文本的全部含义。该理论同样提出，对文本外因素的分析是文本分析的重要一环。与此同时我们可以看到，布朗德斯的文本分析方法也存在几点瑕疵。首先，该文本分析法更倾向于是一种译前分析（предпереводческий анализ），它更侧重在翻译过程进行之前对具体文本进行宏观把握，而将具有同等重要性的文本内因素分析放在第三阶段，也并未详细论述如何"分析文本的具体语言"。其次，虽然作者宣称该文本分析法同时适合非文艺文本和文艺文本的分析，但就其论述来看多半围绕文本的功能语体进行分析，更偏向于非文艺文本，而且如前文所述，该方法回避了文本内因素的分析，因此在文艺文本的分析方面略显单薄。

---

① Брандес М. П., *Предпереводческий Анализ Текста*, Москва：Тезаурус, 2001, стр. 5.

三 交际理论学派的文本分析模式

20世纪90年代末,与莱斯同时代的英国翻译学家纽马克(P. Newmark)在交际理论学派的理论框架内提出了一套文本分析方法,以及与之对应的翻译策略。纽马克认为,翻译理论的主要任务是针对各种不同的文本类型提出不同的翻译方法,以便为翻译人员提供必要的原则、规范和建议。以上述思想为出发点,纽马克提出将文本分为三大类。

第一大类为表现型文本。该类型文本的核心是作者,语言功能是表达情感,常常运用各类修辞手法来传达作者或者叙事主体的情感、思想或价值倾向,语言具有审美特点,翻译表现型文本的目的在于表现其美学形式。纽马克又将表现型文本进一步细分为三小类:第一小类是严肃性和想象性文本,它包括小说、戏剧、诗歌等;第二小类是叙述性文本,由特定学科领域的专业人士所撰写,法律文书、演说词、哲学作品都属于此类;第三小类是个人传记、私人信函、杂文等文本。

第二大类是信息型文本。这一类型文本的核心是客观存在的事物或真理,语言功能主要是传达客观信息,反映客观事实,其语言一般秉承逻辑、中立、不带感情色彩的原则,翻译信息型文本的目的在于跨语言传递信息。此类文本包括科普文章、教材等。

第三大类是呼吁型文本。呼吁型文本强调以读者为核心,其语言功能旨在唤起读者依照作者意图去思考问题、感受情绪,语言特点是对话式的,翻译呼吁型文本的目的在于在译文读者身上引起所期望的反应。广告、各类宣传性文本都属于此类。[①]

纽马克文本分析模式的亮点在于,他在交际理论框架内引入了四个影响翻译策略选择的文本外因素:文本目的、译者的意图、读者特点、原文本的语言文学特征。此外,纽马克还提出了针对不同文本类型的两种翻译方法:交际翻译法(метод коммуникативного перевода)和语义翻译法(метод семантического перевода)。交际翻译法的核心在于在译文读者身上产生与原文本读者相同,或尽可能类似的交际效果。语义翻译法旨在精确传达原文本的语境意义,同时兼顾源语言的语义结构和句

---

① 姜蓉:《纽马克文本分类模式评析》,《西南民族大学学报》(人文社科版)2007年第9期。

法组织。① 纽马克的文本的划分并非是绝对的，现实中大多数文本会同时跨越两种甚至三种文本类型。此时应当分辨其主导文本类型，采用不同的翻译方法予以应对。

根据纽马克的理论，三大文本类型应分别采取不同的翻译方法。表现型文本应主要采用语义翻译法，因为其作者处在超然的中心地位，因此在翻译中力求在行文风格、修辞手法、句法结构、词汇搭配等方面贴近原文本。信息型文本应采用交际翻译法，因为信息处在核心地位的缘故，在翻译时可以采用译文读者易于接受的语言来表达，但需精准地传达原文本所包含的全部信息。呼吁型文本也应采用交际翻译法，因为读者处于核心地位，应重视读者是否依照作者意图做出相应的反应，因此在翻译中可以适当偏离、变译原文本，以使译文文本达到相应效果。

纽马克的文本分析模式分为文本分类法和对应的翻译策略两部分。其中，文本分类法与莱斯的文本分类大体近似，只在特定功能语体的归属划分上有所差异。纽马克创新之处在于，在将具体文本进行分类的同时，对其文本核心、作者和读者的地位、语言功能和特点、预期的翻译目的进行分析，确定其主导文本类型。进一步地，纽马克还针对三种文本类型提出了具体的翻译策略，即两种翻译方法，具有相当的实践指导意义。同时，我们也看到纽马克提出文本分析模式的年代，恰逢交际理论学派的对等理论在翻译学界风头正劲，出身该学派的纽马克也深受对等理论的影响，这体现在他对文艺文本的翻译策略选择上。纽马克将文艺文本（小说、戏剧、诗歌）归入表现型文本一类，并认为译文文本的句法结构、词汇搭配要尽量贴近原文，这种观点在如今看来已略显老旧。此外，在文本分析的因素方面，纽马克引入了与交际相关的四个文本外因素，未提及文本内因素的构成及其分析方法。

四　国内当代的几种文本分析模式

在国内翻译学领域内，研究文本分析的多数研究成果是先进行理论推介，而后套用实践式的，这类研究多直接采用莱斯、诺德等人的经典文本分析模式，分析具体文本或特定翻译实践活动。另外，从翻译学角

---

① Комиссаров В. Н., *Современное переводоведение*, Москва: ЭТС, 2004, стр. 192.

度研究文本分析模式本身的学者并不多见。

21世纪初，胡谷明在论述文本修辞与小说翻译时，在文本语言学与翻译学的交叉地带建立了一套文本分析模式。该分析模式包括文本分析方法和对应的翻译策略。胡谷明的文本分析方法包含四个方面。

第一，分析文本中句子的语义连接方式。句子的语义连接方式分为链式语义联系、平行式语义联系和接续语义联系。其中链式语义联系主要用于逻辑推理和判断。平行式语义联系主要用于列举事物，描写现象和环境，勾画人物角色心理，表现情感，等等。接续语义联系在书面文本中出现的频率较低，主要出现在日常口语对话中。当然也不排除个别特殊情况，例如伊斯坎德尔的短篇小说《在乡间别墅》，全文由两位角色的口语对话组成，无一句描写和旁白。胡谷明认为，就文学作品的翻译而言，句子之间的链式语义联系和平行式语义联系显得更重要一些。①

第二，分析文本中句子的句法连接方式。胡谷明认为，句子的句法连接方式也分为链式句法联系和平行式句法联系。其中，句子的链式句法联系可以按照句子间的结构关联性进一步细分为链式词汇联系、链式代词联系和链式同义替代词联系。句子的链式句法联系主要用于叙事、描写，以及思想的连续发展。在平行式句法联系中，句子间的关系是彼此平等、相互对照的，它主要用于思想的对比、加强情感等方面。

第三，分析文本的散文段构成。散文段（прозаическая строфа）是多个句子的集合体，它包含一段完整的信息或完整的思想，它具有思想、表达、主题统一的特点。② 文本分析中，在厘清句子的语义连接方式和句法连接方式之后，便可将文本切分成若干个散文段。此后，对单个散文段的整体意义、结构特点、语调韵律和情态性逐个进行分析。

第四，分析文本的叙述类型。文本的叙述类型分为第一人称叙述、第二人称叙述和第三人称叙述。三种叙述类型具有各异的修辞特点，在具体文本中，可能出现通篇只用单一人称叙述的情况（比如只使用第三人称叙述类型），更常见的则是三种叙述类型交替使用，以适应不同的言语形式、体裁，体现不同的修辞手法。胡谷明指出，第一人称叙述类型常见于日常口语语体、文学作品和政论文中；第二人称叙述类型常用

---

① 胡谷明：《篇章修辞与小说翻译》，上海译文出版社2004年版，第21页。
② 同上书，第28页。

于文学作品、各类宣传、信函等；第三人称叙述类型是万能型，几乎适用于各种语体、体裁和场合。①

在提出四方面文本分析法后，胡谷明进一步指出，文学翻译的策略首先是从整体上把握原作。整体把握原作既包括对宏观上的社会文化背景（социально-культурный фон）的把握，也包括对文本内的微观上下文文本（микроконтекст）的把握。其次，文学翻译中应以散文段为基本翻译单位，以保证全面准确地理解原文本，从而精确地再现原作的风格特征。

翻译理论界中单独提出翻译导向的文本分析方法的还有黄秋凤，她在评述了布朗德斯和阿列克谢耶娃的文本分析模式后，指出文本分析需要考虑文本外和文本内两种因素，从语言学角度、文艺学角度和文化学角度来分析。② 黄秋凤认为翻译的文本分析应当存在于翻译过程之前。第一步，首先要对原文作语言学分析，其中包括词汇语法方面的分析、句法方面的分析、语义方面的分析和修辞方面的分析。第二步对原文作文艺学分析。第三步对原文作文化分析。

此外，申丹在英美经典小说的研究中提出了一套文本分析模式。该模式虽然立足于文体学和叙事学，但由于研究客体是外国文学作品，且研究目的旨在阐释小说作品中的潜文本，与本研究的契合颇多，因此具有相当程度的借鉴意义。申丹指出，对于潜文本而言，任何解读都是特定社会历史语境中某一个体的一种分析结果，但文体学和叙事学的分析特点是紧扣文本，而文本具有客观性，因此可以根据文本事实在某种程度上判断对潜文本的阐释是否合乎情理。③ 她认为，在文本分析时应注意将叙事学的方法和文体学的方法相结合，采取"整体细读"的方法。被申丹命名为"整体细读"法的文本分析模式分为两条并行的途径。其中，"细读"法具有两个特点：其一，细读是指既关注词汇搭配、句子结构等遣词造句层面的细节，又关注段落章节布局、明线暗线和伏笔

---

① 胡谷明：《篇章修辞与小说翻译》，上海译文出版社2004年版，第46页。

② 黄秋凤等：《文本译前分析与原作语言表现力的再现——以契诃夫〈胖子和瘦子〉为例》，《牡丹江师范学院学报》（哲学社会科学版）2012年第3期。

③ 申丹：《叙事、文体与潜文本——重读英美经典短篇小说》，北京大学出版社2009年版，第13页。

照应等叙事策略。其二，细读还指在阅读文本局部片段时，结合上下文仔细考察该片段在作品全局中的地位以及作用。"整体"则体现在三个方面：一是对作品中各成分之间的相互作用加以综合考察；二是对作品和语境加以综合考察；三是对一个作品与相关作品的相似性和对照加以互文考察。换而言之，"整体细读"文本分析法是宏观分析与微观分析的有机结合，二者相互关照，相互关联，不可分离。运用"整体细读"文本分析法，申丹分析爱伦·坡、海明威、曼斯菲尔德等多位英美作家的短篇小说作品，剖析作品文本中的隐含作者、道德隐喻、多重反讽等多种潜文本表现手法，实证了该文本分析模式的有效性。

可以看到，申丹文本分析模式中的两大组成部分"整体"法和"细读"法，实际上与前文多次论述的文本外因素、文本内因素十分贴近。"整体"法中关注的语境和外互文是文本外因素的重要组成部分，"细读"法中关注词汇、句法、叙事结构是文本外因素的重要组成部分。申丹"整体细读"文本分析模式的优势在于，她用大量的例证分析证实了该模式在翻译实践中的有效性。

小结

在总览了文本的广义定义，以及各学科对文本的狭义定义之后，我们发现各类理论中或多或少、或浅或深地都指出了一种独特的现象，即在特定的文本类型（文艺文本）中，广泛存在一种隐藏于字面之下的信息。为了便于论述这种隐藏信息的现象，我们梳理了与本研究相关的下位文本定义，如互文文本、潜文本、前文本、上下文、文艺文本。进一步地，我们提出在文本中存在两种类型的信息：显性信息和隐性信息。显性信息和隐性信息共同组成了文本的纵深结构，使文本具有信息超载的潜力。文本中可能出现的信息结构分层现象也导致文本具有含义分层的潜力，换言之，文本中出现信息结构分层，则必然出现含义分层。在具有含义分层现象的文本中，显性信息构成文本的意义，隐性信息传达文本的含义。意义与含义的关系是密不可分的，含义依赖于文本的意义才得以产生。至于潜文本，则是一种加工含义，而非自然含义。它是文艺文本中构建次层面的手段，用以增强文本的情感色彩，附加额外的社会文化信息，加强对读者的影响。具体到本书的研究客体——俄罗斯小说中，以潜文本构建文本次层面的写作手法可以追溯到19世纪的莱蒙托夫等人，并随着时代发展和世界变迁得以不断创新。那么，如何在俄罗斯小说阅读过程中精准地察觉其隐藏的潜文本，并解读和阐释其潜文本含义，成为摆在面前的现实问题。本研究认为，无论是搜寻挖掘，还是解读阐释潜文本，都离不开文本本身。对文本进行全方位分析是阐释其潜文本含义的必经之路。因此，文本分析是本研究的重点和核心途径之一。

此外，本章中还阐述了国内外翻译理论界较为著名、影响力较大的文本分析方法和模式。德国功能学派的文本分析法以目的论为核心，打破了对等理论的局限，提出了以目的性法则为准绳的文本分析方法，是当代西方翻译理论研究的重大突破。在实际操作中，该流派的理论也存在不足之处：它过分强调翻译的目的，以及译者、译入语的目的，使译文忽略了原文的文体和美学特征，达不到应有的等同。俄国学者提出的两种文本分析法则略显宽泛，罗列出文本分析的因子要素，但忽视了因素的权重以及各因素之间的关联，未给出详细可行的分析操作流程。中国译学界学者提出的文本分析模式侧重于文本本身，即文本内因素的分析，对文本外因素有所提及，但并未详细论述。另有基于文体学和叙事学理论的文本分析法，同样旨在阐释潜文本，具有一定的理论先导意义，然后该理论也未回答文本分析的组成要素、要素间关系及权重等重要问题。综合现有的研究成果，可以发现翻译导向的文本分析研究，尤其是针对潜文本阐释的研究，无论是从广度、深度还是细致程度上来讲，都有进一步挖掘、细化、系统化的潜力。

第三章 文艺文本的分析途径

在对国内外较具影响力的一众文本分析模式进行概览、梳理之后，我们发现，上述各理论对本研究的客体都具有一定程度的指导意义。然而具体到文艺文本和俄罗斯小说文本的分析，以及对文本中蕴含的潜文本进行阐释时，仍需提炼上述理论的精粹，取其经典的论述，阐明其模糊粗略之处，再引入新的适合本研究客体和目标的新因素，为构建新文本分析模式做理论准备。

第一节 文本分析的心理过程

从认知语言学的角度来看，在对文本进行阅读和分析时，人脑中的思维方式通常遵守两条大致相反的路线。一条思维路线是自宏观至微观的分析（макро-микроскопический подход），另一条是自微观至宏观的分析（микро-макроскопический подход）。依照库克（G. Cook）的观点，文本的宏观分析从分析社会关系开始，依次分析共有知识、文本类型、文本结构、文本功能；随后进入微观分析阶段，依次分析连贯机制、衔接性、语法和词汇、语音和字母，最终完成自微观至宏观的文本分析。将该分析反向进行，从语音和字母分析起始，至社会关系分析结束，便是自微观至宏观的文本分析。

两种分析路径可以合并表示为图3-1。

如图3-1所示，自宏观至微观的文本分析是从广义的交际语境，以及交际参与者的背景知识出发，从文本的较高层级到较低层级单位的推理路径，是逻辑概念驱动的。自微观至宏观的文本分析是从文本的较低层级到较高层级单位，直至文本整体结构和交际语境的推理路径，是文

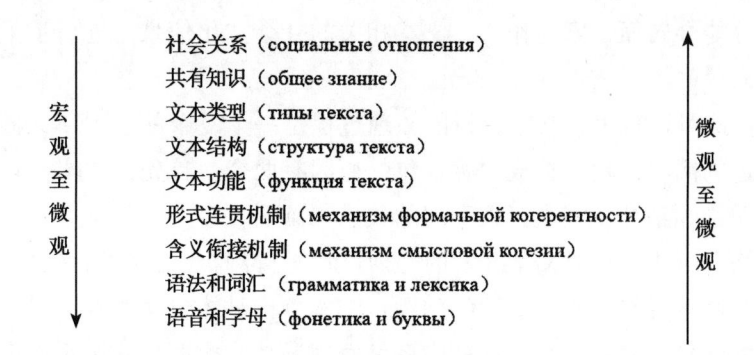

```
宏观至微观  社会关系（социальные отношения）         微
              共有知识（общее знание）                观
              文本类型（типы текста）                 至
              文本结构（структура текста）            微
              文本功能（функция текста）              观
              形式连贯机制（механизм формальной когерентности）
              含义衔接机制（механизм смысловой когезии）
              语法和词汇（грамматика и лексика）
              语音和字母（фонетика и буквы）
```

图 3-1　库克的文本分析路径①

本语料驱动的。②

　　库克的双向心理图示是以认知语言学为理论基础，同时引入了交际理论和文本语言学的观点，是对文本分析心理过程的一种理想性描述。抛开库克列出的文本分析因素是否完备不论，其宏观至微观、微观至宏观的思维走向是特定的完美状态下的心理行进路线。在实际情况中，由于客观和主观上的各类原因，文本分析的心理过程常常呈现一种"乱流"的状态。

　　首先，从客观上而言，文本内部各种因素两两之间，或者多个之间存在天然的亲和性。譬如，文本的体裁属于库克理论中"文本类型"分析的子因素，文本的流派属于"共有知识"分析的子因素，而作者的相关信息则属于"社会关系"分析的子因素，在实际文本分析中，对文本体裁、流派和作者生平的分析常常同时进行。如此，文本内因素之间联系的紧密性会造成文本分析心理过程中出现"串流"现象。

　　其次，从主观上来说，分析文本的人类个体由于其文化水平、背景知识和心理状态各不相同，在文本分析过程中也会违背宏观至微观、微观至宏观的单向行进路线。比如，对于苏俄国情文化不了解的读者在阅读某一小说译本时，往往跳过"社会关系"和"共有知识"分析阶段，

---

① Cook G., *Discourse*, Oxford：Oxford University, 1989, p. 80. 表述略有改动。
② 张应林：《语篇分析学》，华中师范大学出版社 2006 年版，第 195 页。

直接进入文本本身的阅读分析。在被小说情节或作者创作风格所吸引后，可能会转而搜索与作者、文本相关的社会文化信息，进一步了解该作品。

由此可以得出，文本分析的心理过程是一个复杂的且来回穿插、多次往返的网状结构。造成这种现象的原因有两个：首先，文本分析的因素未明确和细分；其次，因素间的关系未阐明。

综上所述，在对文本分析的心理过程进行剖析时，我们引出了三个无法回避且具有核心重要性的问题：文本分析具体包含哪些因素？这些因素之间具有何种关系？这种联系可否用谱系或模型具体标示出来？我们将逐一进行论述。

第二节　与文艺文本分析相关的因素及其类别

在前文的论述中我们多次注意到，国内外各类文本分析模式在立论基础和论述途径上有的大相径庭，有的相差无几。然而，上述理论都直接或间接地承认以下两点观点：其一，文本分析所包含的因素数量多，且种类并不单一；其二，文本分析首先无可争议地与文本相关，其次与文本外的某些方面相关。在文本分析的具体构成因素及其分类方法明确之前，我们暂且按照公认观点的思路往下梳理。

一　文本分析中与文本相关的因素

在文艺文本的分析过程中，与文本相关的因素包括：文本的语体和体裁、文本的宏观结构和文本的微观结构。其中，文本的宏观结构还进一步分为形式结构和含义结构之分；文本的微观结构分析体现在句法、词汇、语音、标点符号层面上。

（一）文本的语体和体裁

文艺文本分析中与文本自身相关的因素，按照文本高层级单位至低层级单位，首先是文本的语体和体裁（стиль и жанр текста）。依照秋列涅夫（Тюленев С. В.）的观点，一切文本的目的都是完成某种功能，因此翻译中最普遍也最适用的文本分类方法是功能语体分类。他按照文本的功能将其分类为：公文事务语体、政论语体、科学语体、信息语体、文艺语体和日常交谈语体。①

由于本研究的客体是俄罗斯小说文本，因此我们将审美功能为主导功能的文本归入文艺语体。其他所有语体则笼统划入非文艺语体，暂且搁置不作详细分类。

在确定文本的语体后，需要对文本的言语体裁进行分析。体裁分析问题更多地体现在译者角色对文艺语体的文本分析当中。需要指出的是，俄国文学对于体裁的划分与我国不尽相同：我国将现当代文学作品分为小说、散文、诗歌和戏剧四大体裁；俄国文学中没有小说和散文概念的划分，而是将二者统称为非韵文（проза），与非韵文相对的是诗歌（поэзия）。在确定原文体裁后，在绝大多数情况下应采取以译入语韵诗翻译源语韵诗，以译入语自由诗翻译源语自由诗，以译入语小说散文翻译源语小说散文，以译入语戏剧翻译源语戏剧的对应原则进行文本分析。②

（二）文本的宏观结构：形式结构和含义结构

与文本相关的因素中，层级排在文本语体和体裁之下的是文本的宏观结构（макроструктура текста）。此处的文本结构应从两方面进行理解：首先，它包括文本的形式结构，即库克提出的形式连贯机制，比如自然段的布局、章节的排列和照应等；其次，它还包括文本的含义结构，即含义衔接机制。

就形式结构而言，异常的段落布局现象，以及文本内章节照应形成的内互文现象是文本分析的关注点之一。异常的段落布局现象通常包括：相邻段落在篇幅大小上对比强烈，图形化的段落布局，大段留白，等等。章节的排列和照应存在于整个作品文本尺度上，有时难以察觉，但通常伴有特定的标志物，它包括但不限于：前后照应的章节标题；形式相仿，互为内互文的章节篇幅、内容等。文艺文本中类似的异常形式结构往往蕴含着作者特殊的交际意图，埋藏有潜文本信息。譬如：

---

① Тюленев С. В., *Теория перевода*, Москва：Гардарики，2004，стр. 217.
② 胡谷明等：《阐释俄罗斯文学作品中潜文本现象的文本分析模型》，《俄罗斯文艺》2017 年第 3 期。

Вот всего осталось каких-нибудь полчаса; вот уже зеленоватое просветление рассвета; комната синеет, сереет; умаляется пламя свечи; и - всего пятнадцать минут; тут тушится свечка; вечности протекают медлительно, не минуты, а именно - вечности; после чиркает спичка: протекло пять минут... Успокоить себя, что все это будет не скоро, через десять медлительных оборотов времен, и потрясающе обмануться, потому что —

— не повторяемый, никогда еще не услышанный, притягательный звук, все-таки… —

— грянет!! …①

译文：

此刻总共只剩下大约半小时；此刻黎明已然泛青；房间时蓝时灰；蜡烛的火苗黯淡了；已然——只十五分钟了；蜡烛熄灭；永恒缓缓流动，不是分秒，而正是——永恒；擦燃火柴后：已过去五分钟……安慰自己，这一切都还早，再等时间缓慢转上十圈，便是惊人的错觉，因为——

——独一无二，举世无双，让人着迷的声响，终将……——

——轰然响起!! ……②

该文本片段取自别雷的长篇小说《彼得堡》（《Петербург》），描述的是人物正在等待他设置的炸弹爆炸的场面。该片段由三个布局特殊的自然段组成：第一段是八个分句组成的大段落，第二段只有一句，第三段只有一个单词。首先，这种段落规模以数量级缩小的手法极具象征性——象征越燃越快、越缩越短的炸弹引信。其次，片段中的四个破折号的用法不符合通常的语言规则和言语规范，其位置特殊且两两对齐，形成一种独特的梯状结构，使读者在阅读时"拾级而下"，而紧张、期

---

① Белый А., *Петербург*, Москва: Прогресс-Плеяда, 2010, стр. 370.

② [俄] 别雷：《彼得堡》，靳戈等译，作家出版社1997年版，第528页。译文略有改动。

待的情感反而逆向上升，最后在"轰然响起"中达到顶点。① 对于这种文本图形化的现象，俄语言学家舒宾娜（Шубина Н. Л.）认为，图形化的文本形态是信息、交际和语用的重要组成成分，也是含义编码的一部分。② 由此可见，在文本分析中对形式结构，尤其是异常的形式结构进行图形化分析，可以揭示其中隐藏的潜文本含义。

同理，文本的另一宏观上的形式结构——章节，也具有隐藏潜文本信息的潜力，它常常表现为特殊的排列形式或前后照应。比如，佩列文的长篇小说《"百事"一代》中，第一章的题名"Generation 'П'"、第七章的题名"Homo zapiens"以及最后一章的题名"Тuборг мэн"同为作者臆造出的词组和概念。Generation "П"混合了英语单词和俄语字母，暗指被可乐和欧美文化西化了的一代人。Homo zapiens 是作者根据智人一词的拉丁文 Homo sapiens 臆造出的新词，意为"换台人"，指的是人被电视节目和广告摄住心魂，坐在电视前不挪窝的状态。Тuборг мэн 则是作者由英语 Tuborg man 音译转写而来，意为乐堡啤酒人，指的是主人公被数码化，意识完全融入他自己创作的电视广告之中。三个章节一前一中一后，将长篇小说截为三个部分，恰好便是小说主人公进化的三个阶段。作者使用标志性的节点章节在小说全文中立下里程碑，再用异常的命名手法为里程碑标上醒目的标志，等待读者在阅读和分析时发掘其宏观结构下的潜文本，堪称以章节排列和照应构建潜文本含义的范本。

除文本的可见结构之外，文本的结构分析还包括对含义结构的分析，这也是结构分析的重中之重。我们认为，文本含义结构的基本单位是散文段，对文本进行含义结构分析，首先便要对文本进行散文段的切分。根据索尔加尼克（Солганик Г. Я.）的观点，"散文段是指按照意义和语法连接起来的，表达比较完整思想的一组句子，它是和词或句子一样的语言单位，只不过它们在结构上要复杂一些"③。在文本中，单

---

① 胡谷明等：《阐释俄罗斯文学作品中潜文本现象的文本分析模型》，《俄罗斯文艺》2017 年第 3 期。

② Шубина Н. Л.，*Пунктуация современного русского языка*，Москва：Академия，2006，стр. 88.

③ 转引自胡谷明《篇章修辞与小说翻译》，上海译文出版社 2004 年版，第 65 页。

个句子和自然段具有单独的意义，但往往不具有完整的思想。散文段由多个句子或者多个自然段组成，一方面，每个散文段是其全部组成成分，即句子和自然段意义的集合；另一方面，散文段的完整思想还包括句子、自然段之间语义关系和句法关系。包含独立主题和完整思想的散文段是一个闭合的系统，在这个系统内存储有一段相对独立和相对完备的信息。它可以是对一种概念的解释，对一个场景的描写，或对一个人物形象的勾勒。回到我们在第二章第一节中关于"切拉兹"的例子：

①卡齐姆叔叔有一匹出色的赛马，唤作洋娃娃。②几乎每年的赛会它都能赢回些奖项。③它尤其擅长一种只在我们阿布哈兹本地出名的长距离奔跑项目——切拉兹。

④切拉兹，就是把马匹赶进湿滑的地里迫使其滑着跑。⑤在这个过程中既不能跌倒也不能停步。⑥留下最长滑痕的那一匹赢得比赛。⑦这种比赛项目有可能源自于山路崎岖的生活环境，马匹在落脚困难的时候可以滑行的能力显得尤为珍贵。

⑧我不打算细细列举它的气质性格，何况在相马方面我完全是门外汉。

该文本片段共包含八个句子，三个自然段。前两自然段，句子①—⑦共同构成一个闭合的散文段，其主题是"切拉兹"，中心思想是"马擅长切拉兹"，要传达的信息是"马擅长一种阿布哈兹特有的项目——切拉兹"。从第①句至第⑦句，散文段的信息系统由开启至闭合，呈现出一段完备的信息。此时若引入第⑧句，则会开启另一个主题，即"马的气质性格"，显然不属于前一个散文段，而应单独另启散文段。可以看到，散文段的信息系统本身与系统内各元件是一种充分必要关系，缺一不可，多一则画蛇添足。与此同时，散文段信息系统的闭合不意味着封闭，任意散文段在意义和结构上都处于开放和可接入状态。换言之，散文段是一种承前启后、承上启下的信息系统，它与当前文本的所有其他散文段一起，共同组成完整的文本结构。

在文本分析中，特别是在翻译导向的文本分析过程中，对文本的含义结构进行分析具有重要意义，散文段的切分是重要操作之一。正确的散文段切分有助于找准基本翻译单位，避免在阅读和翻译过程中反复来回搜寻信息；有助于精确翻译原文本中的多义词、双关语、文字游戏等，避免错译词义，漏译潜文本含义；有助于准确翻译原文本的风格，传达源语言的特点，规避两种语言间因差异而造成的词法、句法桎梏。

（三）文本的微观结构：句法、词汇、语音、标点符号

与文本相关的文本分析因素中，体量最小的结构当属句法、词汇、语音和标点符号。正因为句法、词汇、语音、标点符号具有体量小、数量多、形式杂的特点，使其相较于其他结构更易于转换和操纵。作者往往采用独特的句法、词汇、语音、标点符号手段来凸显作品的个人风格，增加文本的信息蕴含，使文本出现信息分层，进而构建潜文本信息。

不同于文本在宏观结构上的异常布局、大跨度照应的隐蔽性，文本微观结构上的异常通常较为明显且易于分辨。这种较高的辨识度是文本作者的交际意图之一，作者渴望读者察觉出文本在局部上的异常，进一步搜寻这种异常的缘由，最终挖掘出其中潜藏的信息，完成整个交际链。因此，作者有意使用文本微观结构表现隐性含义时，会留下各类显著的标识。

在对文本进行微观结构分析时，应关注以下几个标识：其一，异常的句法结构，包括超长的句子、被分割为多部分的句子、单部句、无人称句等；其二，以超常词频多次重复出现的词汇，包括词汇各类语法形式的重复；其三，可能包含不确定信息和双关含义的词汇，包括多义词、形近词、故意的拼写错误等；其四，彼此相邻，且发音具有相似性或特定韵律的多个词汇，包括头语重复、词尾重复等；其五，异常的标点符号使用现象。譬如，莱蒙托夫小说《当代英雄》中有如下片段：

  Вдруг что-топохожее на песню поразило мой слух. Точно, это была песня, и женский свежий голосок, — но откуда? …Прислушиваюсь — напев стройный, то протяжный и печальный, то быстрый и живой. Оглядываюсь — никого нет кругом; прислушиваюсь снова звуки как будто падают с неба.①

---

① Лермонтов М. Ю., *Герой нашего времени*, Москва: Academia, 1937, стр. 234.

译文：
忽然间某种似是歌唱的声音向我袭来。的确，这就是歌声，是清新的女性嗓音，——但从何而来？……倾听——歌声谐和，时而悠长悲伤，时而轻快活泼。环顾——空无一人；再倾听——声线犹如自天而来。①

该文本片段中同时出现了切断句子的分割加强法（парцелляция）、重复的词汇以及非常规用法的标点符号。从"的确"开始，两个句子被标点符号分割为12个短小的部分。第一个破折号和省略号将疑问句单独分隔开来，强调人物的困惑。破折号之前的三个单部句（倾听，环顾，再倾听）描述人物的行为，破折号之后的部分讲述该行为的结果。高频使用的破折号不仅分割句子，还取代句子中连接词的功能，虽然表示因果关系的连接词缺失了，却并不妨碍读者理解文本。"倾听"一词重复两次，增强了画面感。整个文本片段在三种异常微观结构的烘托下，表现出隐含的情感潜文本含义——浓厚的疑惑。

语音同样也是微观结构分析的成分之一。比如，伊里切夫斯基的小说《狮门》中有如下片段：

Последние годы я понял, что всегда мог жить только у моря. Мне нравится испытывать ощущение пребывания на краю мира; думаю, пространство после смерти — это пляж, бесконечная, незамкнутая полоса мокрого песка под неприступными скалами и лезвие несбыточного горизонта, на котором никогда не встретишь ни паруса, ни скрепки танкера или сухогруза.②

译文：
近几年来我认识到，自己只能在海滨安家。我喜爱这种感觉，身处海角天涯；我觉得，死后的世界——是一片海滩，无边无涯，

---

① ［俄］莱蒙托夫：《当代英雄》，翟松年译，人民文学出版社1956年版，第63页。译文略有改动。

② Иличевский А. В., *Собрание сочинений*, Москва：АСТ, 2012, стр. 24.

绵延不绝的湿润海沙，高不可攀的悬崖，以及一条遥不可及的地平线，永远见不到舟一叶，帆一挂。①

文本片段中以-а和-я读音结尾的单词一共出现14次，几乎每个分句都以同样的读音结尾。词尾重复的语音特点在字面下构建起一种雅致、神往的潜文本情感。由此，整个片段具有了韵文的韵律和美学特点，呈现出小说作品向诗歌倾斜的现象。相应地，译文将"家""涯""沙""崖""挂"六个同以韵母 a 结尾的字置于分句结尾。由于俄汉语言系统的差异，译文无法达到14次词尾读音重复，但仍较成功地传达了原文片段的美学特征，以及字面下的审美情感潜文本。

在文本的微观结构上做文章，是古往今来世界各国作家最热衷的创作手法之一。当传统的句法形式、词汇搭配、语音效果和标点符号用法无法使作品脱颖而出时，作家会寻求突破常规的文本微观结构，以期获得读者的关注。新的文本构建手段、文学创作手法便由此产生。因此，对文本微观结构的分析是文本分析的核心因素。

二 文本分析中与人相关的因素

此处，与人相关中的"人"特指和文本具有直接关系、产生互动的群体。文本在这个群体中间以一种信息媒介和传播介质的形式存在。在单语交际中，文本的发送者将自己的交际目的与特定意义调配在一起，在具体的语言系统和文化系统中构建出文本；文本的接收者以自身掌握的语言知识和信息储备去理解文本，推断出其交际意图，最终完成该交际链。值得一提的是，因为人个体间受教育程度、知识结构和心理状态的差异，交际链并不总是能够成功闭合，时常会出现不完全理解，乃至完全不理解和误解的状况。

在双语交际中，文本的发送者和接收者角色、地位不变，但在该交际链中出现了两个语言文化系统，以及作为两个系统间中介的译者。译者以自身掌握的双语知识和双语文化背景知识为基础去理解原文本，重新阐释并构建译文文本，将之提供给译文文本接收者。换言之，在源语语言文化系统中，译者是原文本的接收者；而在译入语语言文化系统

---

① 笔者译。

中，译者是译文文本的发送者。这种双重身份使译者在文本分析中具有特殊的地位和作用。

由此，在文本分析中与人相关的因素，实际上是与交际参与者相关的因素。交际参与者包括文本的发送者、接收者，在双语交际中还包括具有上述双重身份的译者。具体到文艺文本和俄罗斯小说研究中，我们可以将三者简称为：作者、读者、译者。

（一）文本的作者：生平、身份、风格

在文艺文本分析中，对作者信息的收集是重要一环，它包括作者的生平经历、身份地位和创作风格。这三种信息在文本分析中具有特别的地位。作者的国籍、所属的民族和社会阶层决定了其作品的宏观语境；作者的生平经历决定了他从事文本创作的出发点和灵感来源；风格则决定了作者整体文本区别于他人作品的个性。

人作为社会动物，不可能跳出其历史时期和生存空间凭空进行创作，其作品必然代表了某类社会群体在特定历史时期的观念和思想倾向。尤其当作者隶属于某类特殊族群，或者经历过重大事件时，是否全面了解作者的生平和身份信息往往会决定文本分析的全面性和透彻程度。

关于这方面，我们可以在苏俄作家伊斯坎德尔（Искандер Ф. А.）的身上找到鲜明的例子。伊斯坎德尔出生并成长于苏联阿布哈兹自治共和国的乡下，是高加索地区的少数民族阿布哈兹族。该民族在历史上受过迫害，作家幼年时其父被苏联政府驱逐出境，自此父子再未谋面，作家在单亲家庭中长大。他人生中经历了二战、苏联社会主义制度的主要阶段和国家解体事件，目睹了阿布哈兹被格鲁吉亚合并、阿布哈兹独立以及格阿战争。此外，伊斯坎德尔还常常为少数民族和被流放的作家发声，在解体前被反对派力量推选为最高苏维埃代表。

通过对其生平经历和身份地位的了解分析，我们可以大致推断出一个模糊的创作者形象。首先，通过其特殊的身份地位可以初步判断，伊斯坎德尔的作品不属于传统意义上的社会主义现实主义流派。其次，他少年时期生活的高加索山区在历史上战乱不断，时有山匪袭扰，根据普遍的人类情感因素，可以初步判断伊斯坎德尔的作品应带有自然主义色彩和反战的理念。再次，作家所属民族遭受过不公正对待，他自己既是受害者又是最高苏维埃代表，可以大致判断其作品的矛盾心态——站在少数民族角度看待世界和事件，又居中调停民族与国家的关系；最后，作家生命中父亲角色的缺失在一定程度上会影响其人物塑造和故事情节，应尤其关注其作品中的中老年男性形象。

风格是文本作者在创作过程中显露出来的、整体上的美学特征、艺术特色和创作个性。不同作者在题材处理、人物刻画、表现手法和语言运用等方面有很大差异，所以彼此之间风格迥异。不同的作者的风格虽然天差地别，但风格本身却有其共通之处，都包括思想风格、艺术风格和言语风格三方面。由于文本是在语言基础上构成的，所以文本作者的思想风格和艺术风格都必须通过语言表现出来。因此，作者的风格实际上集中体现在他的言语风格中。①刘宓庆指出，风格"不是什么虚无缥缈的素质，那就应当可以见之于形，风格的符号体系就是在原文的语言形式上可被我们认识的风格标记"②。刘宓庆将对风格的分析划为三个层次，分别是基础层次分析、中间层次分析和最高层次分析，包括搜寻词汇标记、句法标记、修辞标记、语域标记、叙事风格标记等方面。这三个层次的分析可以理解为对文本从微观至宏观结构的分析。

由此，对作者风格的分析又转回到对文本语言和结构的分析上。换而言之，通过对文本的微观以及宏观结构进行分析可以识别文本的风格。此处应当强调的是，作者的风格与单个文本的风格应加以区别。作者的风格是其所有文本风格的集合，在文本中出现频次极高的可以被列为作者的主要风格；次数寥寥的则不应出现在对作者风格的陈述中。例如，伊斯坎德尔的主要创作风格之一是诙谐、幽默的笔法，但他在晚年曾写过几篇针砭时弊的政论性文章，我们在分析作家风格时仍应将诙谐、幽默视为其主要风格，而不应将尖酸刻薄纳入其中。

对文本作者的生平、身份和个人风格进行分析，可以把握具体单个文本中无法表现的整体信息，还可以挖掘作者有意或无意间隐藏的，有助于理解文本的信息。全方位了解作者有利于挖掘文本中的潜文本信息。

（二）文本的读者：群体、语言能力、信息储备

文本的读者群体，是作者试图与之产生交际的人类个体的集合。读

---

① 胡谷明：《篇章修辞与小说翻译》，上海译文出版社2004年版，第107页。
② 刘宓庆：《当代翻译理论》，中国对外翻译出版公司1999年版，第220页。

者群体通常表现出一种或几种共性，譬如隶属于同一年龄阶段、性别、国别和民族，或在兴趣爱好、受教育程度、社会阶层、思想境界等方面处于同一阶段层次。

在单语交际中，文本的读者群体在很大程度上与文本的功能语体相关。就交际功能而言，带有不同交际目的的功能语体从被创作出来那一刻起，就对应着不同的读者群体。比如，报刊政论语体的主要读者是对时政新闻感兴趣的人群；科学语体的主要读者是科研人员、教师群体等；文艺语体和日常交谈语体对应的人群则宽泛、复杂得多，原则上任何掌握该门语言，具有相应听说阅读能力的人都是其读者群体。

在双语交际中，由于译者角色的出现以及翻译目的因素的影响，译文文本的读者群体会出现两种不同的倾向。其一，译者力求在译入语文化中再现原文的语言特点、审美效果和原作者的交际意图，那么译文的读者群体与原文读者群体除了在国籍和语言上存在差别，在其他方面应表现为同一群体。其二，如果译者的翻译目的在于简要介绍，提供参考，或者批判原文，运用缩译、节译、变译等手法使原文本偏离了本身的功能和原作者的交际意图，则需要根据实际情况重新确定译文文本的读者群体。这种现象在现实生活中比较常见，比如将严肃文学作品译为儿童文学作品，或节译别国法律文本的某一章节。功能语体的改变以及翻译目的的介入将导致读者群体也发生改变。

在确定文本的读者群体后，应进一步分析其语言能力（языковая компетенция）和信息储备（информационный запас）。语言能力指的是读者对构成文本的语言系统的掌握程度，它包括语音、语义、词汇、语法等基本语言知识。俄罗斯语言学家斯克列布涅夫（Скребнев Ю. М.）将现代人类可以掌握的语言能力分为五个等级：掌握第一级的语言能力可以在自然噪声中分辨出人类的言语；第二级的语言能力可以分辨说话人所讲的语种；第三级语言能力能够理解话语的所指意义和内容；第四级语言能力可以理解话语的伴随含义，能够意识到说话人的言语形式是否恰当，如果不恰当，能够指出在哪些环境下它是恰当的；掌握最高级的第五级语言能力，能够在兼顾修辞的情况下灵活地构建话语。① 生理和心理健全的母语使用者（носитель языка）至少具有该语

---

① Скребнев Ю. М., *Очерк теории стилистики*, Москва: Флинта, 2016, стр. 19-20.

言的第三级语言能力。在单语交际中，视文本的功能语体不同，文本读者应具有第三至第五级语言能力才能正确且全面地理解文本。单语交际中，对文本读者群体进行的分析通常是作者，作者会根据具体情况调整自己的遣词造句策略，以应对文本读者的语言能力。相应地，在双语交际中，根据译文文本的不同功能语体，译文文本读者也应具有第三至第五级语言能力才能正确、全面地理解文本。此外，在特定文本交际场景中，还应将方言、黑话、俚语等语言子系统纳入读者语言能力的考察范围。

信息储备是指将语言符号和客观现实联系起来的知识，是单个人类个体所积累的经验、阅历的总和。文本所含有的信息总量是一个固定值，但读者从文本中获得的信息量却因人而异，它取决于读者的信息储备量。换而言之，读者能从文本中获得多少信息，取决于他对文本中作为整体的词汇单位的了解程度。明亚尔—别洛鲁切夫（Миньяр-Белоручев Р. К.）将信息储备分为五个等级：具有一级信息储备可以识别出词汇单位，并将它归入具体门类；具有二级信息储备可以将词汇单位与具体事物或抽象概念联系起来；具有三级信息储备可以清晰理解词汇单位的所指意义，并可以将它从所有同类事物、现象、概念中区分出来；具有四级信息储备意味着对词汇单位具有多方面的系统性认识；具有五级信息储备意味着对事物、现象、概念的本质有透彻了解，知晓其概念边际以及可能产生的变体。[①]

与语言能力的掌握程度不同，生活环境、社会经验、教育经历等因素直接决定了个体对某一领域的信息储备。即便属于同一读者群体，个体之间也可能存在巨大的信息储备差异。比如，军事题材小说的读者群体可能包含服役多年的资深军事人员和向往军旅生活的有志青年，但二者对于武器装备词汇的信息储备可谓天渊之别。因此，在单语交际中，文本作者如何具体分析读者群体的信息储备，并在此基础上采取何种文本构建策略，这个问题实际上存在一种微妙的心理博弈。作者可以选择相信客观的文本，尽量详尽细致地描写事物和现象，以期目标读者获得全面的信息；也可以选择相信读者的主观能动性，有意或无意地隐藏部

---

① Миньяр-Белоручев Р. К., *Теория и методы перевода*, Москва: Московский Лицей, 1996, стр. 50-52.

分信息，任由不同个体依照自身信息储备和解读意愿，对文本进行自由的阐释。应当指出的是，在单语交际中，读者较少进行自我分析，单语交际的读者选择文本多出于兴趣和需求。而在双语交际中，对译文读者信息储备的分析更多地体现在译者角色身上。同理，译者同样面临文本构建的策略选择问题，最为直接的方法是，大方向上遵循原作者的文本构建策略，再根据翻译目的进行微调。

（三）文本的译者：语言能力、信息储备

译者是读者群体中的一类特殊人群。译者在交际链条中以中间人的身份出现，他既是原文本的读者，也是译文文本的作者。这种独特的双重身份对译者的个人能力提出较高乃至甚高的要求。依照功能语体和交际环境的不同，对译者个人能力的要求也不同。譬如，在相对随和的日常口头交际环境中交替传译口语语体，在正式场合同声传译公文事务语体，在时间宽裕的私人空间笔译文艺语体，这三种情况对译者能力的要求显然完全不同。量化译者的个人能力，首先仍旧要考察译者的语言能力和信息储备。

依照上一节中出现的语言能力分级体系，译者通常应当具备最高级的第五级语言能力，即"能够在兼顾修辞的情况下活跃地构建话语"。与普通读者群体只需理解文本不同，译者肩负着构建译文文本的责任，还需保证译文文本在形式、结构和交际功能上尽可能与原文本等同。因此，具备第五级语言能力应当是译者的最低要求。在个别极端情况下，只具备第四级语言能力，即"可以理解话语的伴随含义，能够意识到说话人的言语形式是否恰当"，在只保证交际目的的情况下也可以完成双语交际链条。

在信息储备方面，根据不同的功能语体和交际环境，译者应当具备第三级至第五级信息储备。在口译条件下大部分功能语体的翻译中，译者应当至少具备第三级信息储备，即"可以清晰理解词汇单位的所指意义，并可以将它从所有同类事物、现象、概念中区分出来"，才可以保证完成双语交际目的，但应将科学语体排除在外。科学语体作为一类对概念和表述要求极为精准的语体，译者应至少具备第四级信息储备，即"对词汇单位具有多方面的系统性认识"。在笔译条件下，因为其时间充足的特性，译者应当充分收集相关信息，使自身具备第四级或第五级信息储备，以便更全面地传达原文本特点和作者交际意图。

由此我们可以发现，译者实质上符合艾柯关于"模范读者"的表述。换而言之，区别于一般读者不求甚解的态度，译者"会竭力去弄清，作者想要怎样引领读者"。因此，作为合格的译者应当具有必要的语言能力和信息储备，而出色的译者则进一步追求充分的语言能力和信息储备。与此同时，关键问题也浮出水面：语言能力和信息储备是两种无法量化，具有相当主观性的标准，那么应当如何去分析界定一名译者的语言能力和信息储备？

在双语交际中，分析译者的语言能力和信息储备更多地要凭借外界力量的介入。译者可以通过参加外语等级考试、翻译水平考试等量化型的评定手段确定自身能力水平；也可以参与翻译实践活动，将翻译结果交由原作者、资深翻译或者翻译订购人进行评鉴分析；还可以经由翻译批评、文学批评等途径获得专业的分析指导意见。譬如，莫言充分相信其作品译者葛浩文（H. Goldblatt）的语言能力和信息储备，原作者甚至给予译者充分的自由，对原文本进行改写、变译，使译者不仅具有原文读者和译文作者的双重身份，更进一步上升为共同作者（соавтор）。那么，译者是否可以客观地对自身语言能力和信息储备进行自评？我们认为答案是肯定的。译者在经过大量的翻译实践活动后，可以对自身的外语能力和母语水平有较充分的把握，还可以了解自己的信息储备可以胜任哪些语体和场合的翻译工作，以及无法胜任哪些领域的工作。

此外，在文艺文本的翻译领域还需要分析译者的文学素养因素。阿列克谢耶娃指出，文艺作品的译者需要具有高水平的创作潜力、写作意愿和语文素养。① 文艺文本因其信息的多层次性、致密性等特点，在翻译传达中需要译者具备较高的逻辑思维能力、审美能力和文字功底，还要对各类创作手段、修辞手法有一定程度的了解。同理，对译者文学素养的分析可由译者进行主观自评，但更多的仍需借助翻译批评、文学批评手段，从旁观者角度进行分析。

三　文本分析中与社会文化环境相关的因素

在文艺文本的分析中还会遇到一类因素，它们与狭义的文本和交际

---

① Алексеева И. С., *Введение в переводоведение*, СПб.: Филологический факультет СПбГУ, 2012, стр. 22.

参与者并无直接联系，却以间接方式潜移默化地影响着文本的构建和解读。这类因素与社会文化环境相关，是特定历史时期内、在特定区域生活的特定人类群体所共有的客观物质环境和主观精神世界的总和。社会文化环境因素是文本所依赖的宏观语境，是文本生长的土壤和营养来源，因此这一类因素在文本分析中具有重要的作用。

应当预先指出的是，社会文化环境是一个相当宽泛的概念，包括国家制度、社会风俗习惯、信仰和价值观念、道德行为规范、生活方式、文化传统等诸多方面，且每一方面都与狭义的文本存在千丝万缕的联系。然而，分析社会文化环境方方面面与文本相关的全部因素，不仅力不能及，也并不具有紧迫性。本研究选取与文本联系相对密切的若干社会文化环境因素，包括流派因素和直观情景因素。

（一）文本流派和作者流派

流派问题涉及文本和作者两个方面。从微观上来看，文本的流派是作者特定时期的创作风格在具体文本中的体现；从宏观上来看，文本的流派是社会文化环境作用于作者的精神层面，借由作者的手表现在文本当中。作者的流派可以随时代、社会价值取向、审美风向的变化而发生转变，同时一个流派的作家也可能尝试以另一种流派的创作手法来进行写作试验，而文本所属的流派在其创作完成时就已确定。① 因此，应当将文本流派和作者流派分开进行分析。

文本的流派首先是一个母题问题。在特定时代的一系列文本中，或跨越几个时代的海量文本中高频出现的主题、形象、象征、概念等，会将上述文本纳入共同的母题之中。隶属于同一母题的文本会具有高度相关的叙事主题，相似的形象和象征，以及相近的言语形式和结构。俄罗斯文学史上的"彼得堡文本"（Петербургский текст）是一个鲜明的例子。彼得堡文本是18世纪至20世纪，描写彼得堡的人物、事件、景色，塑造城市形象和文学形象的一组文本。该流派的文本都以彼得堡为原点，叙述或重新阐释城市的神话传说，刻画自然人文风貌，塑造各阶层的人物形象。18世纪的彼得堡文本以歌颂为主，赞美都城、沙皇和英雄人物；19世纪的彼得堡文本既具有神话和神秘主义色彩，也开始

---

① 胡谷明等：《阐释俄罗斯文学作品中潜文本现象的文本分析模型》，《俄罗斯文艺》2017年第3期。

关注城市底层居民的生活和心理状态；20 世纪的彼得堡文本则从不同角度反映城市的社会现实，表达对彼得堡未来的忧虑，以及对国家发展道路的思考①。彼得堡文本的影响力不只限于文艺文本，其精神层面的价值以及言语特点还渗透至非文艺文本领域，见诸报刊政论语体和科学语体中。除此以外，彼得堡文本还与另一文本流派，即"莫斯科文本"（Московский текст）形成对话、互文和竞争关系。二者围绕"圣彼得之城"与"第三罗马"谁是正统的问题，以及文化首都与政治经济首都谁处于主导的问题，在民族精神层面上形成微妙的对话——对峙状态。在更宏观的层面上，"彼得堡文本"与"莫斯科文本"一起组成了俄罗斯近现代文学的干流，作为整体的"俄罗斯文本"流派在世界文学史上是一股不可忽视的重要力量。

由此可见，文本的流派是由其背后的社会文化环境所主导的。特定流派的文本在言语形式和结构组织方面有相似之处，但更深层次的原因是它们具有相同的社会文化根基和价值认同。因此，分析文本的流派不仅要着眼于其独树一帜的文学形式和文本特征，更核心的是要关注孕育该文本的社会文化环境。本研究认为，确定文本的流派应着重关注以下几个方面：首先是文本诞生的时代和国家；其次是该时代该国家的主导文学流派，以及其对手流派；再次是各流派的价值取向和美学特征；最后是各流派倡导的言语形式和文本结构。以上四个方面可以看作流派分析的四个步骤，其中处于核心地位的是第三步，即分析各流派的价值取向和美学特征。完成四步分析后，可将目标文本对号入座归入具体流派。应当指出的是，虽然最后一步分析言语形式和文本结构最为直观、简捷，但只处于次要地位。在极端情况下，一些文本流派会借用其他流派的文本形式来表达自己的价值取向和美学特征。譬如，后现代主义小说时常采用现实主义的表现手法，乃至大篇幅照搬经典作品的文本片段，目的在于解构经典和权威，从而体现其"去中心化""多元化"的价值观念和"碎片化"的审美取向。

同理，作者的流派也是由社会文化环境所主导。对于所处的时代和社会，作者无论是赞同其主流价值观念和审美倾向，还是持反对和批判

---

① 牧阿珍：《19 世纪俄罗斯诗歌中的"彼得堡文本"》，硕士学位论文，哈尔滨工业大学，2012 年。

态度，都必须对其做出某种程度的回应——或顺应，或提出异见，或采取超然和中立的态度。因此，分析作者的流派应关注以下几个方面：首先是作者生活的年代和国家，尤其关注作者的求学经历和代表作的创作年份；其次是该年代该国家的主要文学流派，以及各流派的价值取向和美学特征；再次是作者与各流派主要阵地，如杂志、论坛、沙龙的交集和交互；最后是作者代表作中的言语形式和文本结构。在对以上四个方面进行分析后，大体可以确定作者所属的流派。此处需要特别指出的是，由于作者的创作时期常常跨越几十年，这段时期内如果世界秩序、国家制度或者社会环境发生大的变化，对作者的世界观、价值观产生较大影响，那么作者的创作手法时常会出现"串流"现象，乃至改弦更张，另寻他派。譬如，伊斯坎德尔的创作高峰自 1957 年第一部诗集起始，至 20 世纪末出版最后一部长篇小说为止，其早期作品倾向于自然主义，展现高山乡土和下里巴人，作品时常出现社会主义现实主义流派常见的，有些小毛病但品质高尚且志向远大的主人公形象，常常发表在《新世界》（《Новый мир》）、《青春》（《Юность》）等主流杂志上。在伊斯坎德尔创作生涯的中后期，在深入了解苏联农业集体化给人民尤其是农民带来的剧痛，以及目睹苏联个别领导人的专制极权后，他的文风转向魔幻主义，借由各种怪诞的动物形象的主人公暗讽时事，因此作品常常得不到正常渠道的发表。但由此，伊斯坎德尔也从社会主义现实主义流派出走，开创了苏俄魔幻现实主义流派。

由以上分析可以看出，无论是文本流派还是作者的流派，都是由社会文化环境主导的因素。作者流派反映的是特定社会群体的价值观念、审美观念，以及对某种创作形式的认可，它由特定社会文化环境决定，作者可以选择流派乃至创建新流派，都逃不开当前社会文化环境的主导和约束。同理，文本的流派也由特定社会文化环境决定，应从社会文化环境对其进行分析，而非从文本角度。仍旧以苏俄文学为例：解体前的苏联作家和苏联文学作品绝大部分都属于社会主义现实主义流派，但在政府书报审查制度之外还存在地下文学和"潜流文学"。无论是主流流派还是反主流的流派，都是特定时期特定社会文化环境的产物，二者只是从不同方向上反映社会文化现实。

（二）文本的直观情景

直观情景（предметная ситуация）是指文学作品中由作者构建的具

有时间属性和空间属性的微环境，它包括供角色人物活动和故事情节展开的自然环境或社会环境，也包括该环境中活动的人物角色。根据作者的叙事需要，直观情景可以是现实中真实存在的场景，可以是借用现实场景展开虚构叙事，也可以是基于真实场景的半虚构场景，也可能是完全虚构的场景。由此可以看出，直观情景主要出现在文艺文本当中，在非文艺文本的一些功能语体当中也有存在。

作为叙事展开的时空环境，直观情景通常在文本开头便予以交代。因此，可以认为对直观情景的分析是文艺文本分析的第一个步骤，是解读原文本不可或缺的部分。① 在某些极端情况下，作者也可能会完全不提供直观情景。譬如，短篇小说《在乡间别墅》（《На даче》）从头至尾是两位友人的漫谈，全文没有一句旁白，可以视为作者没有交代直观情景。如果将对话中悄然出现的"夏天终于还是来了""长凳""好像叫我们吃饭了"等可以一窥环境的元素抛开不计，作者这种刻意不提供直观情景的手法实际上仍旧给出了一个直观情景：不知时代，不知具体地点的某个处所，身份不明的两位密友在毫无顾忌地谈论人生、信仰和哲学。因此可以认为，在文艺文本中原则上至少存在一个直观情景。

在文艺文本中，直观情景有时表现为信息单一的简单情景，除提供情节展开的环境外，不具有其他信息。在另外一些情况中，直观情景是多义的，其作用不只限于为角色活动和故事情节展开提供适当环境，还常常暗含各种信息，如历史文化信息、情感信息等。这类信息时常隐藏在具有象征意义的地理地标、事物名称、人物形象等元素之后。换而言之，直观情景具有埋藏信息的潜力，可以作为传达潜文本信息的介质，对直观情景进行分析是文本分析的重要步骤。

在单语交际中，由于作者与读者生活在同一社会文化环境下，其语言能力和信息储备虽有差异，但大部分人群对于具有象征性的事物、形象的理解是趋同的。因此，单语交际中读者对文本直观情景的分析通常是自然的，伴随阅读进程一气呵成。在双语交际中，对文本直观情景的解读则要复杂得多。苏俄翻译理论家什维采尔（Швейцер А. Д.）认为，如果将文学作品的双语交际过程分为原文作者和原文读者交际的第

---

① 胡谷明等：《阐释俄罗斯文学作品中潜文本现象的文本分析模型》，《俄罗斯文艺》2017年第3期。

一交际情景（первичная коммуникативная ситуация），以及译文作者与译文读者交流的第二交际情景（вторичная коммуникативная ситуация），那么直观情景也就分为第一交际直观情景和第二交际直观情景。① 两个文本中的两种直观情景实际上表现的是同一场景，然而同一场景参与到不同的交际活动中，体现在不同的语言文化环境中，可能会展现出完全不同的性质。在一种交际情景中具有象征意味的特征，在另一交际情景中可能完全失去这种意味。譬如：

Лишь здесь, меж громадин, остались петровские домики; вон бревенчатый домик; вон—домик зеленый; вот—синий, одноэтажный, с ярко-красною вывеской 《Столовая》. Точно такие вот домики раскидались здесь в стародавние времена. Здесь еще, прямо в нос, бьют разнообразные запахи: пахнет солью морскою, селедкой, канатами, **кожаной курткой** и **трубкой**, и **прибережным брезентом**.②

译文：
只有在这里，在庞然大物之间，还保留下彼得时期的小房子；瞧，那不是原木小房子吗；那不是——绿色的小屋吗；而那——蓝色的平房，挂着鲜红的"食堂"牌子。这里还可以闻到各种各样扑鼻而来的气味：海盐味，鲱鱼味，绳索味，**皮夹克味**，**卷烟味**及**沿海的粗油布味**。③

该文本片段出自别雷的长篇小说《彼得堡》，其提供的直观场景是彼得堡涅瓦河入海口的海滨小码头环境。一连串并列分布的气味在片段中尤为醒目，使读者运用信息储备在脑海中想象这样的场景，同时激活其中可能存在的象征。在原文作者和原文读者交际第一交际情景中，

---

① Швейцер А. Д., *Теория перевода: Статус, проблемы, аспекты*, Книжный дом ЛИБРОКОМ, 2012, стр. 54.

② Белый А., *Петербург*, Москва: Прогресс-Плеяда, 2010, стр. 12.

③ [俄] 别雷：《彼得堡》，靳戈等译，作家出版社1997年版，第30页。

"沿海的粗油布味"很容易使人联想到涅瓦河上的船帆，以此为切入点进一步分析，"皮夹克味，卷烟味"立刻使人联想起彼得一世的形象，或其同时代的船长形象。[①] 而在译文作者与译文读者交流的第二交际情景中，由于读者缺乏对象征性事物、形象的了解，需要译文作者采取某些翻译补偿手段来弥补这种联系性的缺失，进而达到与原文读者同样的心理效果。遗憾的是在 1997 年这一版的译本中，由于某种原因遗漏了对该直观场景的分析，使第一交际情景的信息传达并不完整，进而影响到了第二交际情景的信息完整性。

在双语交际中，对文本直观场景的分析更多地依赖于译者。译者需要在第一交际情景中依靠自身信息储备，以"模范读者"的态度解析原文本的直观场景，找出其中可能蕴含的所有认知性或情感性信息。进一步地，在第二交际场景中以适当的翻译策略传达这些潜文本信息。

对直观场景进行分析，识别其中包含的潜文本信息，需要着重关注以下三种指标：首先，需要关注突兀出现的地理名称、事物名称和人物姓名，尤其是与上下文关联不紧密，且作者没有给予特别说明的一类专有名词。在原文作者的创作心理中，文本读者首先是与其生活在同一社会文化环境的原文读者，因此专有名词背后带有的潜文本信息和象征意味是母语使用者共有的，无须多作解释。而在非母语读者看来，由于其不具备相关的信息储备，这类词语的出现会显得尤为突兀。譬如，犹太裔俄籍作家伊里切夫斯基（Иличевский А. В.）所作短篇小说《狮门》(《Львиные ворота》) 中，将标题包含在内，"狮门"这个地名一共出现过四次，唯一可读出的信息是：它是耶路撒冷旧城的城门之一。为什么作者要以城门作为小说的题名，进一步挖掘后发现，狮门是基督教教义记载中耶稣踏上殉难之路的起点。进而联系故事情节，发现陷入精神异常状态的主人公行进的路线原来是耶稣殉难的"苦路"：始于狮门，止于圣墓教堂。最终可分析出"狮门"一题所包含的神学意味。

其次，要关注文本中由物质名词（материальное существительное）组成的，较显著的微观结构特征。由于直观场景一般是客观存在的地理和人文环境，由具体的物体组成，如果物质名词在文本的微观结构中以

[①] Пушкарёва Н. В., *Подтекстовые смыслы в прозаическом тексте*, СПБ.：Филологический факультет СПБГУ, 2012, стр. 151.

某种形式凸显出来,可以认为是作者有意为之,并在该微观结构后隐藏了某种信息。比如,前文提到的《彼得堡》中一连串并列分布的表气味的词语,是以排比手法罗列物质名词,在文本结构中形成醒目的标识,等待读者挖掘其下的潜文本信息。类似的例子还可以在短篇小说《从瓦良格人到希腊人的路途》(《Путь из варяга в греки》)中找到:

А потом я себя вспоминал ночью. Я выхожу **на морозный воздух**, я стою под **белой, как зеркало, луной, на белом снегу**. Ко мне подбегает наша собака, фантастически **черная на белом снегу**. Она искрится чернотой, бьет хвостом, а от нее веет бесовской силой и радостью одинокой души живой душе. Но каждый раз, когда я нагибаюсь ее погладить, она отскакивает, испуганная неточностью моих движений。①

译文:
而后我在夜里恢复了清醒。我走出去站在**冰冷的空气中**,我站在**皎洁的,镜子一般的,明月之下,白雪之上**。家里的狗朝我跑过来,**白雪中的一抹奇幻黑色**。它闪烁着自己的漆黑,摇晃尾巴,身上洋溢着魔鬼似的力量,以及一颗孤独的灵魂对另一颗鲜活灵魂的喜悦。但每次我想附身抚摸,它便弹开,被我不精确的动作吓跑。②

该文本片段中,四个以形容词修饰的物质名词"**冰冷的空气中**","**皎洁的,镜子一般的,明月之下,白雪之上**"被四个逗号分隔成短小的结构,用分割加强法形成醒目的微观结构,再加上后一句中黑狗与白雪的对比,构成一幅对比度强烈的直观场景。联系前文主人公醉酒的状态,使读者鲜明地感受到文字层面下隐藏的大醉初醒的清爽感,却没有使用任何与精神状态相关的抽象名词。

---

① Искандер Ф. А., *Путь из варяга в греки*, Москва: Изд-во Время, 2008, стр. 506.
② [俄] 伊斯坎德尔:《从瓦良格人到希腊人的路途》,文吉译,《芳草:文学杂志》2017年第4期。译文略有改动。

除以上两种情形之外，还需着重关注文本中出现的信息缺失现象，如主语缺失、行为主体不明等情景。俄罗斯小说中的主语缺失、行为主体现象通常具有鲜明的指向性，表现国家机关或特定人群的行为动作。

由此可以看出，文本的直观场景具有埋藏认知性信息和情感信息的潜力。解读这类信息需要依赖读者的信息储备，尤其依赖特定社会文化环境中，对某些专有名词和物质名词所具象征意味的熟悉。在单语交际中，解读直观情景中的潜文本信息通常较顺畅，不需要特别分析。在双语交际中，分析文本的直观场景是译者的关键步骤之一，挖掘其中可能存在的潜文本信息，以适当翻译策略和技巧将之传达给译文读者，保证双语交际效果的等同。

第三节　文本分析各因素的权重及因素间关系

前文中我们提到，文本分析的各因素间是一个复杂的关系系统。如何确定单个因素在该系统中的权重，各因素之间的关系网络该如何呈现，以及最重要的，如何将文本分析的各因素有机地组合起来，构成一个在实际文本分析操作中行之有效的分析模型，是本研究论述脉络中的一个关键节点。对以上几点问题进行系统性研究，对于文艺文本中的潜文本阐释研究具有决定性的意义。

一　文本分析各因素的权重

文本分析作为一个糅杂了客观现实因素和人类主观参与的心理活动，同时具有客观稳定性和主观自由性两方面的特征。一方面，作为一个复杂的人类心理过程，文本分析在实际操作中具有高度的主观性和自由性。实施文本分析操作的人类个体，其信息储备和语言能力因人而异，阅读习惯、解读意愿和思维方式也不尽相同。从文本分析的哪个因素入手，分析到何种程度为止，在单个个体身上是不可预测的。

另一方面，文本分析所包含的因素具有客观的稳定属性，不为主观意志所增减。换言之，单个人类个体选择以哪种因素为切入点进行文本分析，具体分析哪几种因素，并不影响文本分析各个因素的客观存在，也不会影响到因素的重要性。具体说来，如果某个体选择核心因素进行分析，那么他有较大概率挖掘出文本中较难发现的信息；如果他考虑到文本分析的所有因素，则有大概率能够全面理解文本，包括其中以各种形式隐藏的信息；如果他只选择次要因素进行分析，或者忽略掉所有文本分析因素，则很可能无法全面接收文本提供的信息。

由此，在本研究中，逐一确定各因素在文本分析过程中的重要性和优先级显得十分必要。在界定各因素的权重值，并明确因素间的主次关系、亲疏关联之后，才有可能构建一个有具体定位，能够指导具体实践的文本分析模型。

为了论述的直观性，我们将文本分析的因素及其分类表示为图 3-2。

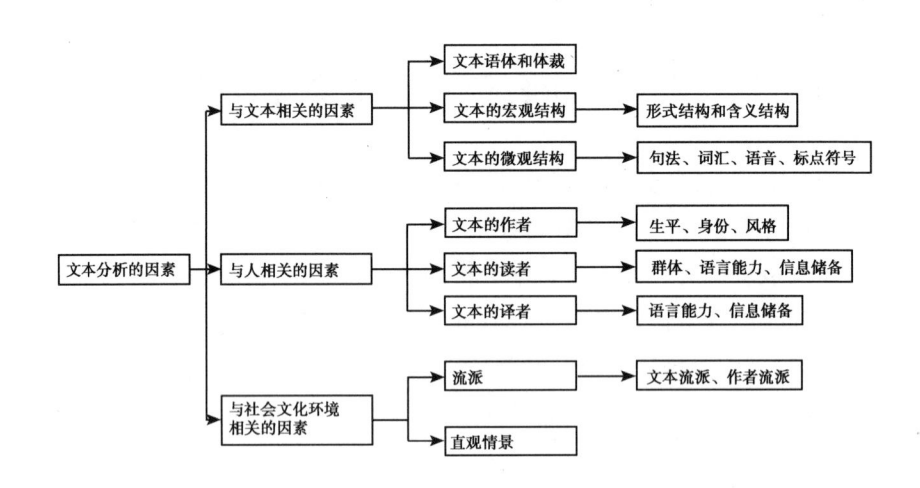

图 3-2 文本分析因素及其分类

在图 3-2 中，文本分析因素被分为三大类，进而细分为八种因素，其中六种因素还包含有子因素。在实际的文本分析操作中，特别是旨在阐释潜文本含义的分析操作中，各因素的权重应被分为三个等级：核心因素、重要因素和次要因素。

核心因素是指在文本分析操作中具有关键意义的因素，对该因素进行分析是必不可少的步骤，忽略该因素必定导致文本信息接收的不完整，尤其是造成潜文本信息的遗漏，还可能导致不理解或误解文本。文本分析的核心因素包括：（1）文本的微观结构，包括句法、词汇、音标、标点符号特征；（2）文本的作者，包括其生平、身份和创作风格；

(3) 文本中的直观情景。

在核心因素中，首先是文本的微观结构。它具有体量小、数量多、形式杂的特点，使其相较于其他结构更易于转换和操纵，作者往往采用独特的句法、词汇、语音、标点符号手段来凸显作品的个人风格，增加文本的信息蕴含。其次，文本作者的个人身份、成长经历以及创作风格，对于搜寻和解读文本中的潜文本信息具有启发式的、指点迷津式的意义。最后，文本中的直观场景，特别是关键情节所发生的直观情景，总是带有或此或彼的附加信息，这种信息是隐藏的，具有特定象征意味的。对核心因素的分析决定了分析者是否可以全方位理解文本，是否可以全面接收文本提供的信息，因此具有关键的核心意义。

重要因素是指文本分析操作中具有重要意义的因素，分析该因素对文本的理解有很大帮助，忽略该因素将有大概率造成文本信息接收的不完整。文本分析的重要因素包括：（1）文本的宏观结构，包括其形式结构和含义结构；（2）文本的读者，包括其群体、语言能力和信息储备。

在重要因素中，文本的形式结构常常包含作者的交际意图，进而转化为一种潜文本信息，需要着重对其进行分析解读；文本的含义结构是理解文本的基本单位，正确切分含义结构是文本分析的重要步骤之一。此外，不同读者群体的语言能力、信息储备各不相同，分析读者的特点有助于制定具有针对性的信息传达策略。对重要因素的分析决定了文本的信息是否能得到等同的传达，文本接收者是否能产生预期的交际效果。

次要因素是指文本分析操作中有利于文本理解的因素，忽略该因素有可能导致信息接收不完整。文本分析的次要因素包括：（1）文本的语体和体裁；（2）流派信息，包括文本流派和作者流派；（3）文本的译者，包括其语言能力、信息储备，在文艺文本分析中还要进一步延伸至其文学素养。对以上次要因素进行分析，可以使分析者预先从宏观上把握文本的性质和特点，有助于全面理解文本。

由此，我们可以将图 3-2 稍加变动，加入文本分析要素的权重，表示为图 3-3。

至此，我们大致确定了文本分析的八种因素在整个文本分析体系中的相对重要性。那么是否能以因素的权重来确定文本分析的切入点和具

```
文本分析的因素
├── 与文本相关的因素
│   ├── 文本语体和体裁
│   ├── 文本的宏观结构 → 形式结构和含义结构
│   └── 文本的微观结构 → 句法、词汇、语音、标点符号
├── 与人相关的因素
│   ├── 文本的作者 → 生平、身份、风格
│   ├── 文本的读者 → 群体、语言能力、信息储备
│   └── 文本的译者 → 语言能力、信息储备
└── 与社会文化环境相关的因素
    ├── 流派 → 文本流派、作者流派
    └── 直观情景
```

核心因素　　重要因素　　次要因素

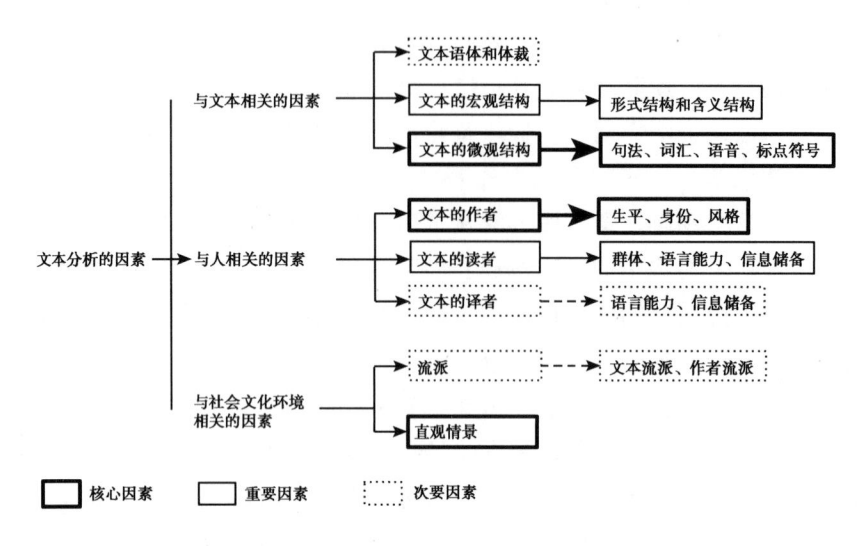

图 3-3　文本分析因素及其分类（权重示意）

体步骤，答案是否定的。在构建具体的文本分析模型之前，仍旧需要对一个重要方面进行分析研究：即哪些因素间具有亲和性；哪些因素可以并做一处同时进行分析；哪些因素适宜放在前面分析，为后面分析的因素做好铺垫。因此，确定文本分析各因素之间的关系问题摆在我们面前。

二　文本分析各因素之间的关系

文本分析是一种复杂的人类心理活动，其复杂性来源于两方面的原因。其一，文本分析客观上具有种类繁多的因素，涉及多个学科多个门类的知识，要在相对短的时间糅合并处理众多信息流，从中析出有效信息，对于个体的知识量、逻辑思辨能力等有较高要求。其二，文本分析主观上受制于个体的思维习惯、解读意愿等个人因素，从整体上显现出千差万别、百花齐放却又殊途同归的心理活动路径，难以简单地去界定某种思考方式的优劣。

然而，在文本分析的复杂性之外，我们可以找到某些具有联系性和规律性的现象。这种联系和规律存在于文本分析的因素之间，也同样存在于人的思维惯式里。摸清文本分析各因素在人思维活动中的关系，有助于进一步厘清因素间的亲疏缓急问题。

在人的思维活动中，时常习惯将抽象的概念与客观事物联系起来，以便于思考和理解，而后将对事物、概念的认识再抽象化，从而将感性的抽象上升为理性的抽象，其步骤可以表达为感性抽象—感性具体—理性抽象。相应地，在人的文本分析活动中，一些文本分析因素与具体的事物、人物具有天然的亲和性，在思维过程中自然而然地会吸引在具体事物或人物周围，也导致这类因素之间出现亲和关系。我们根据某两个因素在人类心理活动中共同出现的概率，将因素间的联系分为必然联系和偶发联系；根据两个因素互相诱发的可能性，将因素间的联系分为双向联系和单向联系。

第一，在文本分析过程中，文本的语体、体裁分析与文本的流派分析有双向偶发联系。虽然语体和体裁属于文本相关的因素，而文本流派属于社会文化环境相关的因素，但三者同属文本的外部属性。在实际分析操作中，我们有时会将这三种外部属性并作一处，通盘考察。先确定文本的语体，是文艺语体还是其他非文艺语体种类；如果是文艺语体，则找准文本属于哪种文学体裁；再根据所掌握的社会文化信息初步确定文本的流派，待全部文本分析完成后加以确认。反之，在分析分本流派时也时常考察文本的语体和体裁。

第二，对文本语体和体裁的分析与文本宏观结构分析、微观结构分析间都具有双向必然联系。众所周知，特定的语体和体裁在文本上具有统一的语言形式，其宏观上的文本结构、论述（叙事）逻辑，以及微观上的言语特点是大体趋同的。因此，在分析文本语体和体裁时，不可避免地会牵涉文本宏观、微观结构的分析。反之，在分析文本宏观和微观上的结构特点时，顺势便可推导出文本的语体和体裁。

第三，文本宏观结构分析与微观结构分析间有双向必然联系，且关系紧密。以文艺学和语言学眼光对文本结构进行详细分析时，文本的宏观结构和微观结构具有同一属性，即同为文本的组成单位。人们在分析文本宏观的形式结构和含义结构时，必须借助更基本的微观结构单位，如句子、词语和标点，换言之，宏观结构分析中夹杂着微观结构分析；反之，在分析文本的微观结构时，同样要顾及形式结构的划分以及含义结构的闭合。由此，文本的宏观结构分析与微观结构分析是一个相辅相成的过程，二者关联紧密，不可分割。

第四，在文艺文本中，文本的宏观、微观结构分析与文本作者的风格分析具有双向必然联系。在对文本的宏观结构和微观结构表现出来的特点进行分析时,可以察觉某种独树一帜的特征,这便是作者风格在具体文本中的体现,在语言层面上的具象化。同理,对作者风格的分析必须建立在对具体文本的分析上,建立在对微观语言特点和宏观结构特点的分析上。因此,文本的宏观、微观结构分析与作者风格的分析紧密相关,互相渗透。

第五,文本的直观情景分析与文本的宏观结构、微观结构分析关系紧密,存在双向必然联系。具体的直观情景隶属于文本的某一章节(形式结构),从属于某一散文段(含义结构),对直观场景的分析必然伴随着对文本宏观结构的分析。此外,直观场景的重要标识是文本中的专有名词、物质名词和语焉不详的现象,对这三类微观现象的分析必然要求对文本微观结构进行分析。反之,在分析文本的宏观结构、微观结构时,必然会接连遇到各种直观场景,切分散文段需要顾及直观场景的完整性,分析当前片段的句法、词汇等特点也能够挖掘直观情景中的潜文本信息。

第六,对文本作者的生平、身份、风格进行分析,时常会连带分析作者的流派;反之,分析作者的流派时也时常涉及对作者生平和风格的分析,二者间具有双向偶发联系。文本的作者属于与人相关的因素一类,作者流派属于社会文化环境相关的因素,但上述因素都属于作者的特征信息。在实际操作中,对作者进行全面分析时,挖掘其生活轨迹、创作经历、社会地位、风格特征和所属流派往往是顺水推舟,一气呵成的。

第七,对文本作者进行分析时,时常会连带分析其读者群体,二者间具有单向偶发联系。从主观而言,作者的创作目的和交际意图通常针对某个相对固定的人群;从客观角度来看,作者本身的知识面和信息储备,以及作者身处的自然社会环境和历史时期也限制了其创作范围,进而便限制了其读者群体。从分析作者至分析读者的联系并不是必然的,在双语交际中,它出现在译者对文本作者进行分析的心理活动中。

第八,分析直观情景与作者的生平、身份分析密切相关。文艺文本的直观情景有的借用真实环境,更多的则是作者虚构的情景。但无论该直观情景在现实中存在与否,它都是基于作者的生活经历、社会地位,以及作者身处这种地位来认识世界的角度。譬如当作者是犹太人时,一个与大屠杀相关的地名就是饱含社会历史信息的直观场景。因此，在对直观情景进行分析时，需保证已全方位掌握与文本作者相关的信息。

第九，分析直观情景与分析文本读者之间存在单向必然联系。原文作者在构建直观情景时，以及译者传达直观情景时，都需要考虑到目标读者群体的接受和理解问题。尤其在双语交际中，简单直观情景和多义直观情景都可能包含译文读者难以理解的民族特有事物，在这种情况下，需要预估读者的信息储备，以适当方式传达原文本的信息。

第十，在双语交际中，分析文本读者与分析文本译者呈现出一种水乳交融的紧密状态。译者是特殊的读者群体，是"模范读者"，其语言能力和信息储备要高于一般读者。译者在分析读者群体的语言能力和信息储备时，实际上是在分析读者群体与自身综合能力的差距；译者在进行自我分析时，也在评估一般读者的接受能力。

由此可见，在实际分析操作中，八种文本分析因素呈现出三两成组的聚合状态。这种现象与我们提出的文本分析因素的三大分类并不吻合，而是依据其在人类心理活动中天然存在的亲和性，自主地靠近并联合。同时，由于人类个体在思维习惯上的差异，文本分析因素的聚合状态又具有松散的属性，在特定个体身上可能出现异于典型状态的聚合形式。由此可以得出，文本分析各因素在人类心理活动中呈现为多个松散的聚合体。从人类整体上来看，这种聚合状态及其组合方式是趋同的，因思维差异造成的异常个例可计在误差范围内，不影响文本分析因素自主聚合的大方向。

至此，我们已经明确了文本分析所包含的因素，各因素在文本分析体系中的权重，以及因素间的相互关系，具备了构建文本分析模型的全部条件。

第四节　潜文本阐释导向的文本分析模型

在前文的论述中，我们梳理了现当代国内外主要文本分析方法以及模型的理论架构、长处及缺陷，指出了文艺文本分析的一些特殊要求。在此基础上，我们汲取各家之长，首先析出了文本分析中，尤其是文艺文本分析中所包含的因素，并将其分为三大类：与文本相关的因素、与人相关的因素、与社会文化环境相关的因素；然后对每个文本分析因素进行阐述，论述其意义和属性，并阐述每个因素包含的子因素；最后，我们分析了各因素在当前分析体系中的权重，并详细阐述各因素之间的关系。根据以上研究结果，可以尝试建立一个针对文艺文本的，旨在阐释其潜文本含义的文本分析模型，表示为图 3-4。

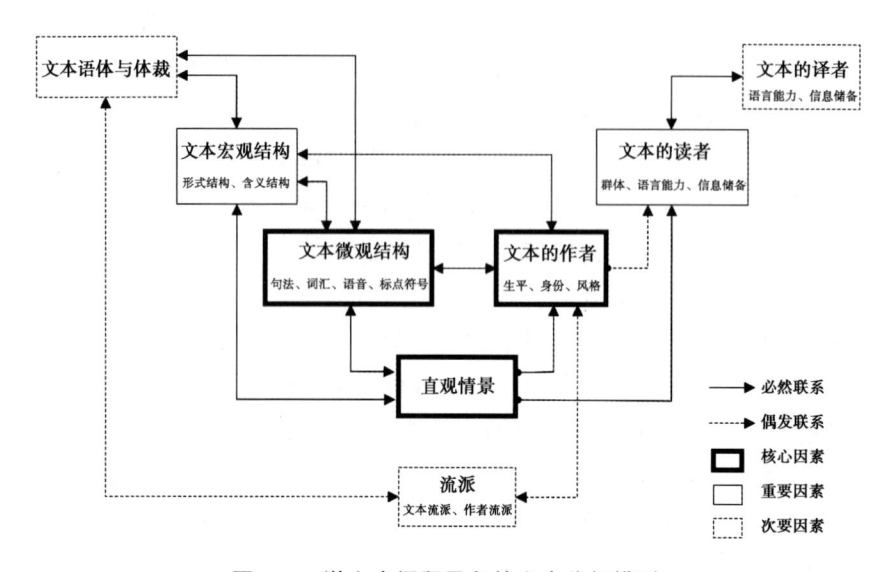

图 3-4 潜文本阐释导向的文本分析模型

在该文本分析模型中，因素的三大分类表现为三条分支，即与文本相关的因素：文本语体与体裁—文本宏观结构—文本微观结构分支；与人相关的因素：文本的译者—文本的读者—文本的作者分支；与社会文化环境相关的因素：流派—直观情景分支。文本分析的八种因素按照其权重，从中心往四周发散开来。处于模型中心的文本微观结构、文本作者和直观情景是三个核心因素；离中心较近的文本宏观结构、文本读者是重要因素；距离中心最远的文本语体与体裁、文本的译者、流派是次要因素。

因素之间的连线表明两者的关系。实线代表二者间有必然的直接联系，分析因素 a 时，必定连带分析因素 b。虚线代表因素间的联系是偶发的，分析因素 a 时有可能带出对因素 b 的分析。箭头表明联系的方向，由因素 a 指向因素 b 的单箭头表示联系是单向的，分析因素 a 时会联系上因素 b，但分析因素 b 时不会与因素 a 相关；双箭头表示联系是双向的，分析因素 a 时会联系上因素 b，分析因素 b 时也会联系上因素 a。

如图 3-4 所示，因素间具有双向必然联系的有：（1）文本语体、体裁和文本宏观结构；（2）文本语体、体裁和文本微观结构；（3）文本宏观结构和文本微观结构；（4）文本宏观结构和文本作者（风格）；（5）文本微观结构和文本作者（风格）；（6）文本读者和文本译者；（7）直观情景和文本宏观结构；（8）直观情景和文本微观结构。

因素间具有单向必然联系的有：（1）从直观情景至文本作者；（2）从直观情景至文本读者。

因素间具有双向偶发联系的有：（1）文本语体、体裁因素和流派因素（文本流派）；（2）流派（作者流派）和文本作者。

因素间具有单向偶发联系的有：从文本作者至文本读者。

此处，我们可以发现一个极为有趣并引人注目的现象：权重越大的因素，其作为关系箭头起点和终点的次数便越多。核心三因素中，文本微观结构因素作为关系箭头终点的次数达到四次，同时这四条关系箭头有两条是双向必然关系，即微观结构因素同时还作为四条关系箭头的起点。换而言之，在文本分析的过程中，文本微观结构因素至少会在人类心理活动中出现八次。八次只是理想状态下的数字，默认该因素每次出现都被完美析出所有信息。在实际的文本分析操作中，还包括通读过程中的预先分析，文本分析过程中的反复分析，以及阅读后的检查分析所包含的次数。为便于论述，我们排除实际操作中的不可控因素，只计算理想状态下的次数。

由此，我们可以将理想状态下，文本分析各因素在人类心理过程中的次数进行量化。由于具有必然联系的因素 a 必然带出因素 b，因此当某个因素作为必然联系的起点和终点时计 1 分。具有偶发联系的因素 a 有可能带出因素 b，因此当某个因素作为偶发联系的起点时计 1 分，作为偶发联系的终点时计 0.5 分。依照该积分方法，则文本微观结构因素的分值是 8。

同理，核心三因素中，文本作者因素与其他因素间存在两个双向必然联系，一个单向必然联系，一个双向偶发联系，一个单向偶发联系。作为双向必然联系的起点和终点次数共计四次，作为单向必然联系的终点一次，作为双向偶发联系的起点和终点次数共计两次，作为单向偶发联系的起点一次。因此，文本作者因素的分值是 7.5。

核心三因素中，直观情景因素与其他因素间存在两个双向必然联系，两个单向必然联系。作为双向必然联系的起点和终点次数共计四次，作为单向必然联系的起点共计两次。因此，直观情景因素的分值是6。

同理，可计算出重要因素的分值：文本宏观结构因素的分值为8；文本读者因素的分值为3.5。次要因素的分值分别为：文本语体和体裁因素分值为4.5；流派因素分值为3；文本译者因素分值为2。

通过将量化各因素在人类心理过程中的次数，我们发现，该数值与各因素的权重大致吻合，与核心因素、重要因素、次要因素的分类也大致吻合。由此，在尝试构建潜文本阐释导向的文本分析模型时，还旁证了前文中论述的因素权重体系的合理性。

此处值得注意的是，重要因素之一的文本宏观结构因素分值高达8分，甚至高于直观情景和文本作者因素两个核心因素的分值，实质上具备作为核心因素的条件。一方面，这种现象说明文本宏观结构因素在广义的文本分析中，具有非常关键的作用；另一方面，本研究的文本分析模型是针对文艺文本中潜文本的阐释，就这一点而言，对文本宏观结构的分析起不到核心作用。因此，我们仍将文本宏观结构因素归入重要因素一类。

进一步地，在具体的文本分析操作中，依照文本分析因素的权重，以及文本分析因素之间的关系和走向，我们可以找到几个具体的切入点，以及若干条具体的分析路径。

从通常的人类思维习惯出发，第一条分析路径可以由文本的语体和体裁分析入手：（1）首先以文本的宏观、微观结构特征把握文本的语体和体裁；进而由宏观、微观结构特征联系上作者的风格；再进一步全面分析作者生平、身份、风格；而后通过作者联系到其特定读者群体的特点，以及作为特殊读者的译者的特点。（2）由语体和体裁切入，分析文本宏观、微观结构的同时，思维还会悄然发觉文本的流派特点；进而发散到作者流派分析，再对作者的风格、生平进行分析。（3）在文本阅读中遇见文本中的直观情景时，思维则跳跃到直观情景分析；一方面关注其宏观结构和微观结构上的特征，另一方面分析或自评读者对该直观情景的理解能力。由此，以文本语体和体裁为切入点，思维干流沿途分为三条支流，依照必然联系和偶发联系分别经过所有文本分析因素后（某些因素被多次分析），汇总所有信息，完成一次完整的文本分析过程。

第二条常见的分析路径是将文本作者的分析作为切入点：（1）首先分析作者的生平、身份和风格，再从风格角度把握文本的宏观、微观结构特点。（2）分析作者的生平、身份和风格的同时，还会注意作者流派信息；进而联系到文本语体和体裁；又再次折返回到文本宏观、微观结构分析。（3）全方位分析作者时，还会留意其读者群体（包括译者）的语言能力和信息储备。（4）在直观情景出现时，思维跳跃至直观情景分析，一方面关注其宏观结构和微观结构上的特征，另一方面分析或自评读者对该直观情景的理解能力。以文本作者的分析为切入点，思维干流会分为四条支流，依照必然联系和偶发联系沿途流经各个因素，最后汇总信息，完成一次文本分析过程。

第三条常见的分析路径是从文本的宏观结构入手，理想状态下思维干流会分为三条支流：（1）首先分析文本的宏观结构特点，进而细化分析文本微观结构；由文本宏观和微观上的特征联系到作者风格，进一步全面分析作者；再联系上作者的固定读者群体。（2）分析文本宏观、微观结构的同时，可以确定其语体和体裁，进而联系上流派因素。（3）在直观情景出现时，思维跳跃至直观情景分析，一方面关注其宏观结构和微观结构上的特征，另一方面分析或自评读者对该直观情景的理解能力。

依照人类个体的不同阅读习惯和思维定式，原则上可以将任意文本分析因素作为切入点。由于因素之间必然联系的存在，人的思维总会流经各个核心因素，凭借个人解读意愿析出其中的信息。另外，由于因素之间偶发联系的存在，某些重要因素和次要因素可能会出现在个体的分析思维中，也可能被遗漏忽略，这也是除个人能力和解读意愿之外，影响文本理解的原因之一。同时我们也注意到，选择不同的切入点会导致完全不同的分析路径；选择权重较低的因素作为分析切入点，分析流程始终会引领至权重较高的因素；选择权重较高的因素作为分析切入点，可以使思维少走弯路和回头路，减少反复多次分析某个因素的概率，进而大幅减少整个文本分析过程所需的时间。

由于各因素之间的关系脉络并非线性的，而是网状的，因此个体在单个文本分析因素前面临诸多选择。此外，对单个因素一次性到位的完美分析操作在实际中很少存在，因此每个因素在文本分析中都会经历多次分析操作。就整体而言，文本分析路径呈现出一种"左顾右盼，瞻前顾后"，不断权衡和综合的心理特征。

此处应当指出的是，前面提出的三种文本分析路径是具有普遍意义的，以理解文本整体，接收文本全部信息为目的的路径。具体到搜寻文艺文本中的潜文本信息，并阐释其潜文本含义这一目的，则还要求更具针对性的分析操作。换而言之，阐释文艺文本中的潜文本含义，不仅要按照前文所述的路径进行全要素、全篇幅的分析，而且要着重关注三个核心因素，对疑似埋藏有潜文本信息的文本片段进行细致分析。

潜文本因其特殊的构建形式，主要存在于文本的微观结构中和直观情景中，其具体形态又与作者的交际意图息息相关。因此，旨在阐释潜文本含义的文本分析操作要区别于普遍意义上的全要素文本分析路径。

搜索并阐释带有情感信息的潜文本，文本微观结构是关键切入点。首先，分析微观结构中的句法、词汇、语音和标点符号特征，找出其中或明或暗的标识；其次，将这种微观结构上的特征在文本宏观结构内找寻匹配的对象，也就是所谓的内互文、照应现象；而后根据文本的宏观、微观结构特征分析作者风格；再由作者风格分析进一步延伸至生平、身份分析；在与作者相关的信息中寻找其交际意图，以及与文本可能存在的交集。在双语交际中，还需考虑文本读者的语言能力、信息储备，即他对潜文本信息的接受能力问题。

搜索并阐释带有认知性信息的潜文本，可以以直观情景为切入点。在文艺文本的阅读中，首先，搜寻直观情景中具有显著特征的词汇，尤其是意义不明的专有名词和物质名词；其次，对这些特别的微观结构进行语言学和社会学分析；与此同时，关注文本中出现的语焉不详的现象，如主语缺失、行为目的不明等情景；再联系文本作者的生平，对这些现象进行语言学和社会学分析，并联系上下文宏观结构找出隐藏、缺失的潜文本信息。

搜索并阐释带有认知性信息的潜文本，还可以以文本作者为切入点。首先，全面分析文本作者的生平、身份和风格，了解其所在的历史时期和生存空间；其次，沿叙事线索逐个搜寻直观情景，寻找直观情景与作者生平的交集；与此同时，着重关注文本的微观、宏观结构特征，揣摩该特征与作者交际意图的交集。

由此可见，潜文本阐释导向的文本分析是一个步骤复杂的，多次往返于各个因素之间的心理过程。在该心理过程中，既要全面把握文本，对文本分析要素进行有机的联系性的考察，也要有所侧重，着重关注与潜文本阐释相关的三个核心因素。如果将之展现在模型上，可以发现全面把握文本的操作呈现为文本分析全要素的大循环，而潜文本阐释导向的分析操作则呈现为局部要素的小循环。

至此，我们通过论述文本分析因素的权重，因素之间的关系网络，以及基于该网络的文本分析操作，初步解决了潜文本阐释导向的文本分析模型的搭建问题。此外，我们在理论层面对该模型的运作方式进行了论述，以逻辑思辨的方式提出了若干条文本分析路径，初步验证了模型的合理性。接下来我们要面对的是验证文本分析模型的有效性问题——将该模型投入实际的文艺文本分析中和俄罗斯小说翻译实践中，检验其阐释潜文本含义的真实效果和分析效率。

小结

本章中，我们详细地梳理了文艺文本分析的组成因素及其类别。首先以文本分析的心理过程为切入点，列出了两条理想性的文本分析思维路径，分别是自宏观至微观的分析，以及自微观至宏观的分析。由于主观和客观的原因，实际中的文本分析并不能以这两种思维路径进行，进而引出文本分析因素的分类。文本分析的组成因素分为三类：与文本相关的因素、与人相关的因素、与社会文化环境相关的因素。其中与文本相关的因素包括：文本的语体和体裁、文本的宏观结构（形式结构和含义结构）以及文本的微观结构（句法、词汇、语音、标点符号）。与人相关的因素包括：文本的作者（生平、身份、风格）、文本的读者（群体、语言能力、信息储备）以及文本的译者（语言能力、信息储备）。与社会文化环境相关的因素包括：文本流派与作者流派、文本的直观场景。在析出文本分析因素并为其分类时，我们尽量涵盖所有类型的文本，同时在论述中重心偏向于文艺文本，尤其在举例时主要引用俄罗斯小说文本的片段，为后文论述潜文本阐释做理论铺垫。在论述中我们还发现，以上三大类共八种文本分析各因素间，以其的重要程度以及因素间的联系构成了一个复杂的关系系统，并不能简单地以宏观至微观，或微观至宏观的途径加以区分。

　　有鉴于此，我们进一步详细阐述了文本分析各因素的权重，并将八种因素按其在体系内的权重归为三个等次，分别是：核心因素、重要因素和次要因素。而后，我们仔细梳理文本分析各因素间的关系问题，以因素在人类思维中的关联程度为标准，将因素之间的关系分为：双向必然联系、单向必然联系、双向偶发联系、单向偶发联系，并逐一划定因素两两之间的关系。通过这一步论述，发现八种文本分析因素呈现出三两成组的聚合状态，这种现象与我们提出的文本分析因素的三大分类并不吻合，而是依据其在人类心理活动中天然存在的亲和性，自主地靠近并联合。进一步地，以文本分析各因素的权重和因素间的关系为基础，我们初步构建了一个针对文艺文本，旨在阐释其潜文本含义的文本分析模型。而后，通过量化理想状态下每个因素在人类心理活动中出现的次数，我们旁证了因素权重体系的合理性。在本节结尾部分，我们以逻辑思辨的方式提出若干条文本分析的思维路径，并着重强调了阐释潜文本含义导向的文本分析操作与普遍文本分析操作间的异同。

　　由此，本章中提出的文本分析模型在理论层面上展现出合理性。该模型在实际操作中其表现如何，是否能够充当俄罗斯小说文本的分析工具和潜文本阐释的工具，我们将在下一章的论述中呈现。

第四章　俄罗斯小说中的潜文本构建方式

自19世纪起，俄罗斯小说文本中就常常出现各类潜文本现象。以各式各样的文学手法在文字层面之下置入特殊的情感信息或不愿明说的认知信息，是这类潜文本现象的主要目的所在。潜文本中包含了作者特定的交际意图和理解文本所需要的部分重要信息，以外，潜文本的形式、构建手法随着文学和历史进程的发展不断推陈出新，出现了跨流派、跨学科的模仿借鉴。这一切迫使俄罗斯小说文本的研究者不得不正视潜文本现象，从其产生、主要形式、构建手法以及阐释手段等方面进行全方位研究。

第一节　与潜文本阐释相关的理论观点

美国语言学家罗南认为，潜文本这一概念起源于法国著名剧作家梅特林克的"第二对话"：在梅特林克的观点中，"第二对话"是隐藏在无意义对话中的潜在思维、意识和情感。[1] 梅特林克的这一思想在19世纪末与俄罗斯文艺文本出现了交集——在契诃夫和斯坦尼斯拉夫斯基的戏剧中，"第二对话"的艺术表现形式时常浮现。在20世纪上半叶针对契诃夫和斯坦尼斯拉夫斯基的评论和研究中，潜台词现象或称潜文本现象始终是关注的焦点，但尚未上升到系统性阐释的层面。

进入20世纪下半叶，针对俄罗斯文艺作品中的潜文本阐释研究开始成为热点。首先，关于潜文本体现在文本的哪个层级上，俄罗斯学界存在一些争议。鲍里索娃从戏剧文本的方向研究潜文本现象，她认为潜文本存在于词汇层级上，与具有审美作用的伴随含义紧密相关，与关键

---

[1]　Ронен О., "Подтекст", *Звезда*, No. 3, 2012.

词和语气相关，与隐喻有关。① 阿诺德则认为，潜文本作为一种言外之意（подразумевание），是在整个作品的宏观语境中实现的，与其相关的不是片段，而是作品的情节、主题和思想，因此在单个的话语层级上无法阐释潜文本的含义。② 由阿诺德的观点可以推导出，影响潜文本阐释的主要因素是文本片段的规模，至于潜文本具有哪些语言学特征则并未提及。与阿诺德持相同观点的还有彼尔姆功能修辞学派的奠基人科任娜，她认为，潜文本是作者话语的深层含义，无法在文本的某一结构上完整表现，而需要从整个交际情景、交际结构的层面来进行理解和阐释。③ 关于潜文本体现在文本哪个层级上的争论，实际上源于研究者们所在的学科领域以及他们看待问题的角度。由戏剧理论出发研究潜文本的阐释，将潜文本限制在了台词、剧本、舞台表现形式这一相对较窄的范围内，视野自然局限于言语和肢体符号语言，无法拓展到具体的文本以外。阿诺德和科任娜由交际理论出发，不局限于具体文本，将研究范围拓宽至交际参与者和宏观语境等因素。

此外，俄国学者戈利亚科娃从认知符号学的角度研究潜文本的理解和阐释。她认为，潜文本信息是文学作品中语义结构的主导因素，是作品的隐藏含义，它是作者影响读者观念系统的特定语言组织手法。当潜文本的属性展现为理性时，潜文本的理解和解码便发生在理性的智力层级上；当潜文本具有非理性属性时，潜文本的理解和解码就发生在非理性的情感层级上，二者间的界线是相对的，可变的④。戈利亚科娃从文本认知的角度察觉了潜文本可能存在的不同形式和类型，并指出二者的阐释途径也不尽相同。

最早提出要对俄国文学中的潜文本现象进行语言学研究的是阿基莫

---

① Борисова М. Б., "Подтекст в драме Чехова и Горького", *Норма и функционирование языковых единиц: межвуз. сб. науч. тр.*, Горький: Изд-во Горьк. Ун-та., 1989, стр. 111.

② Арнольд И. В., "Импликация как приём построения текста и предмет филологического изучения", *Семантика. Стилистика. Интертекстуальность: СБ. Статьей*, СПБ.: Изд-во С. Петерб. Ун-та., 1999, стр. 77.

③ Кожина М. Н., "Соотношение стилистики и лингвистики текста", *Филологические науки*, No. 5, 1975.

④ Голякова Л. А., "Проблема подтекста в свете современной научной парадигмы", *Вестник Томск. гос. пед. ун-та.*, No. 5, 2006.

娃。她认为,阐释文艺文本中的潜文本必须要研究其种类、词汇特点和句法特点,并提出了一个阐释潜文本的方向:在作者的言语中遇见不同种类的潜文本时,首先要确定其种类,其次是分析其潜在的语义,然后确定潜文本与具体的句子结构之间的关系。[1] 此外,俄罗斯语言学家凯达将潜文本与文本交际完整性联系起来,指出潜文本是作者特意编程并置入文本系统内的,使信息在传达中出现显性层面和隐性层面分层的效果。她指出,潜文本的挖掘要对文本进行功能修辞分析,并在此基础上将潜文本分为交际型、情感型和结构型三类。[2] 从语言学角度研究潜文本阐释的还有加利佩林,他认为构成潜文本的主要文本单位是词汇,至于句法单位在潜文本构建中是否起作用的问题则未予以回答。普什卡廖娃也从语言学领域研究潜文本的阐释,她将俄罗斯文学作品中的潜文本分为情感潜文本和规约潜文本,并着重分析了情感潜文本可以表现的人类心理状态和情绪,还梳理了情感潜文本含义种类的发展脉络。我们注意到,这四种观点实际上都将潜文本视作一种作者特意置入作品中的文本成分,那么依照其理论进一步推导,潜文本的阐释便需要对文本成分和文本结构进行分析。

在国内翻译学研究领域,有卢玉卿提出的潜文本翻译方法。卢玉卿将潜文本理解为"言外之意",并在中国古典哲学中追根溯源,将言外之意分为含蓄式、寄寓式两种意向型言外之意,以及意象式、意境式两种审美型言外之意。以此为基础,卢玉卿从认知学角度分析言外之意的生成、构建和重构,并提出翻译言外之意实际上是翻译语境和语用预设,最终得出五种翻译语用预设的方法,同时还考察了语用预设对文学翻译的影响和作用。[3]

从上述与潜文本阐释相关的理论观点可以看出,中外学者们在研究文艺文本中的潜文本现象及其阐释时,遇到的一系列问题以及提出的解决方法,实际上与文本分析密切相关。戏剧理论家们讨论的隐喻、审美

---

[1] Акимова Г. Н., *Новое в синтаксисе современного русского языка*, Москва: Высшая школа, 1990, стр. 101.

[2] Кайда Л. Г., *Стилистика текста: от теории композиции к декодированию*, Москва: Флинта, 2004, стр. 63.

[3] 卢玉卿:《文学作品中言外之意的翻译研究》,博士学位论文,南开大学,2010 年。

以及宏观语境等,可以归入文本分析因素中的社会文化因素一类;俄国修辞学者们讨论的交际情景、文本规模等因素,以及中国学者提出的语用预设,可以归入文本的直观情景因素和宏观结构因素;语言学者们讨论的词汇、句法和修辞问题,实际上与文本的宏观结构、微观结构直接相关。如果将各个学科领域研究潜文本阐释的成果归纳至一处,实际上可以得出一个松散的未经梳理的文本分析方法。可以说,学者们提出的潜文本阐释观点与我们前文研究的文本分析模式具有一致的初衷。

此外我们注意到,以上诸多理论中都或明或暗,或直接或间接地提及了潜文本的形态和分类问题。凯达、戈利亚科娃着重提及了潜文本中包含大量情感信息的现象,戈利亚科娃则较明确地将潜文本分为理性层级上的智力解码和非理性层级上的情感解码。因此,在进一步论述潜文本的阐释问题之前,我们有必要对俄罗斯小说文本中潜文本存在的各种形态,以及形态的分类进行论述。

第二节　潜文本的类型界定

在对俄罗斯小说中的潜文本进行分类之前,首先要明确其分类标准。如前文所述,戈利亚科娃的分类标准是潜文本所携带的认知语义,而凯达的分类依据则是潜文本所具有的修辞功能,两种分类方法都具有相当充分的理据性。那么,只依据单一标准对潜文本进行分类,是否能够全面阐述各类潜文本现象的具体性状?答案是否定的。本节将依照两个标准对俄罗斯小说中的潜文本进行分类:依据所携带信息类型,将潜文本分为情感潜文本和规约潜文本;依据出现频率和在文本中存在的跨度,将潜文本分为离散潜文本、恒常潜文本和潜文本框架。

一　情感潜文本与规约潜文本

在俄罗斯小说中,潜文本所携带的信息分为两类。第一类信息用于表现人物角色的情感状态和心理状态,称之为情感信息。第二类信息是对于母语使用者而言众所周知的认知性信息,称之为规约信息。由此,根据所携带的具体信息类型,潜文本可以分为情感潜文本(эмоциональный подтекст)和规约潜文本(конвенциональный подтекст)。

情感潜文本携带的是情感信息,这一点不言自明,但此处需要着重强调的是，情感潜文本中所包含的情感信息并非一般意义上的描写感觉或情感的词汇。在日常的言语活动中，人们经常使用"高兴""悲伤""愤怒"等词语来表达自己或他人的情绪和感受，这类词语包含的是直接表现在词汇语义层面的显性情感信息。情感的显性表现手段以及情感在语言中的体现问题在现代语言学中也有诸多研究，譬如俄国学者卡努科娃（Канукова И. К.）认为，既然人的情感经验是全人类通用的，那么可以推测，在词汇语义中也存在全人类通用的情感含义。① 卡努科娃假设的基础在于，人类的认知经验（其中就包括情感经验）都是先保存在语言当中，而后才得以交流和传承。

然而我们时常可在文艺文本中注意到另外一种现象，即情感的表达可以不通过显性情感词汇，而是使用特殊的语法形式、句法结构等手段，以隐性方式传达情感。以这种方式呈现的情感信息便是我们所说的情感潜文本。以契诃夫著名短篇小说《套中人》（《Человек в футляре》）的片段为例：

> И зонтик у него был **в чехле**, и часы **в чехле** из серой замши, **и** когда вынимал перочинный нож, чтобы очинить карандаш, то и нож у него был **в чехольчике**; и лицо, казалось, тоже было **в чехле**, так как он всё время прятал его в поднятый воротник.②

译文：
他的伞**也**装**在套子里**，怀表**也**装在灰色的鹿皮**套子里**，有时他掏出小折刀削铅笔，那把刀**也**装在一个小**套子里**；就是他的脸似乎**也**装**在套子里**，因为他总是把脸藏在竖起的衣领里。③

文本片段中对别里科夫的描写没有使用任何与情感相关的词汇，但

---

① Канукова И. К.，"К вопросу о разграничении понятий《чувство》и《эмоции》"，*Актуальные проблемы филологии и педагогической лингвистики. Вып. VIII*，Владикавказ，2006，стр. 101.

② Чехов А. П.，*Собр. соч.*：*В 12 т. Т. 8*，Москва：ГИХЛ，1956，стр. 154.

③ ［俄］契诃夫：《套中人》，诸逢佳等译，湖北人民出版社2006年版，第256页。

是读者明显可以感受到文中所传达的隐性情感信息：对别里科夫的讽刺。这种讽刺的情感潜文本是通过特殊的句法手段表现出来的，副词"也"和定语"在套子里"分别重复四次，并且彼此间的相对位置呈现一前一后的对应状态。

由例子可以看出，情感潜文本的特点是运用各种语言学手段传达隐性的，字面之下的情感信息。换而言之，情感潜文本具有两种基本属性：其一，传达情感信息；其二，传达信息时不通过词汇的显性语义，而是运用语法、句法手段。

与情感潜文本相似，规约潜文本的特点也是运用各类语言学手段传达隐性信息，唯一差别在于传递的信息种类不同。规约潜文本所包含的信息是客观存在的认知性信息，这类信息与社会历史文化直接相关，不以人的主观意志和情感为转移，而且是该语言的母语使用者耳熟能详、一望而知的信息。

在俄罗斯小说文本中，规约潜文本具有两种较为明显的表现形式。第一种形式表现为行为主体、施事主体的缺失。一方面而言，行为主体缺失的现象会给读者留下想象空间，使读者自行判断其身份；另一方面，行为主体缺失并不意味着读者可以任意解读其身份，因为俄罗斯小说中的这类现象通常具有鲜明的指向性：第一，行为主体缺失会用于表现国家机器的行为；第二，行为主体缺失可以用于表现特定人群的行为；第三，行为主体缺失还可以用于表现受社会条件制约，文本作者不能直说或不愿直说的情形。[①] 譬如：

Там с Никанором Ивановичем<...> **вступили в разговор**.

— То есть как? — **спросили** у Никанора Ивановича, прищуриваясь <...>.

— Про кого говорите? — **спросили** у Никанора Ивановича <...>.

— Откуда валюту взял? — задушевно **спросили** у Никанора

[①] 胡谷明等：《阐释俄罗斯文学作品中潜文本现象的文本分析模型》，《俄罗斯文艺》2017 年第 3 期。

Ивановича.①

译文：

在那里，尼卡诺尔·伊万诺维奇……**被约谈了**。

"这怎么说？"尼卡诺尔·伊万诺维奇**被问道**，边发问边眯上眼睛……

"您说的是谁？"尼卡诺尔·伊万诺维奇**被问道**……

"外币是从哪儿来的？"尼卡诺尔·伊万诺维奇**被诚恳地问道**……②

该文本片段出自布尔加科夫的长篇小说《大师与玛格丽特》第15章，尼卡诺尔在进医院之前曾被带到某个地方。小说中没有给出该地点的信息，也没有给出带走尼卡诺尔的人员信息。唯一的线索是片段中四个不定人称句的谓语，即被约谈和被问道。具有相应社会文化背景知识的读者可以立刻在脑海中重建该直观情景，虽然不清楚具体地点和行为主体的具体身份，但通过交谈和问话的方式可以断定行为主体是来自调查机关的人员，不是警察便是探员。

可以看出，刻意地不交代行为、施事主体并未影响文本信息的全面传达。缺失的部分信息转化为规约潜文本，利用鲜明的语法、句法特征作为自身的标识，诱导读者在阅读过程中激活信息储备，进而阐释规约潜文本中的客观认知性信息。

在俄罗斯小说文本中，规约潜文本的另一种表现形式是极端的信息浓缩。极端的信息浓缩同样是作者造成的信息缺失现象，但它与行为主体缺失存在两点较大的差别。首先，在程度上，信息浓缩造成的信息缺失远远大于行为主体缺失现象，在最极端的情况下，信息浓缩可以在一个名词内塞入大量社会文化信息。其次，在作者交际意图方面，信息浓缩可能是刻意造成的，也可以是作者无意识的写作行为。譬如，在伊里切夫斯基的短篇小说《白马》（《Белая лошадь》）中有这样的片段：

---

① Булгаков М. А., *Избр. произведения*：В 2 т. Т. 2, Киев：Дніпро, 1989, стр. 487.

② ［俄］布尔加科夫：《大师与玛格丽特》，钱诚译，外国文学出版社1987年版，第233页。

  Гита была **единственной выжившей из большой семьи**, обитавшей **до войны** в местечке под Киевом: родители и пять ее младших сестер сгинули в **Бабьем Яру**.①

译文：
  吉塔**战前**生活在基辅下面的小地方，她是**一大家子的唯一的幸存者**：父母与五个妹妹都死在了巴比亚尔。②

  文本片段中的"巴比亚尔"乍一看只能分辨出是一个地名，而且该地名只在小说中出现过一次，作者也未对它做任何描写或注解。然而当我们分析文本作者因素，发现伊里切夫斯基是犹太人时，片段中本来不引人注目的几个词组开始变得可疑起来：战前、一大家子、唯一的幸存者。通过对地名巴比亚尔进行搜索，我们发现在二战时，该地曾发生过犹太人大屠杀事件。至此，一个四字地名变为大量社会历史信息的载体，呈现出极端的信息压缩状态。与此同时，这种信息压缩是作者有意为之还是无心之举，很难做出判断。当读者属于犹太人群体，或者对该历史事件相当熟悉的人群时，可以共情地体会到作者的内心世界；当读者属于不熟悉该事件的译文读者时，也可以认为作者不愿提及沉痛的往事，在刻意压缩信息。
  至于如何以适当形式向译文读者传达这种信息浓缩式的规约潜文本，我们将在第五章进行详细论述。

二　离散潜文本、恒常潜文本与潜文本框架

  在俄罗斯小说文本中，潜文本的分布和跨度呈现多种不同的状态。一类潜文本是以离散、孤立状态存在的，所传达的隐性含义只出现一次，与小说中其他潜文本没有横向联系。另一类潜文本是作为小说的情感背景存在的，它所传达的隐性含义伴随着小说的情节线索，贯串始终。由此，根据不同的分布和联系状态，潜文本可以分为离散潜文本（дискретный подтекст）和恒常潜文本（константный подтекст）。

---

① Иличевский А. В., *Собрание сочинений*, Москва: АСТ, 2012, стр. 161.
② ［俄］伊里切夫斯基：《白马》，文吉译，《芳草：文学杂志》2017 年第 6 期。

离散潜文本所携带的隐性信息可以是情感信息,也可以是规约信息。对于恒常潜文本而言,大多数情况下携带的是隐性的情感信息。譬如,在别雷的《彼得堡》中,可以观察到离散潜文本和恒常潜文本同时存在的现象。

小说《彼得堡》中广泛存在作者以各种语言手段构建的,表犹豫和惊惶语义的情感潜文本,使犹豫和惊惶的情感始终蛰伏在文字层面以下。由此,小说中以各种手段表现相同情感的潜文本被串为一条链条,形成弥漫于《彼得堡》全文之下的恒常情感潜文本。此外,小说中也出现过表赞赏、情绪激昂、自嘲的情感潜文本,它们彼此之间没有联系,呈现离散潜文本的状态。

在个别情况下,偶尔还会出现多个规约潜文本以恒常状态贯串小说文本的现象。比如,短篇小说《狮门》中,先后出现过"贝特曷龙""迦南""塔里比奥""大马士革门""雅法门""大卫城塔""哭墙""圣墓教堂""客西马尼园""橄榄山""狮门""犹甸沙漠""汲沦谷""圣殿山""押沙龙陵墓""诸圣教堂""阿克萨清真寺""艾殿卡陵村""哈德良皇帝的拱门""埃塞俄比亚教堂"① 共 20 个地名。一方面,作者在小说中提及这些地名时都是一笔带过,没有进行任何注解;另一方面,这些地名背后都携带有大量的规约信息。比如,哭墙是古犹太国第二圣殿仅存的遗址;圣墓教堂是基督教教义中埋葬耶稣的地方;阿克萨清真寺是伊斯兰教传说中先知穆罕默德登霄夜游的地点,等等。这些地名单个出现时,都表现为信息极度浓缩的规约潜文本。进一步地,我们以含有浓缩的历史文化信息为共同特征,可以识别出一个贯串全文的恒常潜文本,以及作者构建该恒常潜文本的交际意图:以饱含历史信息的地名为节点,用主人公的行进路线依次串起,在字面之下呈现出耶路撒冷城见证人类历史、饱经磨难的沧桑形象,以及主人公对耶路撒冷的眷恋、敬畏之情。

由此可见,无论恒常潜文本是由情感潜文本组成还是由规约潜文本组成,其作用都是在小说的情节与叙事之下构建一个潜在情感背景,使读者浸润在某种恒常存在的,隐性表达的情感中。因此,相较于离散潜文本,恒常潜文本更不容易被漏读、忽视或误读。此外需要指出的是,

---

① Иличевский А. В., *Собрание сочинений*, Москва: АСТ, 2012, стр. 22-28.

在俄罗斯小说中恒常潜文本是一种不常见的现象，只在少数作品中出现。

除离散潜文本和恒常潜文本之外，俄罗斯小说中还存在一种特殊的潜文本分布形式，它由两个或多个在结构或语义上相互照应的离散潜文本组成，但又远未达到成为恒常潜文本的规模。具有这种分布状态的多个潜文本共称为潜文本框架（подтекстовая рамка）。

在文艺学研究中，照应是一种常见的写作手法，是指文艺文本中处于不同位置的两段或多段内容相互呼应，或某段内容与文本标题呼应[1]。在潜文本框架中，相互照应的基本元素是潜文本，它们既可以是情感潜文本，也可以是规约潜文本。潜文本框架中的照应体现为三种不同的形态：首先，相互照应的可以是多个情感潜文本的含义；其次，相互照应的可以是多个规约潜文本的认知性信息；最后，相互照应的还可以是潜文本的外在结构形式。

以小说《彼得堡》中的一个潜文本框架为例，其中同时包含照应的情感潜文本含义和照应的潜文本外在结构形式。

Линии！

Только в вас осталась память петровского Петербурга.

Параллельные **линии** на болотах некогда провел Петр； **линии** те обросли то гранитом, то каменным, а то деревянным забориком. От петровских правильных **линий** в Петербурге следа не осталось； **линия** Петра превратилась в **линию** позднейшей эпохи：в екатерининскую округленную **линию**，в александровский строй белокаменных колоннад.

Лишь здесь, меж громадин, остались петровские домики； вон бревенчатый домик； вон-домик зеленый； вот-синий, одноэтажный, с ярко-красною вывеской《Столовая》. Точно такие вот домики раскидались здесь в стародавние времена. Здесь еще, прямо в нос, бьют разнообразные запахи：пахнет солью морскою, селедкой, канатами, кожаной курткой и трубкой, и

---

[1] 路海跃：《谈隐性照应的翻译》，硕士学位论文，北京外国语大学，2016年。

прибережным брезентом.
Линии！①

译文：
线条！
只有在**线条**中，还保留下对彼得时期的彼得堡记忆。
彼得当年曾经在沼泽地上拉了许多平行的**线条**；顺着这些**线条**，有的给铺了花岗岩，有的给砌上石板，有的建立起了木栅栏。彼得时期那里许多规整的**线条**，现在已经完全消失了；彼得的**线条**变成了以后时期的**线条**：叶卡捷琳娜时期的环形**线条**，亚历山大时期的白色大理石廊柱建筑。

只有这里，在庞然大物之间，还保留下彼得时期的小房子；瞧，那不是原木小房子吗；那不是——绿色的小屋吗；而那里——蓝色的，单层的，挂着鲜红的"食堂"牌子的。这里还可以闻到各种各样扑鼻而来的气味：海盐味，鲱鱼味，绳索味，皮夹克味和卷烟味，以及沿海的油布味。

线条！②

该文本片段中，两个带感叹号的单部句"线条！"以醒目的结构形式将整个片段从文本中分隔出来。同时，"线条"一词在该片段中重复了八次（译文中九次），使叙事出现韵律化和节奏化的倾向，构成了带有激昂语义的情感潜文本含义。位于片段开头和结尾并多次重复的"线条"形成了一个闭合结构，其中既有激昂的情感潜文本含义的首尾照应，也有单部句的首尾照应。由此，该片段中出现了信息分层的现象：显性层级上呈现的是对线条、房子和气味的描写；隐性层级上则表达了带有好感的肯定评价和激昂的情感。

由规约潜文本构成的潜文本框架现象可以在小说《白马》中见到：

Гита была единственной выжившей из большой семьи, обита-

---

① Белый А., *Петербург*, Москва：Прогресс-Плеяда，2010，стр. 12.
② ［俄］别雷：《彼得堡》，靳戈等译，作家出版社1997年版，第30页。

вшей до войны в местечке под Киевом: родители и пять ее младших сестер сгинули в Бабьем Яру.①

译文：
吉塔战前生活在基辅下面的小地方，她是一大家子的唯一的幸存者：父母与五个妹妹都死在了巴比亚尔。②

这一片段位于小说的开始部分。如同我们在本章第二节第一条中分析的，小说的这一段中隐藏有犹太人大屠杀的规约潜文本。与之相互照应的潜文本出现在小说尾声。

Три года назад, гостя в Калифорнии, я заезжал к ней по дороге из LA — из странного, загадочного города, в котором нам довелось с Аришей побывать вместе. В тот день за оградой хоронили солдат, погибших в Ираке.

Когда я уходил, **за моей спиной прозвучали оружейные залпы** .③

译文：
三年前，我再次回到加利福尼亚，洛杉矶，那座我们同阿琳娜一同前往的、怪诞神秘的城市。出城的路上，我顺道去找她。那一天，一名在伊拉克牺牲的士兵葬于一栅之隔。
当我离去时，**身后传来武器齐射的声音**。④

这一片段是小说的结尾。众所周知，纳粹屠杀犹太人的残酷手段是先迫使其挖好深坑，然后令人群面对坑内排成一排，再由士兵端枪齐射，死难者直接跌入坑中，屠杀者省去了挖坑和抬尸的步骤。小说中，

---

① Иличевский А. В., *Собрание сочинений*, Москва：АСТ, 2012, стр. 22.
② ［俄］伊里切夫斯基：《白马》, 文吉译，《芳草：文学杂志》2017 年第 6 期。
③ Иличевский А. В., *Собрание сочинений*, Москва：АСТ, 2012, стр. 24.
④ ［俄］伊里切夫斯基：《白马》, 文吉译，《芳草：文学杂志》2017 年第 6 期。

向为国捐躯的英雄致敬的齐射枪声是结尾最后一句，整个作品以枪声戛然而止。有了之前阐释大屠杀规约潜文本的经验，读者可以较容易地解读出"身后武器齐射"包含的规约信息。两个规约潜文本一首一尾，几乎将整篇小说纳入潜文本框架之内，更暗藏了忧伤的情感潜文本含义：既为逝去的亲人，也为惨痛的历史。

由此，依据潜文本在文艺作品中的分布、跨度以及与其他潜文本的联系，可以将其分为离散潜文本、恒常潜文本和潜文本框架。

第三节 俄罗斯小说中潜文本的构建方式

从19世纪萌芽之初至现当代，通过汲取、借鉴各类艺术表现形式的经验，俄罗斯小说中的潜文本形式及其构建方式呈现出不断发展、推陈出新的状态。依据不同的交际意图，潜文本或传达情感含义，或传达规约信息，或呈现离散状态，或以恒常状态出现在文本的次层面，或在文本局部体现为框架结构。

潜文本在文中的出现，往往意味着存在特殊的文本构建方式，也伴随着常规叙事手段和常规修辞手法的变形或缺失。隐性的潜文本表现在显性的文本宏观结构和微观结构上，常常伴有各类较明显的特征。

一 情感潜文本的构建方式

关于俄罗斯小说中的情感潜文本的构建方式，许多学者给出了自己的看法。苏联科学院院士、语言学家维诺格拉多夫（Виноградов В. В.）认为，句法在情感潜文本含义的传达中具有重要作用，"句子间的断裂、联系和连贯性能够传达人物的感受，可以使叙事贴近角色的意识和主观世界"①。加利佩林对此表示赞同，他也认为不同的句子结构特征可以产生各种附加含义。② 乌奈巴耶娃（Унайбаева Р. А.）认为，潜文本产生的层面远高于词语和句子层面，但又必须以词语和句子为基础，以它

---

① Виноградов В. В., *Избр. Труды: о языке художественной прозы*, Москва: Наука, 1983, стр. 223.

② Гальперин И. Р., *Текст как объект лингвистического исследования*, Москва: Изд-во КомКнига, 2004, стр. 44.

们之间的结合与相互作用为生长土壤。① 瓦尔金娜则从整体上分析潜文本的构建方式，指出潜文本的构成单位有两种：一种是特殊的句法结构，如分割加强法；另一种是非语言手段，如背景知识等。②

可以看出，众多学者都认同特殊的语法、句法结构是情感潜文本的构建手段之一。那么，可以构建情感潜文本的特殊语法、句法结构包含哪些具体形式？除特殊的语法、句法结构之外，是否还存在其他构建情感潜文本的方式？本研究认为，俄罗斯小说中情感潜文本的构建方式主要有六种。

（一）重复手法

首先，重复手法是构建情感潜文本的重要方式之一，重复手法包括语音的重复、词形的重复、词组的重复和句子的重复。在俄罗斯小说文本中，重复是一种具有特殊表现力色彩的手法。重复的语言单位具有相同或相似的发音和语调，重复的语言单位之间还存在相似的停顿和节奏，这便为情感的产生提供了足够的空间和养分。重复是以文本微观结构（句法、词汇、语音）构建潜文本的典型方式之一，分析小说中密集紧凑分布的重复语言单位，或者相隔较远却彼此互文的重复单位，是阐释其中包含的情感潜文本含义的关键。譬如，契诃夫短篇小说《亮光》（《Огни》）中的片段：

> <...> я забыл и про извозчиков, и про город, и про Кисочку, и отдался **ощущению**, которое я так любил. Это - **ощущение** страшного одиночества, когда вам кажется, что во всей вселенной, темной и бесформенной, существуете только вы один. **Ощущение** гордое, демоническое, доступное только русским людям, у которых мысли и ощущения так же широки, без граничны и суровы, как их равнины, леса, снега.③

---

① Унайбаева Р. А., *Категория подтекста и способы его выявления: на материале англо-американской художественной прозы XX века*, Москва, 1980, стр. 4.

② Валгина Н. С., *Теория текста*, Москва: Изд-во Логос, 2003, стр. 245.

③ Чехов А. П., *Собр. соч.: В 12 т. Т. 6*, Москва: ГИХЛ, 1956, стр. 154.

译文：

……我忘了马车，忘了这座城，忘了基索琪卡，沉浸在那种我如此着迷的心**境**里。这种心**境**——是极端的孤寂，是当您觉得在黑暗和混沌的世界中只存在您孤单一人。这是一种骄傲而险恶的心**境**，只有俄罗斯人，思想感情像他们的树林、白雪、平**原**那样广阔无**沿**而且冷酷**严寒**，才会有这样的心境。①

该片段同时出现了词汇重复和语音重复两种重复手法。词汇"忘了"和"心境"分别重复三次，给片段带去激昂的情感意味。片段中"平原""无沿""严寒"形成尾音重复的效果，进一步增强激昂的情感意味，并使该片段出现韵律化的节奏感。两种重复手法共同作用，在文本之下构建起带有激昂含义的情感潜文本。

语音层面的重复在俄国文学中相当常见，俄语单词变格变位的特殊性质使其天生容易出现词尾重复。俄罗斯作家也乐于将这种现象运用在自己的作品当中，实现各种韵律、节奏，进而达成特殊的表现和交际效果。比如，在博加特廖娃（Богатырева И.）的小说《莫漂》（《Замкадыш》）中有如下片段：

Я хотела бы не приходить, но всё же всякий раз приходила. Я обещала себе, что больше не пойду, что это **невыносимо**, **унизительно**, **больно**, и всё-таки ходила, и сидела там ночами, а потом возвращалась домой на такси, и о лобовое билась, как **ночная бабочка**, **тёмная**, **безбашенная**, глубоко и больно **любимая Москва**. **Весенняя** и **летняя**, **холодная** и **жаркая**, **пыльная**, **душная** и **стекающая** под колёса белой пеной **дождя**, она с каждым днём будто бы всё больше и больше входила в меня, так что я понимала, что уже никуда от неё не денусь, что я приросла, что жить мне теперь здесь, и никакой другой город не ста-

---

① ［俄］契诃夫：《亮光集》，汝龙译，上海译文出版社1982年版，第35页。译文略有改动。

нет роднее.①

译文：

我本不想前往，可每次仍旧去了。我对自己许诺再也不去赴约，这样**太煎熬，太屈辱，太痛苦**，却还是去了，整夜整夜坐在那里，而后乘出租车回家，头磕车窗辗转挣扎，仿若一只**飞蛾**，苦恋着**莫斯科，两眼摸黑，乱扑乱飞**。**春与夏，寒与炎，尘与土**，闷热的空气与车轮下的白色雨沫—日渐一日，她似乎逐渐深入我的内心，于是我明白已无处可逃，已经融为一体，明白此刻我的生活已经烙在这里，再无其他的城能比她更亲近。②

原文中出现了大量以-o/-a/-я结尾的单词，使整个片段显现出鲜明的韵律感。限于语言系统的隔阂，译文中也尽量模仿这种特殊的语音形式，以"太煎熬，太屈辱，太痛苦""飞蛾""莫斯科""摸黑""乱飞""春与夏，寒与炎，尘与土"这样的头音重复和尾音重复再现原文的韵律，较好地传达了原文片段中潜藏的痛苦、矛盾的情感含义。

（二）文本短小化、碎片化

文本的短小化、碎片化也是构建情感潜文本的重要方式之一。它源于20世纪世界格局的剧变，各种重大事件集中发生在相对较短的历史时期内，深刻影响并永远改变了人的生活和思维。语言作为思维的产物，忠实地记录了世界图景的变化，并反映了人对这种变化的情感反应，呈现出不确定性、去中心化和解构主义等诸多特征。由此，人的情感反应便以附加含义的方式进入了文本的含义结构当中，产生出情感潜文本含义。在俄罗斯小说中，文本的短小化、碎片化具体表现为单部句、称名句、分割加强法的大量密集运用。文本短小化、碎片化涉及文本宏观结构中的形式结构，对碎片化的文本进行形式结构分析，是阐释其情感潜文本含义的关键。比如，伊斯坎德尔短篇小说《我的叔叔从不负人》（《Мой дядя самых честных правил》）结尾处的片段：

---

① Богатырева И.，"Замкадыш"，*Октябрь*，No. 10，2017.
② ［俄］博加特廖娃：《莫漂》，刘早译，《世界文学》2018年第1期。

Я вспоминаю чудесный солнечный день. Дорога над морем. Мы идем в деревню. Это километров двенадцать от города. Я, бабушка и он. Впереди дядя, мы едва за ним поспеваем. Он обвешан узелками, в руках у него чемоданы, а за спиной самовар. Начало лета. Еще не пыльная зелень и не знойное солнце, а Навстречу упругий морской ветерок, дорожной сладостью новизны холодящий грудь.①

译文：

我记得一个美妙的阳光灿烂的日子。海边的山路。我们在往村里走。从城里到那边有十二公里。我，奶奶还有他。叔叔走在前面，我俩勉强跟得上。他身上挂满包袱，手里提着箱子，背上背着茶炊。夏日伊始。还没落灰的绿植，尚未酷烈的日头，劲韧的海风迎面而来，沿途的新奇在胸口泛起清甜。②

文本片段是一个完整的自然段，全部由短小的句子组成，全段基本未使用连接词。文本短小化、碎片化的趋势在此处显露无遗，短小的整句、整句中短小的分句以及句号的大量使用，迫使阅读速度在此处放缓，在字面下营造出舒缓、恬静怡人的整体氛围，并构建起带有愉悦含义的情感潜文本。

（三）蒙太奇手法

文本碎片化还进一步牵涉文本切分的问题。在19世纪俄罗斯小说中，常见和流行的是长篇幅的大段落，在20世纪以及当代的作品中，段落的长度则明显缩小。这一现象与蒙太奇手法的引入有关。术语蒙太奇（монтаж）来源于电影艺术，原意为"剪切"，在俄罗斯电影艺术中发展为一种镜头、画面组合的理论，并为俄罗斯文学所借鉴。短小的段落形成一幅幅独立的画面，或直观情景，彼此之间的叙事连贯性和句

---

① Искандер Ф. А., *Малое собрание сочинений*, Москва：Изд - во АЗБУКА, 2014, стр. 112.

② ［俄］伊斯坎德尔：《我的叔叔从不负人》，文吉译，《芳草：文学杂志》2018年第3期。

法完整性被打破，但却让文本由静态变为动态，并在画面的不断切换中植入情感潜文本含义。对此，蒙太奇理论大师爱森斯坦（Эйзенштейн С. М.）曾写道，"蒙太奇手法是为了在读者的意识和感觉中植入情感"①。洛特曼也认为，"蒙太奇手法一方面有助于在文本中产生精准和界限分明的效果，另一方面可以激活读者的思维，使其自主地寻找埋藏在蒙太奇镜头之间的隐藏含义"②。由此可见，在俄罗斯小说文本中，连续排开的短小段落是情感潜文本的重要载体之一。以蒙太奇手法构建的文本，有时会在切分的文本片段内产生潜文本，有时则在段落结合处产生潜文本。以蒙太奇手法进行切分的文本片段，与文本宏观结构中的含义结构密切相关，对缺乏连贯性但彼此具有深层逻辑联系的画面、直观情景进行分析，有助于阐释其中的情感潜文本含义。仍旧以上文的例子作为分析对象：

> 我记得一个美妙的阳光灿烂的日子。<u>海边的山路</u>。我们在往村里走。从城里到那边有十二公里。<u>我，奶奶还有他</u>。叔叔走在前面，我俩勉强跟得上。<u>他身上挂满包袱，手里提着箱子，背上背着茶炊。夏日伊始。还没落灰的绿植，尚未酷烈的日头，劲韧的海风</u>迎面而来，沿途的新奇在胸口泛起清甜。

可以看到，片段的文本碎片化同时也带来了镜头画面切换的蒙太奇效果。从阳光灿烂的日子，到海边的山路，到路上的三个人，到人身上的东西，再转到景色、夏日、绿植、太阳。多个无连接词的短句将一系列没有明显外在逻辑联系的画面罗列出来，让读者自行搜寻其中的内在联系，以及这种潜藏的内在联系中蕴藏的潜文本含义。此处，蒙太奇手法的镜头感依旧传达的是舒缓、怡人的氛围，与文本碎片化手法带来的愉悦的情感潜文本含义相叠加。

又如，博加特廖娃的小说《莫漂》中有如下片段：

---

① Эйзенштейн С. М., *Избр. Произведения*: В 6 т. Т. 2, Москва：Искусство，1964，стр. 165.

② Лотман Ю. М., *Об искусстве*, СПБ.：Искусство-СПБ.，1998，стр. 325.

Но мы шли и шли по бульварам, по блестящему **Чистопрудному** с глянцевыми зеркалами прудов и по извилистому **Сретенскому**, по легкомысленному **Цветному** и по куцему **Страстному**, по **Тверскому**, раскланиваясь с **Пушкиным**, **Есениным** и **Тимирязевым**, мы спускались к **Москва-реке** по широкому **Гоголевскому**, несущему **Шолохова** и его лошадей на бульваре, — и здесь одно кольцо схлестнулось с другим, холодным и тёмным, в котором отражался **Кремль**, и **Дом на набережной**, и подсвеченные мрачные фабричные стены **Берсеневской набережной**, и вся эта громада, вся мрачная московская душа, — всё играло огнями и выискивала своё отражение в чёрной воде. А Сергей шёл и шёл, уже к мосту в Замоскворечье, и казалось, его несёт тугой волной памяти и истории города, и остановиться он не в силах.①

译文：

我们仍旧沿着条条林荫路一路前行，沿着灯火璀璨的**清塘大道**和镜子般波光潋滟的湖水，沿着蜿蜒的**斯列坚斯克大道**，沿着轻佻的**七彩林荫路**，沿着几步便可走完的**受难林荫道**，沿着**特维尔大街**，同普希金、叶赛宁以及季米里亚泽夫的雕像——别过，我们沿着宽阔的**果戈里大道**，路过驾舟饮马的**肖洛霍夫雕像**，来到**莫斯科河畔**——在这里，环形的马路与环形的水路交织一处，冰冷而晦暗的水面倒映出**克里姆林宫**、**滨河畔公寓**，以及河边的**别尔谢涅夫大街**在灯光映射下阴郁的岸墙，所有这些庞然巨物，所有莫斯科城的阴暗面，都化作鎏光逐影，在漆黑的水中搜寻自己的映像。但谢尔盖只是走啊走，已经行至通往南岸市区的桥边，仿佛是记忆的浪涌和城市的历史在引领他，想打断他几无可能。②

这部分文本片段中的蒙太奇手法堪称教科书般鲜明。片段中很少使用动词，大量的地理名字连带修饰它的形容词构成了片段的主体部分。

---

① Богатырева И., "Замкадыш", *Октябрь*, No. 10, 2017.
② ［俄］博加特廖娃：《莫漂》，刘早译，《世界文学》2018 年第 1 期。

连串地理名称、标志性建筑物、名胜古迹在叙事人的脚步下依次连接起来。熟悉莫斯科地理环境的读者可以在脑海中将这条路线补全；不熟悉莫斯科的读者也可以充分感受到这连串地理名词背后潜藏的情感——即对城市历史的陌生和敬畏。

（四）非常规的标点符号用法

非常规的标点符号用法也可以传达情感潜文本。究其根本，非常规的标点符号用法也是文本碎片化催生的次生现象，它表现为文本中标点符号显著增多，并且伴随有非传统的、超出语法规则的用法。譬如，伊万奇科娃（Иванчикова И. И.）在论述陀思妥耶夫斯基的标点符号用法时指出，位于连接词前面或后面的破折号是一种具有情感表现力的切分手法，破折号可以标示出信息焦点，指引读者的视线和视野，省略号可以形成言犹未尽或意识流的效果。[①] 特殊的标点符号用法常常与其他语言手段搭配，如重复手法、分割加强法等。非常规的标点符号也属于以文本微观结构构建潜文本的方式，在分析其中潜藏的情感含义时，时常需要考虑被其分隔的语言单位，将二者结合同时进行分析。

（五）留白手法

在某些俄罗斯小说文本中，留白的手法也被用于传达情感潜文本含义，在读者思维中构建时间空间跳跃、无声胜有声等效果。留白手法在不同流派小说中呈现出多种具体的形式：在象征主义、现实主义流派的作品中，流派通常表现为一排或多排空行，有时也会使用一排或多排省略号表示留白；在后现实主义、后现代主义小说中，留白有时会呈现为一页或多页空白的荒诞表现手法。留白的手法既与文本宏观结构中的形式结构相关，也与含义结构相关。在形式上，它表现为一种特殊的、占据了文本空间的段落；在含义上，它又属于文本整体含义结构的组成部分，即一种包含潜文本含义的、有待读者自行补全的空白段落。譬如布尔加科夫小说《红色王冠》（《Красная корона》）中的片段：

  Он играл на пианино, звучали белые костяшки, всё брызгал золотой сноп, и голос был жив и смеялся.

[①] Иванчикова И. И., *Синтаксис художественной прозы Достоевского*, Москва: Наука, 1979, стр. 173.

（留白）

Потом я проснулся. И ничего нет. Ни света, ни глаз. Никогда больше не было такого сна.①

译文：

他在弹钢琴，白色的琴键叮咚作响，一切都散发出金色的光芒，他的歌声热烈昂扬，边唱边笑。

（留白）

而后我醒了。什么都没有。没有光，没有眼睛。再没有做过那样的梦。②

该文本片段描写的是主人公的弟弟阵亡后，主人公日思夜想，做了一个关于弟弟的梦。片段中留白的作用有二：其一，分割叙事的时间；其二，分割读者的注意力。留白之前的段落描写的是梦境，是过去的时间线，场景欢乐而温暖；留白之后描写的是当下冰冷的现实。由此，片段中的留白通过分割时间、叙事以及读者的注意力，营造出一种强烈的反差，进而传达失望的情感潜文本含义。此外，第二段中碎片化的文本结构也加强了这种情感。

（六）双关、文字游戏手法

双关语、文字游戏等手法也常被用于传达情感潜文本含义。双关语和文字游戏在实质上显现为特殊形式的信息浓缩，通过较短的语言单位传达丰富的情感含义。双关语和文字游戏通常用于构建讽刺、自嘲的情感潜文本含义，应用范围较窄。双关语、文字游戏与文本的微观结构密切相关，对其进行微观结构分析是阐释其情感含义的关键。比如，伊斯坎德尔的短篇小说《山羊与莎士比亚》中有一段充满文字游戏的片段：

После долгих споров мы установили строгую научную линию эволюционного развития человека: живоглот, горлохват, горлоед, оглоед, шпагоглот, виноглот, куроглот, мудоглот,

---

① Булгаков М. А., *Избр. произведения*: В 2 т. Т.1, Киев: Дніпро, 1989, стр. 290.
② 笔者译。

трухоглот，мухоглот，горлодер，горлопан，горлан и，наконец，полиглот．

Если здесь последует вздох облегчения, то, предупреждаю, он преждевремен, потому что развитие это **циклично**（чуть не сказал —**цинично**）и все повторяется в том же порядке. Эволюционная лестница рушится, не выдержав бедного **полиглота**, и все опять начинается с **живоглота**．①

译文：
在长时间的争论后，我们建立起了一条科学严谨的人类进化路线：食人的人、以弱者为生的人、贪得无厌的人、表演吞剑的人、好酒的人、吃鸡的人、食言的人、吃草啃树皮的人、吃苍蝇的人、大嗓门的人、爱吵闹的人，以及最终的，一切通吃的人。

如果读到这里松了口气的话，那么我得警告您，为时过早。因为这种发展是循环**回流**式的（险些说成**下流**），一切都会按照这个顺序周而复始，循环不息。进化的阶梯一旦无法支撑那可怜的**通吃者**，便会崩塌，于是一切重新从**食人者**开始。②

在该文本片段中，作家首先使用"吃……的人"（俄语词缀-глот和-ед）这个结构，搜罗乃至自己新造一系列俄语名词（汉语为词组）。这些词组具有类似的结构（在俄语中展现为具有相同词缀，或彼此间词形相近），更暗合了人类发展史上的某些阶段和事件，或者俄罗斯民族的某些特征，全凭读者自行联想补足。其次，故意用错"回流""下流"两个词形和读音都相近的词。由此，文本片段中充斥着大量文字游戏，并且在作家的阐释下形成"循环回流"的环状结构，传达出尖锐的讽刺情感潜文本含义。

综上所述，俄罗斯小说中的情感潜文本具有六种基本构建方式，分别为：重复手法、文本碎片化手法、蒙太奇手法、标点符号手法、留白手法和文字游戏手法。此外我们留意到，每种情感潜文本构建方式都与

---

① Искандер Ф. А.，*Козы и Шекспир*，Москва：Изд-во Время，2007，стр. 29.
② ［俄］伊斯坎德尔：《山羊与莎士比亚》，文吉译，《芳草：文学杂志》2017年第5期.

一种或多种文本分析因素直接相关。

二 规约潜文本的构建方式

在俄罗斯小说文本中,规约潜文本的构建方式相对较少,主要表现为三种具体的手法。

(一)不定人称句手法

规约潜文本的构建常常使用不定人称句(неопределённо-личное предложение)或无人称句(безличное предложение),来表现某个行为的主体不明,或施事主体的身份信息缺失。故意隐去行为主体的现象会给读者留下想象空间和自由发挥的权力,使其可以自行判断行为主体的身份。同时,这种自由想象又不是完全的天马行空,因为在20世纪以及当代的俄罗斯小说中,不定人称句中的无主语现象主要用于表现国家机器的行为,特定人群的行为,以及受社会条件制约作者不能直说或不愿直说的情形。以不定人称句表现行为主体缺失的手法同时涉及文本的微观结构(语法和句法)、直观场景以及读者的信息储备。对句子中的零主语和动词的形式进行分析虽然不能明确行为主体的身份,但是可以确定其人数是单人还是多人。进而根据动词分析具体的动作,便可还原出一个"面目模糊"的直观场景,最后依托自身信息储备分析理解该直观场景。比如布尔加科夫小说《大师与玛格丽特》中的片段:

— Да, — заговорил после молчания Воланд, — его хорошо отделали.①

译文:
"是啊,"沉默片刻后,沃兰德开口说,"他被好好收拾了一下。"②

《大师与玛格丽特》中对莫斯科20世纪30年代的社会氛围多有描

---

① Булгаков М. А., *Избр. произведения*: В 2 т. Т. 2, Киев: Дніпро, 1989, стр. 612.
② [俄]布尔加科夫:《大师与玛格丽特》,钱诚译,外国文学出版社1987年版,第418页。

述、逮捕、审讯、监视四处可见。该片段虽然描写的是幻想中的人物的对话，但充分复制了这种社会氛围。虽然"收拾"这个动作的实施者不明，但读者很容易猜中它暗指的人群。

（二）信息浓缩手法

运用信息浓缩手法，使文本在局部形成信息高度浓缩的状态，也是规约潜文本的构建方式之一。信息浓缩手法具体包括孤立且不加注释的专有名词，对经典作品的互文引用，等等。信息浓缩手法的心理原理实际上与不定人称句手法是类似的，都是作者刻意隐去一部分关键的、对文本理解十分重要的信息，迫使读者激活自身的信息储备，或在自身信息储备不足的情况下去搜索、寻求外部信息的帮助。孤立且不加注释的专有名词通常会涉及地名、人名、历史事件名称等。互文引用经典作品涉及的范围则更加广泛。以信息浓缩手法构建的规约潜文本常常较为隐蔽，即便读者有备而来也容易将之忽略，而且并无特别有效的应对策略。加大阅读量和阅读范围，从整体上全面了解作者的生平、身份和风格，同时警惕小说中突兀出现的专有名词，可以增加对该规约潜文本构建方式的识别概率。信息浓缩手法与文本的微观结构（词汇）、文本作者因素以及读者的信息储备三个因素紧密相关，此外还可能会涉及直观情景因素。譬如，伊斯坎德尔短篇小说《我的叔叔从不负人》中的片段：

> — Ну какие у него могут быть жалобы? Он шутит, — говорила тетя, очаровательно улыбаясь и провожая комиссию до порога. — Он у меня живет как граф, — добавляла она крепнущим голосом, глядя в спину уходящей комиссии. — Если бы некоторые эфиопки смотрели за своими мужьями, как я за своим инвалидом, у них не было бы времени сочинять **армянские сказки**.
>
> Это был вызов двору, но двор, притаившись, трусливо молчал.①

---

① Искандер Ф. А., *Малое собрание сочинений*, Москва: Изд‐во АЗБУКА, 2014, стр. 103.

译文：

"他能有什么苦要诉？他在开玩笑，"姑姑说道，面带迷人的微笑把委员会送到门口。"他在我这里过得就像一位伯爵，"她望着委员会远去的背影，抬高调门补充道。"如果某些人看好自家的男人，就像我照看自家的残废一样，他们就不会有时间编出这些**亚美尼亚式的天方夜谭**来。"

这是在叫阵，然而敌阵避战不出，一片胆怯的寂静。①

片段描写的是，泼辣的姑姑在骂街式地表达对邻居告密的不满。"亚美尼亚"是一个孤立出现的地名，是原苏联加盟共和国中的外高加索三国之一。俄语中表示无稽之谈时通常使用"арабские сказки"，即阿拉伯故事。此处刻意将阿拉伯改为亚美尼亚，是使用信息浓缩构建规约潜文本的手法：外高加索的格鲁吉亚、亚美尼亚、阿塞拜疆三国因为领土、宗教信仰问题向来不合，小说的主要人物都是格鲁吉亚的阿布哈兹人，将天方夜谭说成是亚美尼亚夜谭，实际上表达了叙事者对邻国亚美尼亚的轻视和戏谑的民族感情。

(三) 留白手法

留白手法有时也被运用于构建规约潜文本，传达众所周知的认知信息。留白是一种极端的信息浓缩手法，浓缩到直接将该部分信息抹去。因此，留白手法也有很大的局限性，只能用于传达在人群认识中有绝对共识的、不会引起误解的信息。比如文学作品中常见的"脱靴景"，只描写男女角色宽衣脱靴，后面的情节用留白代替，叙事直接跳跃至第二天。

由此，俄罗斯小说中的规约潜文本具有三种基本构建方式：不定人称句手法、信息浓缩手法以及留白手法。前两种构建方式都与文本微观结构、文本读者、直观情景等因素相关，后一种构建方式与文本宏观结构、文本读者、直观情景相关。

---

① [俄] 伊斯坎德尔：《我的叔叔从不负人》，文吉译，《芳草：文学杂志》2018年第3期。

三　恒常潜文本与潜文本框架的构建方式

俄罗斯小说中的恒常潜文本是一种复杂的、大跨度的含义结构体。恒常潜文本的复杂属性体现在组成成分的数量和形式上，其大跨度属性体现在其组成成分的分布上。

首先，从数量上来看，恒常潜文本通常是由多个具有内在含义关联的情感潜文本组成的，或由多个具有和内在逻辑联系的规约潜文本组成。组成同一恒常潜文本的情感潜文本一般具有相同或近似的情感含义，或属于同一情感类别。譬如，小说《彼得堡》中大量表现惊惶、不安、恐惧、迷茫含义的且数量占据主导地位的情感潜文本，在字面之下构建起一个负面情绪的情感背景。而且小说中不存在其他可与之竞争的情感背景，因此负面情绪就成为《彼得堡》的恒常潜文本。又如，伊斯坎德尔的小说作品中，无论是长篇还是中短篇，都大量运用具有讥讽、嘲笑、自嘲含义的情感潜文本，每每构成具有幽默含义的恒常潜文本。组成同一恒常潜文本的规约潜文本，其内部通常包含具有逻辑联系的认知性信息。譬如，伊里切夫斯基小说《狮门》中多次出现受主观客观条件制约而无法明说的语焉不详的现象，可以构成一个反映社会人文面貌的恒常潜文本。被特定历史事件联系在一起的多个地名和人名，可以激活读者的信息储备，使该历史事件的规约信息在读者阅读思维中恒常存在。此处应当指出的是，虽然离散的规约潜文本是为了传达特定认知信息，但当大量具有内在逻辑关系的规约潜文本组成恒常潜文本时，它们的整体交际功能便会发生改变。多个规约潜文本组成的恒常潜文本不再以传达信息为主要目的，而是也变为一种具有情感背景功能的含义结构体。除此以外，当多个情感潜文本和规约潜文本具有内在联系时，它们也可以进入同一情感背景，共同组成恒常潜文本。

其次，从形式上来看，恒常潜文本的组成单位，即情感潜文本和规约潜文本都具有多种具体的构建方式。小说作者在构建单个情感潜文本或规约潜文本时，可能采用任意一种手法，也可能糅合各种手法。由此，恒常潜文本作为一个含义结构的聚合体，可能包含各种手法（重复、文本碎片化、蒙太奇、特殊的标点符号、留白、文字游戏）构建的情感潜文本，以及各种手法（不定人称句、信息浓缩、留白）构建的规约潜文本，因此恒常潜文本不具有固定的外观形态。

恒常潜文本的大跨度属性体现在其组成成分，即情感潜文本和规约潜文本的分布上。作者为了保持情感背景在文本中持久地存在，需要时常加入一些"元素"来持续地提醒和刺激读者。为了使情感背景既不太过突兀，又不渐行渐淡，组成恒常潜文本的情感潜文本或规约潜文本需要较为均匀地分布在整个文本的尺度上。同时，这种均匀分布也不反对作者为了特定的交际效果，使情感潜文本和规约潜文本在局部产生富集现象。

　　由此可以得出，恒常潜文本的构建方式是运用多个具有内在含义关联的情感潜文本，或多个具有和内在逻辑联系的规约潜文本，使之相对均匀地分布在整个文本范围内，形成伴随叙事情节始终的、持续存在的情感背景。

　　潜文本框架的构建方式与恒常潜文本类似。潜文本框架与恒常潜文本都由多个情感潜文本或规约潜文本组成，二者的区别在于，潜文本框架存在于文本的局部，且不作为文本的整体情感背景出现。潜文本框架的构建方式是运用两个或多个具有内在含义关联的情感潜文本，或具有和内在逻辑联系的规约潜文本，或外在结构形式相同、相仿的潜文本，在文本局部形成相互照应的现象，形成一个相对独立的形式框架和含义框架结构。

　　恒常潜文本和潜文本框架的构建方式都涉及文本的宏观结构。把握恒常潜文本和潜文本框架，需要以充分挖掘、全面阐释文本中的绝大多数潜文本为基础，从整体上考察情感潜文本是否具有相同或相近的情感含义，考察规约潜文本是否含有逻辑上相关的规约信息，进而提炼出文本的情感背景，或勾勒出潜文本框架的轮廓。

小结

　　本章首先梳理与潜文本阐释相关的理论观点，展示了各学科提出的潜文本阐释途径。其中，我们重点关注了从语言学领域研究潜文本阐释的理论成果，见证其由窄至宽、由狭隘至全面的发展。进一步地，我们发现，前人在研究俄罗斯文艺文本中的潜文本现象及其阐释时，遇到的一系列问题以及提出的解决方法，实际上与文本分析的各因素密切相关，并且都提出了要对潜文本存在的形态进行描述，并对潜文本进行分类。

　　由此，本章首先明确了潜文本的分类标准，即所携带信息类型、出现频率和在文本中存在的跨度。依据所携带信息类型，将潜文本分为表现人物角色情感状态的情感潜文本，以及携带规约信息的规约潜文本；依据出现频率和在文本中存在的跨度，将潜文本分为孤立存在的离散潜文本、贯串小说文本的恒常潜文本、在文本局部相互照应的潜文本框架。

　　进一步地，我们详细分析了上述潜文本类型的构建方式，分别是：以重复手法、文本碎片化手法、蒙太奇手法、标点符号手法、留白手法和双关、文字游戏手法构建情感潜文本；以不定人称句手法、信息浓缩手法以及留白手法构建规约潜文本；以多个具有内在含义关联和内在逻辑联系规约潜文本构建恒常潜文本和潜文本框架。

　　在此基础上，我们发掘了潜文本构建与文本分析因素之间的内在关联，并将每种潜文本类型的构建方式与一种或多种文本分析因素建立了联系。至此，我们已经完成了以文本分析方法阐释潜文本含义的理论准备。

第五章　以文本分析阐释俄罗斯小说中的潜文本

俄国文艺文本的历史可以追溯至10世纪末的基辅罗斯时期，在相当长的历史时期内，其主要形式是仪典诗歌和史诗。俄罗斯小说文本最早兴起于18世纪，自19世纪起获得蓬勃发展。伴随着俄国文学的"黄金时代"和"白银时代"，俄罗斯小说在世界文学中的影响力也达到其巅峰。从广义而言，俄罗斯小说文本的概念不仅包括当代俄罗斯联邦国家的小说作品，还包括帝俄时代，以及苏联时代各加盟共和国的小说作品。本研究认为，产生于俄罗斯历史文化氛围当中，以及以俄语创作的小说作品，都可以归入俄罗斯小说文本的范畴。

自"黄金时代"的莱蒙托夫、果戈里等文学巨擘起始，俄罗斯小说文本中就时常出现以潜文本传达隐性信息的现象。继19世纪萌芽之后，在文本中置入潜文本的创作手法在20世纪的俄罗斯小说中得到长足发展。时至今日，利用各种构建方式传达潜文本含义的写作手法已经屡见不鲜，俯拾皆是，潜文本含义的种类和数量也已远超萌芽之初。譬如，在19世纪上半叶莱蒙托夫的小说中，主要的潜文本构建方式是重复手法和文本碎片化的手法，主要表现讽刺、自嘲和慌乱等情感潜文本含义；在19世纪下半叶契诃夫的小说中，运用各种手法已经可以表现讽刺、自嘲、鼓舞、犹豫、负面评价、愤怒、失望共七种情感潜文本含义；时至20世纪上半叶，在别雷的小说中，情感潜文本含义的类型已经增至十二种，分别为：鼓舞、不安、讽刺、动摇、犹豫、负面评价、正面评价、慌乱、激昂、自嘲、好感、恐惧。[①] 以上数据中还未计入规约潜文本的情况。

[①] Пушкарёва Н. В., *Подтекстовые смыслы в прозаическом тексте*, СПБ.: Филологический факультет СПБГУ, 2012, стр. 172.

本章将循着历史的脉络和文学的传承，检视 19 世纪以来俄罗斯具有代表性的著名文学家以及当代作家的代表小说作品。将前文提出的文本分析模型代入具体文学翻译实践中，析出其中各种类型的潜文本，并对其含义进行阐释，同时验证文本分析模型的有效性和合理性。

作家及小说的选取以随机性为原则，重点选取精读过的俄语原文的经典小说，以及本书作者翻译过的小说作品。以随机选取来展现潜文本现象在俄罗斯小说中的普遍性；以精读原文的过程、翻译的过程保证潜文本的来源是第一手资料，保证潜文本分析和阐释的深度、广度。

第一节　19 世纪俄罗斯小说中的潜文本及其阐释

19 世纪是俄罗斯小说中潜文本创作手法的萌芽时期。在莱蒙托夫、果戈里、契诃夫等著名作家的小说作品中，都可以观察到文字层面之下隐藏附加信息的现象。譬如，在莱蒙托夫的长篇小说《当代英雄》中，文本片段在描写具体事件时，其特殊的句法和标点符号用法同时也传达了角色的心理状态。同样的情形也可以在契诃夫 19 世纪 90 年代的一些小说中见到。到了 19、20 世纪之交，类似的例子开始显著增多，成为文学创作手法的一股新风向。

一　莱蒙托夫小说中的潜文本及其阐释

在莱蒙托夫的小说中，运用句法手段来表现人物的情感状态是作家实现自己交际意图的重要手段。莱蒙托夫最重要的小说作品《当代英雄》被誉为俄罗斯第一部心理学长篇小说，也是第一部"个人"长篇小说，因为小说的中心思想和情节核心都是主人公的个性。[①] 小说的主旨在于描绘人物的个性，那么对其情感状态的描写便是必然且不可避免的。小说《当代英雄》的特别之处就在于，在描写人物情感状态时同时运用显性的词汇和大量隐性的句法手段，开辟了一条以句法传达情感的新路。

在对该小说文本进行深入分析之前，首先应依据文本分析模型确定

---

① Эйхенбаум Б. М., *М. Ю. Лермонтов: Исследования и материалы*, Л.: Государственное изд-во, 1979, стр. 223.

分析切入点和大致的分析路径。《当代英雄》是一部饱受关注的作品，从文艺学领域进行的研究已经相当透彻，毫无争议，其语体是文艺语体，体裁是长篇小说。又由于该长篇小说的体量相当庞大，从文本的宏观结构和微观结构入手进行分析显得蚍蜉撼树，短时间内难以寻得突破口。因此，选择核心因素之一的文本作者因素作为切入点是较为合适的。

莱蒙托夫（1814—1841）出身于一个军人家庭，父亲、外祖父都是帝俄军队中的下级军官。莱蒙托夫的幼年是在外祖父的塔尔罕内庄园中度过的，接受莫斯科式的私人家庭教育，会说流利的法语和德语。幼年的幸福生活并未持续很久，莱蒙托夫的父母关系逐渐冷淡，父亲与德语家庭教师及女仆私通。不久，母亲因肺结核去世，父亲远走图拉，将年幼的莱蒙托夫留给外祖母照看。[①] 莱蒙托夫幼年体弱多病，饱受淋巴结核的困扰。11岁时，外祖母带莱蒙托夫到高加索山区的温泉胜地疗养，大高加索山脉的自然人文环境第一次给少年莱蒙托夫留下了深刻印象，并在这里经历了情窦初开。两年后，13岁的莱蒙托夫随外祖母迁居莫斯科，进入莫斯科大学附属贵族寄宿学校学习，开始初涉写作。1830年，16岁的莱蒙托夫退学，来到莫斯科城外的斯托雷平家族的庄园避暑，与贵族女子苏什科娃（Сушкова Е. А.）相恋，却同时与另一名女子暗通款曲，并因此开启了自己的抒情诗写作时期。同年秋天，莱蒙托夫进入莫斯科大学学习，这一阶段他诗歌抒情的对象是大学同窗的妹妹，并开始涉足小说写作。大学时期是莱蒙托夫诗歌创作的巅峰期，他频繁出没于沙龙和化装舞会，却并未参与莫大诸多活跃的哲学和政治小组。

1832年春天，莱蒙托夫离开莫斯科前往圣彼得堡求学，但圣彼得堡大学拒绝承认他在莫大的成绩，因此他转投近卫骑兵士官学校。两年的军事训练占去了莱蒙托夫所有的时间，几乎无法进行创作。1834年，莱蒙托夫从军校毕业，成为近卫骠骑兵团的一名少尉军官。他涉足苏什科娃与他人的婚姻，又以戏剧性的方式与苏什科娃决裂。1835年后，莱蒙托夫的创作再趋活跃，长诗《大贵族奥尔沙》（《Боярин

---

① Гиллельсона М. И., *М. Ю. Лермонтов в воспоминаниях современников*, Пенза: Пензенское книжное издательство, 1960, стр. 37.

Орша》)、《波罗金诺》(《Бородино》) 使他在军中以及上流社会声名鹊起。1837 年，在得知普希金死讯后，莱蒙托夫写下诗歌《诗人之死》(《Смерть поэта》)，缅怀逝者并抨击沙皇的黑暗统治，引起社会轰动。莱蒙托夫随即被捕，沙皇亲自过问了审判过程，将他流放至正在高加索山区执行任务的下诺夫哥罗德骑兵团，保留少尉军衔。在追随部队的日子里，高加索的自然风光、山民的生活方式以及民间文学再次给莱蒙托夫留下深刻的印象①，还结识了被流放的十二月革命党人。在外祖母和友人的奔走下，莱蒙托夫于 1837 年 10 月提前结束流放，调回圣彼得堡的"皇帝陛下"近卫骠骑兵团。

1838—1840 年是莱蒙托夫在俄罗斯文坛名声大噪的时期，他加入普希金文学圈，与茹科夫斯基（Жуковский В. А.）、维亚泽姆斯基（Вяземский П. А.）等人结识。该时期也是莱蒙托夫文学创作的高潮，长篇小说《当代英雄》便诞生于 1840 年。

1840 年 2 月，莱蒙托夫在舞会上与法国大使的儿子巴兰特（Ernest de Barante）为争夺公爵夫人谢尔巴托娃（княгиня Щербатова М. А.）的青睐而争风吃醋，冲突上升至个人荣誉和国家荣誉的高度，二人遂相约决斗。决斗日，巴兰特持枪射失，莱蒙托夫将枪口对准别处射出子弹，随后二人自行散去。②但莱蒙托夫之后被军事法庭逮捕，被判再次流放至高加索山区服役。

1840 年 4 月，莱蒙托夫来到流放地。第二次流放与第一次有很大不同：根据沙皇的直接命令，莱蒙托夫被派往克里米亚战争的一线。1841 年春，27 岁的莱蒙托夫因作战英勇回到首都休假，创作了一系列诗作。5 月，他前往皮亚季戈尔斯克疗养，在那里遇上了近卫骑兵士官学校的同学马丁诺夫（Мартынов Н. С.）。6 月，莱蒙托夫与马丁诺夫因为开玩笑发生争执，二人决定付诸决斗。莱蒙托夫并未朝老同学开枪，再次朝天射击，而马丁诺夫直接击中了对手的胸口，导致莱蒙托夫的死亡。

---

① Миллер О. В., "Лермонтовские места и маршруты", *Литературная энциклопедия*, Москва: Советская Энциклопедия, 1981, стр. 250-252.

② Герштейн Э. Г., *Судьба Лермонтова*, Москва: Художественная литература, 1986, стр. 351.

纵览莱蒙托夫短暂的一生,可以发现诸多鲜明的点和线:母亲早逝,与父亲不和,进入普希金文学圈,与十二月党人有交集,与沙皇交恶,作品受上流社会喜爱和追捧,流连于多位女性之间,执笔从戎,却因贵族圈内流行的决斗习俗英年早逝,等等。对莱蒙托夫的生平、身份做了大致分析后,可以带着上述这些需格外注意的点,具体考察小说的宏观和微观结构。别林斯基(Белинский В. Г.)与艾兴包姆(Эйхенбаум Б. М.)都认为《当代英雄》需要从字里行间去解读,因为小说中包含了大量对俄罗斯社会文化生活以及莱蒙托夫生命历程的暗示。① 由此,我们可以从《当代英雄》的微观结构入手,对具体文本进行分析。

首先,在《当代英雄》中出现了多处以词汇重复的手法表达情感潜文本含义的微观结构。譬如:

Правильный нос в России реже маленькой ножки. Моей певунье казалось не более восемнадцати лет. Необыкновенная гибкость ее стана, особенное, ей только свойственное наклонение головы, длинные русые волосы, какой-то золотистый отлив ее слегка загорелой кожи на шее и плечах и особенно **правильный нос** —все это было для меня обворожительно. **Хотя** в ее косвенных взглядах я читал что-то дикое и подозрительное, **хотя** в ее улыбке было что-то неопределенное, но такова сила предубеждений: **правильный нос** свел меня с ума; я вообразил, что нашел Гетеву Миньону, это причудливое создание его немецкого воображения...②

译文:

一只**端正的鼻子**在俄罗斯可比一双秀美的纤足还要稀罕呢。我的女歌手看来不会大过十八岁。她的身段非常苗条,她所独有的偏着头的样子,浅黄色的头发,她的脖颈上和肩膀上的微微晒黑的皮

---

① Эйхенбаум Б. М., *Лермонтов М. Ю. Герой нашего времени*, Москва: Изд-во АН СССР, 1962, стр. 161.

② Лермонтов М. Ю., *Герой нашего времени*, Москва: Academia, 1937, стр. 235.

肤的黄金般的光泽，尤其是一只**端正的鼻子**——所有这些都让我神魂颠倒。**尽管**在她的斜睨里，我看出某种犷野和多疑的神情，**尽管**在她的微笑里有某种捉摸不透的东西，然而偏见却是那么强而有力：那只**端正的鼻子**使我丧魂失魄；我幻想着自己找到了歌德的迷娘，找到了作家德国式的想象中产生出来的奇妙创造物……①

在该文本片段中，词组"端正的鼻子"重复了三次，连接词"尽管"重复了两次。其中"端正的鼻子"还作为段落的开头，呈现出段落主题的意味。重复三次的"端正的鼻子"赋予当前片段自嘲的情感含义，因为主人公毕巧林（Печорин）已经明白，女孩端正的鼻子已经将他彻底征服。让步状语从句的连接词"尽管"重复了两次，透露出懊恼的情感含义，表现主人公本应有所警觉，却任凭自己沦陷的心情。

当小说叙述到毕巧林在皮亚季戈尔斯克遇上一群年轻人时，词汇重复的手法再次出现：

Они пьют – однако не воду, гуляют мало, волочатся только мимоходом; **они** играют и жалуются на скуку. **Они** франты: опуская свой оплетенный стакан в колодец кислосерной воды, **они** принимают академические позы: штатские носят светло-голубые галстуки, военные выпускают из-за воротника брыжи. **Они** исповедывают глубокое презрение к провинциальным домам и вздыхают о столичных аристократических гостиных, куда их не пускают. ②

译文：

他们喝——但是喝的并不是水，很少去散步，追逐女性也只是顺道走走；他们赌博并且喊叹寂寞。他们都是一些纨绔子弟：当他们把自己用柳条编的水斗放进硫磺泉的井口时，都摆出很斯文的姿

---

① ［俄］莱蒙托夫：《当代英雄》，翟松年译，人民文学出版社 1956 年版，第 64 页。译文略有改动。

② Лермонтов М. Ю., *Герой нашего времени*, Москва: Academia, 1937, стр. 241.

势；那些穿便服的人全系着漂亮的淡蓝色领带，而那些穿军装的则从他们的领子上露出百褶领边。他们深深鄙视外省的房屋，同时却对不让他们进去的首都贵族们的客厅望洋兴叹。①

人称代词"他们"在文本片段中重复了五次，并且都位于句子或分句的开头。依照通常的创作规律，作家会避免在一个句子或一个段落中出现过多词汇重复，尤其是人称代词的重复，往往以名字、人称代词以及其他指称方式交替使用。在该文本片段中，作者反其道行之，运用刻意的重复吸引读者的注意力，同时表达毕巧林对"他们"的负面评价。可以看出，片段在词汇语义层面上没有表现出对这群人的排斥，然而句法组织层面却隐性表达了主人公的态度。

在描写格鲁什尼茨基（Грушницкий）时，作者也运用了以重复的人称代词传达情感潜文本含义的手法。

Он довольно остер: эпиграммы его часто забавны, но никогда не бывают метки и злы: он никого не убьет одним словом; он не знает людей и их слабых струн, потому что занимался целую жизнь одним собою. Его цель – сделаться героем романа. Он так часто старался уверить других в том, что он существо, не созданное для мира, обреченное каким-то тайным страданиям, что он сам почти в этом уверился. Оттого-то он так гордо носит свою толстую солдатскую шинель. ②

译文：
他伶牙俐齿：他的妙语常常是滑稽好笑的，但从来不含险恶用心：他对谁都不恶语相向；他不了解人们和他们的脆弱心弦，因为他一向都是自顾自地活着。他的目的——要使自己成为小说里的英雄。他时常想使别人相信，他并不是为这个世界而创造的，而是注定要受某种神秘磨难的生物，这点就连他自己也差不多相信了。因

---

① ［俄］莱蒙托夫：《当代英雄》，翟松年译，人民文学出版社1956年版，第73页。
② Лермонтов М. Ю., *Герой нашего времени*, Москва: Academia, 1937, стр. 242.

此他才那么高傲地穿起自己的厚厚的士官外套。①

但从词汇语义方面来看，文本片段中"伶牙俐齿""从来不含险恶用心"等词或词组是含有褒义的，"自顾自"是含有贬义的，而"滑稽好笑""高傲"既可以理解为褒义，也可以理解为贬义，一时无法断定叙事者对格鲁什尼茨基的评价。但高频率重复的人称代词"他"和所有格形式"他的"会强烈地吸引读者的注意力，以特殊的句法组织传达出负面评价的情感含义，从而判断在当前文本片段里，毕巧林对格鲁什尼茨基的负面情感多过正面情感。

小说《当代英雄中》还出现了一种较罕见的表现情感潜文本含义的句法手段，即未得到回答的疑问句。譬如：

> Я навел на нее лорнет и заметил, что она от его взгляда улыбнулась, а что мой дерзкий лорнет рассердил ее не на шутку. И как, в самом деле, смеет кавказский армеец наводить стеклышко на московскую княжну? …②

译文：
我把带柄眼镜对准了她，发现他那一瞟引出她莞尔一笑，而我的不明礼数的带柄眼镜却当真激怒了她。的确，一个高加索军人怎么敢用眼镜来打量莫斯科的公主呢？……③

在当前片段中，没有得到回答的疑问句实际上是反问句，表达的是肯定意义：一个高加索军人当然不敢用眼镜去打量莫斯科的公主。这种句法手段之下隐藏了两种情感潜文本含义，一是对"莫斯科来的玛丽公主"的讽刺，二是对自己的自嘲。在小说《当代英雄》中，几乎每个未得到回答的疑问句中都隐藏着情感潜文本含义，比如下面这个例子：

---

① [俄] 莱蒙托夫：《当代英雄》，翟松年译，人民文学出版社1956年版，第75页。
② Лермонтов М. Ю., *Герой нашего времени*, Москва：Academia, 1937, стр. 247.
③ [俄] 莱蒙托夫：《当代英雄》，翟松年译，人民文学出版社1956年版，第80页。

第五章 以文本分析阐释俄罗斯小说中的潜文本　　129

　　Когда он ушел, то ужасная грусть стеснила мое сердце. Судьба ли нас свела опять на Кавказе, или она нарочно сюда приехала, зная, что меня встретит? …и как мы встретимся? …и потом, она ли это? …Мои предчувствия меня никогда не обманывали.①

　　译文：
　　当他走开以后，一种可怕的悲伤压在我的心头。是命运让我们在高加索再次遇合，还是她知道会遇见我而特意赶到这里来？……我们会怎样见面？……那究竟是不是她？……我的预感从未欺骗过我。②

　　该文本片段描写的是毕巧林得知维拉（Вера）也来到高加索时的情形。在该片段中，三个连续的疑问句在句法结构层面构成了一种疑惑叠加的效果，但片段所包含的情感含义不止于疑惑。位于问号后面的三个省略号使文本在局部出现了碎片化的现象，构成蒙太奇手法的镜头感。此外，省略号还产生了言犹未尽的效果。虽然主人公毕巧林将自己的心理状态形容为"悲伤"，但特殊的句法结构和标点符号用法却给出了另一种解释，毕巧林实际上处于慌乱的情感状态。悲伤是显性表露的情感，慌乱则是隐性传达的情感潜文本含义。
　　除重复手法和疑问句之外，分割加强法也是莱蒙托夫构建情感潜文本的手法之一。譬如：

　　Сердце мое болезненно сжалось, как после первого расставания. О, как я обрадовался этому чувству! Уж не молодость ли со своими благотворными бурями хочет вернуться ко мне опять, или это только ее прощальный взгляд, последний подарок – на память? …А смешно подумать, что на вид я еще мальчик: лицо **хотя бледно, но еще свежо; члены гибки и стройны; густые кудри**

---

① Лермонтов М. Ю., *Герой нашего времени*, Москва：Academia, 1937, стр. 252.
② ［俄］莱蒙托夫：《当代英雄》，翟松年译，人民文学出版社1956年版，第86页。

вьются, глаза горят, кровь кипит …①

译文：
我的心苦痛地皱紧缩着，如同头一次分别那样。啊，我多么喜爱这种情感啊！这是不是青春挟着它那施惠的风雨，想重新回到我这儿来呢，或者这只是它永别时的一瞬，一件临别礼物——留作纪念呢？……想起来真是可笑，我竟认为自己看起来还是个少年郎：**脸色虽苍白，却依然娇嫩；四肢灵活匀称；鬈发浓密，双眼如炬，血液沸腾**……②

该文本片段中同样运用了未得到回答的疑问句，以及问号后紧接省略号的特殊标点用法，营造出言犹未尽的效果，传达犹豫的情感潜文本含义。在片段结尾部分，一连串的短小句子结构使阅读过程出现急促而有节奏的跳动，隐性表达出慌乱的情感潜文本含义。由此，该片段显现出较复杂的信息结构：在显性层面上，片段以具体词汇传达了苦痛和可笑两种语义；在隐性层面上，则以句法结构传达犹豫和慌乱的情感含义。

在小说《当代英雄》中，除情感潜文本外，还存在一些带认知信息的规约潜文本，它表现的是一些人尽皆知的认知信息。譬如：

Ее сердце сильно билось, руки были холодны как лед. Начались упреки ревности, жалобы, – она требовала от меня, чтоб я ей во всем признался, говоря, что она с покорностью перенесет мою измену, потому что хочет единственно моего счастия. Я этому не совсем верил, но успокоил ее клятвами, обещаниями и прочее.

— Так ты не женишься на Мери? не любишь ее? …А она думает … знаешь ли, она влюблена в тебя до безумия, бедняжка! …

---

① Лермонтов М. Ю., *Герой нашего времени*, Москва：Academia, 1937, стр. 258.
② ［俄］莱蒙托夫：《当代英雄》，翟松年译，人民文学出版社1956年版，第94页。

* * *

Около двух часов пополуночи я отворил окно и, связав две шали, спустился с верхнего балкона на нижний, придерживаясь за колонну.①

译文：

她的心激烈地跳动着，而双手却冷得跟冰一样。她开始责怪、嫉妒和抱怨——她要求我向她坦诚各样事情，说她会驯服地忍受我的变心，因为她唯一盼望的就是我的幸福。我并不十分相信这话，但是我却用誓言和允诺去宽慰她。

"这样，你就不跟玛丽结婚了吧？你并不爱她？……但是她却以为……你知道吗，我发狂地爱着你呢，可怜的女孩子！……"

* * *

午夜后两点钟左右，我打开窗户，把两条围巾结在一起，就顺着柱子从上面的露台降到下面的露台。②

该文本片段描写的是毕巧林与已嫁为人妇的维拉溜出剧院，回到公爵夫人府上幽会。三个省略号依旧营造出犹豫的情感潜文本含义，但该片段最引人注目的是由"＊＊＊"符号表现的留白手法。毕巧林和维拉溜出剧院时是夜里十点，毕巧林结绳离开时是午夜两点，作者将四个小时的时间以留白手法表现出来，其中发生的事情任由读者自行领会。读者在面对留白的宏观结构时，会依据自己的信息储备在脑海中补全这一缺失的直观情景，即毕巧林和维拉是在偷情。

另外，小说中还出现了在专有名词内以浓缩信息的手法传达的规约潜文本，出现在维拉留下书信与毕巧林诀别，毕巧林一路穷追却无功而返的时候：

Я возвратился в Кисловодск в пять часов утра, бросился на

---

① Лермонтов М. Ю., *Герой нашего времени*, Москва：Academia, 1937, стр. 291.
② ［俄］莱蒙托夫：《当代英雄》，翟松年译，人民文学出版社1956年版，第134页。

постель и заснул сном **Наполеона после Ватерлоо**. ①

译文：
　　我在早晨五点钟回到基斯洛沃茨克，栽倒在床上，就像**滑铁卢后的拿破仑**那样昏睡过去。②

　　在该文本片段中出现了由两个专有名词组成的词组"滑铁卢后的拿破仑"。在 19 世纪欧洲读者的信息储备中，拿破仑在滑铁卢大败是人尽皆知的事实。对于身为军人的莱蒙托夫而言，它是新近发生的影响整个欧洲格局的历史事件。对于当代读者而言，可以掌握的历史信息则更加翔实全面：法兰西第一帝国的皇帝拿破仑兵败莫斯科，进而败于第六次反法同盟，并被迫退位接受流放，此后秘密回国重建"百日王朝"，在比利时小镇滑铁卢迎战第七次反法同盟，遭遇惨败再次被流放，并终老于大西洋上的圣赫勒拿岛。片段中"滑铁卢后的拿破仑"以三个单词（八个汉字）的规模埋藏了大量社会文化信息，是典型的规约潜文本构建手法。

　　需要指出的是，此处"滑铁卢后的拿破仑"所传达的信息并非单一的规约潜文本信息。作者莱蒙托夫身为一名现役军官，小说主人公也是一名现役军官，拿破仑在滑铁卢的战败对于他们而言具有更深层次的意义。一方面，拿破仑在 1812 年入侵俄罗斯兵败莫斯科，三年后再败滑铁卢，该事件可以激起俄国军人的爱国主义热情；另一方面，身为军人的他们都深谙滑铁卢对于军事和军人的影响，意味着一败涂地，再无翻身的可能。因此，"滑铁卢后的拿破仑"除规约潜文本信息外，还包含有绝望的情感潜文本含义。

　　以上，我们从各角度对小说《当代英雄》进行文本分析，包括文本语体和体裁因素，并着重分析了文本作者、文本微观结构和宏观结构特征、直观情景、读者的信息储备因素。可以发现在 19 世纪上半叶的俄罗斯小说中，已经出现运用各种手段构建潜文本的现象。《当代英雄》中潜文本构建的手法主要是重复手法、特殊的标点符号用法、分割加强

---

① Лермонтов М. Ю., *Герой нашего времени*, Москва：Academia, 1937, стр. 309.
② ［俄］莱蒙托夫：《当代英雄》，翟松年译，人民文学出版社 1956 年版，第 155 页。

法以及留白手法，主要用以传达讽刺、自嘲和慌乱的情感潜文本含义，此外偶有用于表现懊恼、负面评价、犹豫、绝望的情感潜文本含义，但较为少见；同时还传达了多种规约潜文本含义。

有趣的是，小说中大多数潜文本都可以借由分析文本微观结构和宏观结构得以阐释，那么对文本语体和体裁、文本读者（包括译者）、直观情景，特别是文本作者进行分析是否显得多余？实际上，可以以一个简单的分析结果对上述疑问做出否定回答：《当代英雄》主人公毕巧林和作者莱蒙托夫具有相似性。

因为预先对文本作者进行过全面分析，才能在阅读过程中发现毕巧林和莱蒙托夫二者间的奇妙互文性：二人都生活于尼古拉一世统治下的黑暗时代，都是下级军官的身份，都混迹于上流社会的圈子，热衷追逐女性；都参与了决斗并因此被流放，不同的是，毕巧林在决斗中射杀了朝天放枪的对手，而莱蒙托夫却是那个朝天放枪被射杀的人。两人的命运存在诸多契合之处。正因为二者间奇特的相似性，不少人认为莱蒙托夫是以自己为原型创造了毕巧林的形象。对此，作家本人在《当代英雄》第二版的序言中予以了否认："我可敬的先生们，当代英雄的确是一幅肖像，但不是一个人的，这是一幅由我们整整一代人充分发展的缺点构成的画像。"① 别林斯基也认为二人有本质不同，"毕巧林在意识到自身的无力和无用后选择了屈从，万丈雄心渐如死灰；而莱蒙托夫却相反，意识到自身的意义后选择写作，用语言激励人心"②。由此可以推断，毕巧林的形象是作者勾勒的时代形象，其原型是作者的见闻、身边人、友人以及他本人，目的在于反映社会现实，警醒社会民众，积蓄变革的力量。

综上所述，对小说进行宏观结构和微观结构分析是阐释其潜文本含义的基本要求和必要条件，但远非充分条件。同时对文本作者、直观情景等其他因素进行文本分析，才能确保全面理解小说作品和作者的交际意图。作为译者而言，充分考察目标读者的语言能力和信息储备，才能在翻译中以适当翻译策略，或精确或变通地传达原作者的潜文本构建手

---

① ［俄］莱蒙托夫：《当代英雄》，翟松年译，人民文学出版社 1956 年版，第 1 页。
② Белинский В. Г., *Белинский В. Г. Собрание сочинений*: *В 9 т. Т. 4*, Москва: Художественная литература, 1979, стр. 156.

法和交际意图。

二　果戈里小说中的潜文本及其阐释

　　与莱蒙托夫同时代的果戈里（Гоголь Н. В.）的小说中，也多次出现了运用句法手段传达情感潜文本含义的例子。值得一提的是，果戈里的长篇小说《死魂灵》（《Мёртвые души》）还是同时代小说作品中唯一一部构建恒常潜文本，并将其作为小说情感背景的作品。① 因此，对《死魂灵》进行分析，我们尝试以文本的微观结构因素作为切入点，进而展开分析。

　　在果戈里的作品中，运用重复手法表达情感潜文本含义的现象比比皆是，以至于别雷在评论该技法时写道："果戈里的重复——是一种作为其他修辞格的背景出现的风格，它就像是希腊建筑中的柱廊，固定其他所有的部位。"② 譬如，《死魂灵》中有如下片段：

　　　　Но все это предметы низкие, а Манилова **воспитана хорошо**. А **хорошее воспитание**, как известно, получается **в пансионах**. А в **пансионах**, как известно, три главные предметы составляют основу человеческих добродетелей: французский язык, необходимый для счастия семейственной жизни, фортепьяно, для составления приятных минут супругу, и, наконец, собственно хозяйственная часть: вязание кошельков и других сюрпризов. ③

　　译文：
　　不过所有这些都是琐事一桩，而受过**良好教育**的马尼洛夫太太，自然是不屑一顾的。而**良好的教育**呢，众所周知，是**在贵族女子寄宿学校**里得到的。而在**贵族女子寄宿学校**里，众所周知，有三

---

① Пушкарёва Н. В., *Подтекстовые смыслы в прозаическом тексте*, СПБ.: Филологический факультет СПБГУ, 2012, стр. 103.

② Белый А., *Мастерство Гоголя: Исследовани*, Москва: ГИХЛ, 1934, стр. 236.

③ Гоголь Н. В., *Гоголь Н. В. Собрание сочинений: В 7 т. Т. 5*, Москва: Художественная литература, 1978, стр. 25.

门教人美德的主课：法语，这是家庭生活幸福所不可缺少的；钢琴，这是欢娱丈夫所必需的；最后是家政：编织钱包和其他用作馈赠的小东西。①

该片段中重复的语言单位共有三个。首先是连接词"而"，共重复三次；其次是词组"良好的教育"，重复两次；最后是词组"众所周知"，也重复两次。带有连接词"而"的三个句子构成了相连的主题—述题结构，即后一个句子是用来解释前一句的。由此，三组重复的语言单位还构成了语义上的链条结构，以连接词"而"环环相扣。其效果便是构成了讽刺的情感潜文本含义，且讽刺的程度相当尖锐。除此以外，片段结尾密集的冒号、逗号和分号将文本局部切割成碎片化的微结构，吸引读者的注意力，并指示出了荒谬的逻辑，即人类的美德是由法语、钢琴以及编织小东西三部分组成的，进一步增加了当前文本片段的讽刺意味。

除重复手法外，《死魂灵》中还存在糅合多种手段构建情感潜文本的现象。譬如：

<...> следовало бы сказать многое о самих **дамах**, об их обществе, описать, как говорится, живыми красками их душевные качества; но для автора это очень **трудно**. С одной стороны, останавливает его неограниченное почтение к супругам сановников, а **с другой стороны**... **с другой стороны** -просто **трудно**. Дамы города N. были... нет, никаким образом не могу: чувствуется точно робость. **В дамах города N.** больше всего замечательно было то... Даже странно, совсем не подымается перо, точно будто свинец какой-нибудь сидит в нем. Так и быть: о характерах их, видно, нужно предоставить сказать тому, у которого поживее краски и побольше их на палитре, а нам придется разве слова два о наружности да о том, что поповерхностней. **Дамы города N.** были то, что называют презентабельны, и в этом отношении их можно

---

① [俄] 果戈里：《死魂灵》，陈殿兴等译，湖南文艺出版社2001年版，第46页。

было смело поставить в пример всем другим. ①

译文：

……对太太们本身，对她们的群体，不能不多铺述几句，描绘，就像通常所说的，用生动的色彩来描绘她们的内心世界；不过于作者而言，这是很难下笔的。一方面，对高官显贵的太太们抱有的无限崇敬使他犹豫不决；而另一方面……另一方面，反正就是难以下笔呀。N 市的太太们全是……不，我就是写不下去啊；真的感到胆战心惊。N 市太太们身上最耀眼的地方是……说也奇怪，完全无法提笔，好像里面灌了铅。就这样吧，关于太太们的品性，看上去，只好留给那些调色板上更鲜明、色彩更多的人来描述了，而我们只能就她们的外貌和比较表层的东西说两句了。N 市的太太们全是一些所谓上得场面的人物，在这方面可以大胆地将她们树为其他各地太太们的榜样。②

当前文本片段乍看上去语调相当恭敬，花费大量"辞藻"来表现对于 N 市太太们的景仰。但仔细分析片段的微观结构，首先发现"太太们""难以下笔""另一方面"三组句法单位出现了多次重复。其次，片段中大量使用了逗号、分号、句号和省略号，将句子分隔成短小的结构，使文本出现碎片化的倾向。除此以外，片段中部的三个省略号是几个醒目的标识，指示出语义的割裂、逻辑的断裂，省略号在此处还是一种特殊的留白手法，表现叙事人思维的短暂空白。进一步地，省略号还标示出了镜头的切换，从提笔欲书的叙事者身上转向"太太们"身上，又从"太太们"身上转回苦苦组织语言的叙事者，再转回"太太们"身上，最后仍旧返回叙事者身上，构成一连串具有蒙太奇效果的画面。别雷认为，果戈里的这种组合型的手法是实现其交际意图的重要手段，"重复辞格（фигура повтора）每每与分割辞格（фигура обрыва）相结合，分割辞格为重复辞格描绘出鲜艳醒目的边沿，两种辞格呈现出你中

---

① Гоголь Н. В., *Гоголь Н. В. Собрание сочинений*: В 7 т. Т. 5, Москва: Художественная литература, 1978, стр. 150.

② ［俄］果戈里：《死魂灵》，陈殿兴等译，湖南文艺出版社 2001 年版，第 211 页。

有我、我中有你的状态"①。

　　根据文本片段的微观结构分析，我们可以重建当前片段描绘的直观情景：两个重复的"另一方面"中间以省略号分割，表现的是叙事者胆怯时的自言自语。在前文表现得相当熟稔的叙事者，此时却找不到语言形容自己的困境，只能反复以"难以下笔"来将就凑字。叙事者由于极端尊敬而左右为难的画面跃然纸上，但这个画面立刻被重复的"太太们"所打破，叙事者的尊敬达到了一种荒谬的程度，仿佛他的满腔敬意阻止他继续书写下去。② 由此，我们可以发掘出该片段中隐藏的、带有讽刺含义的情感潜文本。该潜文本是以重复手法、文本碎片化、特殊的标点符号以及蒙太奇四种手法并用构成的，因而表现出格外强烈的情感。文本片段的显性语义与情感潜文本含义之间出现了矛盾，从而引起特殊的喜剧效果。

　　在小说《死魂灵》的第一卷第七章中，还有一处在结构上极为醒目的片段：

> Но не таков удел, и другая судьба писателя, дерзнувшего вызвать наружу **все**, что ежеминутно пред очами и чего не зрят равнодушные очи, – **всю** страшную, потрясающую тину мелочей, опутавших нашу жизнь, **всю** глубину холодных, раздробленных, повседневных характеров, которыми кишит наша земная, подчас горькая и скучная дорога, и крепкою силою неумолимого резца дерзнувшего выставить их выпукло и ярко на всенародные очи! **Ему не** собрать народных рукоплесканий, **ему не** зреть признательных слез и единодушного восторга взволнованных им душ; **к нему не** полетит навстречу шестнадцатилетняя девушка с закружившеюся головою и геройским увлеченьем; **ему не** позабыться в сладком обаянье им же исторгнутых звуков; **ему не** избежать, наконец, от **современного суда**, лицемерно – бесчувственного **современного**

---

① Белый А., *Мастерство Гоголя*: Исследовани, Москва: ГИХЛ, 1934, стр. 247.
② Пушкарёва Н. В., *Подтекстовые смыслы в прозаическом тексте*, СПБ.: Филологический факультет СПБГУ, 2012, стр. 106.

суда, который назовет ничтожными и низкими им лелеянные созданья, отведет ему презренный угол в ряду писателей, оскорбляющих человечество, придаст ему качества им же изображенных героев, отнимет от него и сердце, и душу, и божественное пламя таланта. Ибо не признаёт современный суд, что равно чудны стекла, озирающие солнцы и передающие движенья незамеченных насекомых; ибо не признаёт современный суд, что много нужно глубины душевной, дабы озарить картину, взятую из презренной жизни, и возвести ее в перл созданья; ибо не признаёт современный суд, что высокий восторженный смех достоин стать рядом с высоким лирическим движеньем и что целая пропасть между ним и кривляньем балаганного скомороха! Не признаёт сего современный суд и все обратит в упрек и поношенье непризнанному писателю; без разделенья, без ответа, без участья, как бессемейный путник, останется он один посреди дороги. ①

译文：
然而另一类作家，他的命运和遭遇就不同了，他胆敢把每时每刻显现在人们眼前而又为暗淡的眼睛所视而不见的**一切**——那像绿藻一样阻碍我们生活之船前进的，令人怵目惊心的，**一切可怕的废料**，那充斥在时而悲苦时而乏味的人生之路上的委琐、冷酷、平庸之辈的**一切隐私**——全都翻腾出来，并挥动那无情的刻刀以雄浑的力量使它浮雕般鲜明地呈现在人人的眼前！**他**听不到民众的欢呼，**他**看不到感激的热泪，得不到心潮澎湃的读者的交口称誉；**他**感觉不到妙龄女郎对他怀着崇拜英雄的激情，神魂颠倒地向他飞扑过来；**他**不能在自己奏出的乐声中获得甜蜜的深沉；最后，**他**逃脱不了**当代评论家**的审判，无情、伪善的**当代评论家**会把他的呕心沥血之作判为猥琐、卑下之品，会把他打入可鄙的角落，与污蔑人类的作家归为一类，会把他所描写的那些主

---

① Гоголь Н. В., *Гоголь Н. В. Собрание сочинений*：В 7 т. Т. 5，Москва：Художественная литература，1978，стр. 127-128.

人公的品德强加在他身上，会夺走他的灵魂，他的心，他的神圣的天才火焰。**因为当代评论家不承认**，使人远望恒星的镜片和能使人近窥细菌活动的镜片都是同样神妙的；**因为当代评论家不承认**，崇高的辛辣的嘲笑是有资格同崇高的计策的抒情相提并论的；**因为当代评论家不承认**，为了使一幅从龌龊生活中采撷的画面炫烂夺目，使它变成一件艺术珍品，是需要深沉博大的胸怀的；**因为当代评论家不承认**，崇高而辛辣的嘲笑是有资格与崇高而庄重的抒情相提并论的，这种笑与通俗的丑角插科打诨有天壤之别！**当代评论家不承认**这一切，对一个未得到公认的作家极尽指桑骂槐之能；**得不到赞同**，**得不到回应**，**得不到关怀**，他像一个无家可归的旅人，孤零零地停立在大街上。①

首先，当前文本片段在宏观结构上显现出硕大的体量，但它还并非一个单独的段落，包含它的自然段具有更大的体量，这使它在宏观结构上尤为醒目。

其次，该文本片段在微观结构上也具有多种醒目的特征。第一，片段由四个冗长的句子组成，且每一句的形式和语法都十分复杂，包含形动词短语、句子的同等成分、插入结构以及无连接词结构，使句子读起来十分生涩拗口。第二，片段中大量运用了分割加强法，使文本出现碎片化，阅读出现节奏感。第三，在第一个长句中词语"一切"重复了三次，构成激昂的情感潜文本含义。第四，在第二个长句中，"他……不……"这个结构重复了四次，也构成激昂和自嘲的情感潜文本含义，还带有自嘲的含义。第五，在第三个长句中，"因为当代评论家不承认"这个结构重复了四次，除了构成激昂的语调外，还传达了负面评价的情感潜文本含义。第六，第四个长句中重复三次的"得不到"也构成激昂的情感潜文本含义。第七，词组"当代评论家"的重复以第三个长句为主轴，还向第二长句和第四长句延伸，承前启后，总共重复七次，再一次强化了激昂的情感含义。

由此可以看出，作者在当前文本片段中运用了大量构建潜文本的手

---

① [俄] 果戈里：《死魂灵》，陈殿兴等译，湖南文艺出版社 2001 年版，第 180-181 页。译文略有改动。

法，使该片段出现十分丰富的情感。大量的情感隐藏在字面下的潜文本当中，使文本在局部呈现出情感富集和信息超载的现象。

此外还可以观察到，上述三个文本片段都出现了讽刺的情感潜文本含义。在小说《死魂灵》中，运用各种手段，尤其是重复手法构建情感潜文本的现象非常普遍。这些散布于小说各个角落的潜文本传达讽刺、嘲笑、自嘲的情感潜文本含义，具有相似情感含义的大量潜文本在字面之下构成了一个讽刺和幽默的情感背景，贯穿小说始终，是典型的恒常潜文本现象。

除此以外，第三个文本片段中还出现了作者的形象。作者通过叙事人之口，将自己作为作家的行为、品格和遭遇一一表述于文中，使该片段出现了奇妙的直观情景：作者借由叙事者的笔描写自己，并跳出故事情节，直接与文本读者进行交际。"模范读者"此时心中会泛起疑问，欲探究作者本人的经历是否与小说相关。这便引出了对文本作者的分析。对作者生平、身份和风格进行分析有助于解答该问题。

果戈里（1809—1852）出生于俄罗斯帝国的小俄罗斯（即乌克兰）农村，童年和青少年时期都在乡间过着亦地主、亦农民的生活。父亲从事演剧活动和喜剧写作，受其影响，果戈里自幼便喜爱民间文学和戏剧，中学时期经常参演讽刺戏剧，并大量阅读了十二月党人以及普希金的诗歌。1829—1832年，果戈里来到彼得堡担任公职，亲身体验到外省人在首都当小职员的贫苦。1830年，果戈里发表小说《圣约翰节前夜》，作品得到茹科夫斯基的好评，二人也成为挚友。1831年，短篇小说《狄康卡近乡夜话》发表，得到普希金和别林斯基的高度评价，果戈里也因此进入普希金文学圈。1834年，果戈里进入圣彼得大学执教，教授历史，同时他根据普希金给予的启发开始构思《死魂灵》。1835年是果戈里创作的一个小高潮，他连续出版了戏剧剧本《三等弗拉基米尔勋章》和《婚事》，以及两部短篇小说集《彼得堡故事》和《密尔格拉得》，标志着果戈里从浪漫主义风格向现实主义的转型。同年他从彼得堡大学离职，专心从事写作。1836年，以普希金提供的一则笑话为基础，果戈里创作出讽刺喜剧《钦差大臣》，起先引起社会轰动，而后剧目公演的阻碍逐渐增多，有些甚至直接来源于沙皇尼古拉一世本人。同年6月，果戈里出国游历，在西欧侨居期间完成了长篇小说《死魂灵》

的主体部分。① 1941 年他携作品手稿回国欲出版，被书报审查机关否决，后通过别林斯基的关系得以通过审查。1942 年，《死魂灵》第一卷在彼得堡面世，引起了比《钦差大臣》更大的社会反响。此后，果戈里的身体和精神状况逐年恶化，创作工作不得已停滞。1952 年，预感自己行将就木的果戈里烧掉了几近完成的《死魂灵》第二卷手稿，此后拒绝进食，于 1952 年 2 月 21 日逝世。②

与莱蒙托夫和普希金不同，果戈里的出身虽说衣食无虞，但远非大富大贵。在帝国边疆长大的果戈里熟悉自然和乡村，这也是描绘乌克兰风情的小说《狄康卡近乡夜话》大获成功的原因。果戈里儿时受喜剧创作的父亲感染，青年时期又在帝俄首都当过小职员，见识过日暮西山的帝国机构的效率和官僚的作风，为他的讽刺喜剧打下了基础。正是以自己的早年生活和亲身经历为源头，果戈里在《死魂灵》中成功创造了多位农村地主和首都官吏的形象，也创作了几乎弥漫于《死魂灵》整部小说的讽刺和幽默情感背景。进一步还可发现，讽刺喜剧《钦差大臣》在彼得堡先取得巨大反响，后遭受沙俄政府打压的经历，是《死魂灵》中出现激昂含义，以及果戈里借叙事者之笔直抒胸臆的原因所在。

综上所述，小说文本的宏观结构、微观结构、文本作者三个核心因素，无论以其中的哪一个为切入点进行分析，在某个阶段都必然引领至其他两个核心因素，并进一步发散至其他重要因素和次要因素。以上文对《死魂灵》的分析为例，从文本的微观结构入手，分析其构建潜文本的句法特点；进而联系到段落规模和恒常潜文本的宏观结构分析，并发现了存在作者形象的直观情景；再由宏观的恒常潜文本联系到文本作者因素，分析作者的生平和风格转变后，发掘出小说文本的深层交际意图。

三 契诃夫小说中的潜文本及其阐释

19 世纪初，俄罗斯小说拥有天才的象征主义诗人莱蒙托夫；19 世

---

① Вересаев В. В., *Гоголь в жизни*. Т.1, Москва：АСТ，2017，стр. 393.

② Воропаев В. А.，"Последние дни Гоголя как духовная и научная проблема"，*Филаретовский альманах*，No.5，2009，стр. 114.

纪上半叶，俄罗斯小说拥有跨越象征主义和现实主义的讽刺大师果戈里。提及19世纪下半叶的俄罗斯小说，则无法绕开一位世界文坛巨匠的名字——契诃夫。契诃夫作为世界级的短篇小说大师，其小说作品多达几百篇，广为人知的著名作品也有数十篇之多。将某一个具体文本作为切入点分析契诃夫小说，难免有以管窥天之嫌。因此，在分析契诃夫的小说及其潜文本现象时，适宜将文本作者因素作为分析的切入点。

契诃夫（Чехов А. П.，1860—1904）生于俄罗斯帝国西南部塔甘罗格的一个小商人家庭。契诃夫的父亲和祖父都是农奴，祖父靠着在糖厂做工为全家赎了自由身。契诃夫的童年生活是三点一线式的，每日放学后和兄弟们一起看守商店，早上五点起床参加教堂唱诗班的训练。契诃夫自中学起开始接触文学和戏剧，并自己制作了一本杂志，内含自己创作的故事和短剧。① 1876年，契诃夫的父亲破产，卖掉了包括房屋在内的所有财产，逃往莫斯科避债。留在塔甘罗格的契诃夫生活一下没了着落，只得边上学边做家教维持生活。1879年，契诃夫从中学毕业，进入莫斯科大学医学系学习。同年，他的小说《写给博学邻居的一封信》发表在《蜻蜓》杂志上，这也是他正式刊发的处女作。为了补贴家用，契诃夫在大学期间勤于写作，一批讽刺小说和幽默小品文陆续发表，也逐渐拥有了一批喜爱他风格的读者。1885年，契诃夫从莫大毕业开始行医，其小说创作也迎来了一个高峰期，一些短篇小说名篇如《变色龙》《小公务员之死》《胖子和瘦子》便发表于这个时期。

从1886年开始，契诃夫逐渐减少了幽默小品文的写作，作品题材开始变得更加严肃。这其中的原因包括几位作家、剧作家的建议，也与契诃夫的旅行见闻有关：他前往帝国南方养病，先是回乡探访，而后沿着果戈里的足迹，走访了克里木半岛和高加索山区。短篇小说《苦闷》《凡卡》，中篇小说《草原》的发表引起文学评论界的关注和好评，标志着契诃夫在风格和艺术形式上完成跨越，迈向批判现实主义。1889年，戏剧《伊万诺夫》在彼得堡公演取得成功，同年中篇小说《没有意思的故事》发表。

1890年初，契诃夫前往远东的萨哈林岛（库页岛）考察采风，穿越西伯利亚的见闻，库页岛的恶劣自然环境，居民的贫苦生活，以及被

---

① Чехов М. П., *Вокруг Чехова*, Москва: Правда, 1990, стр. 55.

流放的政治犯的凄惨处境给契诃夫留下了深刻印象，使他对沙俄政府的专制统治有了更深层次的认识。同年 8 月，契诃夫结束旅行回到彼得堡，并由此改变了自己不过问政治的态度，开始在作品中揭露黑暗的社会现实。1892 年发表的著名小说《第六病室》和 1894 年发表的报告文学《萨哈林旅行记》都来源于此次旅行得来的素材。

1898 年，契诃夫与斯坦尼斯拉夫斯基、高尔基、丹钦科等人结识并成为好友，常常探讨戏剧理论和小说的发展途径。同年，他的戏剧《海鸥》公演并取得巨大成功，还发表了《姚内奇》和《套中人》等小说作品。1899 年，契诃夫的肺病恶化，移居南部的雅尔塔养病，创作了《带狗的女人》《宝贝儿》等小说和戏剧《万尼亚舅舅》。1900 年，他被选为俄罗斯科学院名誉院士，两年后，为抗议沙皇尼古拉二世剥夺高尔基的名誉院士称号，他宣布放弃自己的名誉院士称号。1904 年，契诃夫出现严重的哮喘，前往德国治疗无果，在巴登维勒逝世，遗体归葬于莫斯科。

概览契诃夫的一生和创作生涯，可以发现其人生轨迹中几个需要着重注意的特点，以及其作品风格转换的阶段。首先从生平来看，契诃夫出身贫苦，亲历过社会底层生活；他游历过大面积的国土，见证过各色人等的生活状态；他在创作生涯后期与思想先进人士过从甚密，态度从不问政治变为不认同专制统治。其次，从创作风格的阶段来看，契诃夫早期的作品是现实主义风格，主要以轻松的幽默小说、小品文、喜剧为主；中期（1886—1890）重新审视文学创作的意义，开始关注严肃题材；晚期（1891—1904）作品全面转向批判现实主义，尖刻地揭露沙皇治下俄罗斯社会的阴暗面。在对具体的文本进行分析时，应当带着以上与文本作者相关的信息，在文中搜寻可能存在的关联。

与莱蒙托夫和果戈里一样，契诃夫的小说中也经常见到以重复手法构建情感潜文本含义的现象。譬如 1887 年发表的短篇小说《旧房》（《Старый дом》）中的片段：

> Вася в ужасе. Его **пальто**, прекрасное **пальто**, сшитое из суконного платья покойной матери, **пальто** на прекрасной коленкоровой подклаке, пропито в кабаке! А вместе с **пальто**, значит, пропит и синий карадаш, лежащий в боковом кармане, и

записная книжка с золотыми буквами《Nota bene》!①

译文：
瓦夏惊呆了。他的**大衣**，漂亮的**大衣**，用已过世的妈妈的呢绒外套改的，有细棉布衬里的**大衣**，被拿去小酒馆换了酒喝！而也就是说，和**大衣**一起的，放在侧边口袋里的蓝色铅笔也被喝掉了，还有写着"注意"金字的笔记本！②

该片段开头以词汇的显性语义表明了惊讶的情感。同时，片段中"大衣"一词密集重复了四次，并伴有大量逗号将句子分割成短小结构的现象，是明显的分割加强法。这两种手法混杂使用，在句子的惊讶语义之下构建起绝望的情感潜文本含义。

正如前文所述，在小说《套中人》中出现了以重复手法表现讽刺含义的现象。除此以外，契诃夫的重复手法还用以表现自嘲的情感潜文本含义。譬如1888年发表的小说《亮光》(《Огни》)中的片段：

Самые разнообразные мысли в беспорядке громоздились одна на другую, путались, мешали друг другу, а я, **мыслитель**, уставясь в землю лбом, ничего не понимал и никак не мог ориентироваться в этой куче нужных и ненужных мыслей. Оказалось, что я, **мыслитель**, не усвоил себе еще даже техники мышления и что распоряжаться своей собственной головой я так же не умел, как починять часы.③

译文：
各种各样的想法杂乱无章地彼此堆叠，混淆，打乱彼此，而我，**思想家**，将额头顶在在地上，一片茫然，无论如何也无法在这堆有用或无用想法中辨明方向。原来，我，**思想家**，甚至还没掌握

---

① Чехов А. П., *Собр. соч.：В 12 т. Т.* 5, Москва：ГИХЛ, 1956, стр. 385.
② [俄] 契诃夫：《妻子集》，汝龙译，上海译文出版社1982年版，第176页。
③ Чехов А. П., *Собр. соч.：В 12 т. Т.* 6, Москва：ГИХЛ, 1956, стр. 164.

思考的技巧，连支配自己的大脑都不会，就如同不会修理钟表一样。①

在文本片段中，"思想家"一词重复两次，并且每次出现都被两个逗号单独分隔开，呈现出醒目的短小结构。重复手法和分割加强法再次并用，在字面之下构建起自嘲的情感潜文本含义。

同样是1888年发表的小说《命名日》(《Именины》) 中，也包含重复手法与其他句法手段并用，构建情感潜文本的例子：

> Ольга Михайловна всё время смотрела ему в затылок и недоумевала. **Откуда** у тридцатичетырехлетнего человека эта солидная, генеральская походка? **Откуда** тяжелая, красивая поступь? **Откуда** эта начальническая вибрация в голосе, **откуда** все эти "что-с", "н-да-с" и "батенька"?②

译文：
> 奥莉加·米哈伊洛夫娜一直瞧着他的后脑壳，心里大惑不解。这个三十四岁的人是**从哪儿来的**这种将军般的庄重步态？**从哪儿来的**沉稳优雅的步伐？**从哪儿来的**这种官气凌人的颤动语调，**从哪儿来的**这类"甚么""嗯是"和"老兄"的措辞？③

在该文本片段中，第一句的词汇语义显性传达了疑惑的情感。紧接着的三个疑问句都没有得到回答，且疑问句"从哪儿来的"重复了四次，在加强疑惑效果之外，还在字面之下构成了负面评价的情感潜文本含义。

除重复手法和文本碎片化手法之外，契诃夫还频繁运用蒙太奇手法在作品中构建情感潜文本。譬如1895年发表的中篇小说《脖子上的安

---

① [俄] 契诃夫：《亮光集》，汝龙译，上海译文出版社1982年版，第50页。译文略有改动。

② Чехов А. П., *Собр. соч.: В 12 т. Т. 6*, Москва：ГИХЛ, 1956, стр. 188.

③ 笔者译。

娜》(《Анна на шее》) 中有这样的片段：

> Поехали на бал. Вот и дворянское собрание, и подъезд со швейцаром. Передняя с вешалками, шубы, снующие лакеи и декольтированные дамы, закрывающиеся веерами от сквозного ветра; пахнет светильным газом и солдатами.①

译文：
坐车去舞会。这便是贵族俱乐部，大门口站着侍卫。进了前厅，各式毛皮大衣，穿梭的侍者，袒胸露背的女士们，用扇子挡着穿堂风；有煤气灯和军人的气味。②

该文本片段是主人公安娜从乘车到进入宴会厅的经过，犹如走马观花一般记叙了沿途进入她视界范围内的事物和人物。对每个客体的描写都只使用寥寥几词，并且句子之间、分句之间都没有使用连接词，破坏了应有的叙事逻辑。契诃夫的这种手法使当前片段呈现出镜头不断切换的感觉，镜头之间没有联系，需要读者在思维中重建该直观情景，自行补足镜头之间的联系。一系列连续的镜头都是视觉信号，直至片段结尾猛然转换为嗅觉信号，进一步加强读者在当前直观情景中的体验。此外，将"煤气灯的气味"和"军人的气味"两种不相干的事物并列，产生了讽刺的情感潜文本含义。

在契诃夫1892年的中篇小说《第六病室》(《Палата № 6》) 中，还出现了以特殊的宏观结构形式结合重复手法传达潜文本含义的现象。

> Впрочем, недавно по больничному корпусу разнесся довольно **странный слух**.
>
> Распустили **слух**, что палату № 6 будто бы стал посещать доктор.

---

① Чехов А. П., *Собр. соч.*: В 12 т. Т. 8, Москва: ГИХЛ, 1956, стр. 20.
② [俄]契诃夫：《契诃夫》，李辉译，中央编译出版社2010年版，第121页。译文略有改动。

V

Странный слух!①

译文：
然而，不久前在医院的主楼里流传着一个相当**奇怪的流言**。
流言说，医师开始常到第六病室去了。（小说第四章结束）

第五章

奇怪的流言！②（小说第五章第一段）

在该文本片段中，首先吸引读者注意力的是这三个自然段与其他段落在篇幅上的强烈对比：片段前后的段落都是长自然段，而片段中的三个自然段都只由一句组成，尤其是"奇怪的流言！"一段显得尤为短小。其次，第一、二段属于小说第四章，第三段属于小说第五章，中间是章节序号和空白，呈现出独特的留白手法。最后，重复的"奇怪的流言"和"流言"分布于两章三段中，形容一种萦绕不去的意味。所有三种手法合为一处，构成了慌乱的情感潜文本含义。

以上，我们对契诃夫的若干部小说作品进行文本分析，主要关注了文本作者因素、宏观结构和微观结构因素，对小说中直观情景的构建手法进行了阐释，并在论述过程中简要阐述了体裁因素和流派因素。在契诃夫的小说中，最常见的用以构建潜文本的方式是重复手法、文本碎片化手法和蒙太奇手法。

尤为值得一提的是契诃夫小说中蒙太奇手法的运用，这是其小说创作思想和戏剧创作思想的一种串流。作家将小说中的人物和情景描写以戏剧的方式表现出来，分解为一幕幕分景和一个个镜头，在构建潜文本并使文本结构复杂化的同时，还创造了独具一格的审美形式。

除此以外，契诃夫小说中潜文本出现的场合也与莱蒙托夫、果戈里

---

① Чехов А. П., *Собр. соч.*: В 12 т. Т. 7, Москва: ГИХЛ, 1956, стр. 131.
② ［俄］契诃夫:《第六病室》，汝龙译，学苑音像出版社 2005 年版，第 33 页。

稍显不同。契诃夫在创作复杂叙事结构时，其隐性情感常常伴随着显性情感。换而言之，当字面之下存在情感潜文本含义时，字面之上往往也在传达显性情感。在契诃夫的小说中，这种由显性情感和隐性情感混杂形成的"复调"情感现象存在两种不同的形式。首先，情感潜文本含义可以伴生于显性的情感语义，二者属于串联的形态。例如《旧房》中，瓦夏显性表露出的惊讶伴随有内心深处隐藏的绝望。其次，情感潜文本含义可以独立于显性的情感语义之外，二者处于并联的形态。例如《命名日》中，奥莉加对眼前的情形表示疑惑，心中又对"这个三十四岁的人"暗暗给出了负面评价，两种情感是各自独立产生，没有原生伴生的关系。小说《第六病室》中疑惑语义与慌乱含义的搭配也属于这种情况。

对19世纪的三位经典作家的一些代表性小说作品进行文本分析，可以发现运用情感潜文本传达讽刺的含义是三位作家作品的交集，也是他们最常用的情感潜文本含义，其中又属契诃夫运用得最为纯熟。契诃夫小说中的讽刺潜文本含义可以分为善意的讽刺、苦涩的自我嘲讽和尖刻地嘲讽他人三类，还可能会与其他的显性情感或隐性情感共同出现。相较而言，契诃夫小说中潜文本含义的种类要多于莱蒙托夫和果戈里的作品，与其他情感并联或串联的表现手法也使潜文本含义的形式更加多样化。

第二节　20世纪上半叶俄罗斯小说中的潜文本及其阐释

时至20世纪，世界秩序的剧变、科学技术的迅猛发展以及人文艺术的繁荣使人们对世界的理解逐渐复杂化、多极化，反映在文学中的世界图景不断翻新，文学反映世界图景的手法也不断革新。20世纪俄罗斯小说作品中，潜文本出现的频率显著增加，所携带的隐性信息及其构建手法都有了进一步发展。

一　别雷小说中的潜文本及其阐释

在研究20世纪上半叶俄罗斯小说中的潜文本现象时，很难回避安德烈·别雷（Андрей Белый）和他的长篇小说《彼得堡》（《Петербург》)。别雷的这部作品在内容和形式上具有多方面的特点，使之明显区别于同时代的其他小说。

首先，从内容上而言，《彼得堡》是一部饱含历史文化信息的小说，以描写首都一隅反映帝俄国家生活的方方面面。苏联科学院院士、著名文艺学家利哈乔夫（Лихачёв Д. С.）认为，读者想要解码小说中的文化信息，就需要具有别雷所具有的文化储备。① 其次，从形式上而言，《彼得堡》是一部辞藻华丽的小说，其中运用了大量诗歌创作的手法，模糊了小说体裁和诗歌体裁之间的边界。换而言之，小说在句法构造上试图向诗歌靠拢，使作品出现节奏感和韵律化的特征。不仅别雷，其同时代的蒲宁、阿赫玛托娃，都运用各式各样的句法手段来构建诗体韵律。② 这种现象与文本的内涵含义相关，与作者特殊的审美意图相关，与作者的情感和世界观有关。③

可见，小说《彼得堡》中包含了大量作者有意构建的规约潜文本和情感潜文本。在阅读过程中，势必需要以文本分析的思维搜索并阐释作品中暗含的潜文本，才可以达到全面理解文本、迎合作者交际意图的目的。另外，由于小说中含有大量历史文化信息，在分析具体文本片段时，需注意它与文本作者因素可能存在的关联。

小说《彼得堡》从最开始便展现出自己独特的微观、宏观结构形式：

Ваши превосходительства, высокородия, благородия, граждане!

……

Что есть **Русская Империя наша**？

Русская Империя наша есть географическое единство, что значит: часть известной планеты. И **Русская Империя** заключает: во-первых-великую, малую, белую и червонную Русь; во-вторых-

---

① Лихачёв Д. С., *О филологии*, Москва: Высшая школа, 1989, стр. 40.

② Лю Ди, "Прагматические аспекты перевода русского деепричастия на китайский язык", *Мир русского слова*, No. 2, 2016, стр. 24.

③ Валгина Н. С., *Теория текста*, Москва: Изд-во Логос, 2003, стр. 185.

грузинское, польское, казанское и астраханское царство; в-третьих, она заключает… Но-прочая, прочая, прочая.

Русская Империя наша состоит из множества городов: столичных, губернских, уездных, заштатных; и далее: - из первопрестольного града и матери градов русских.①

译文：
诸位阁下，夫人们，大人们，公民们！
……
我们的俄罗斯帝国是什么？
我们的俄罗斯帝国是一个地理上的统一体，它意味着：一颗众所周知的行星的一部分。而俄罗斯帝国包括：首先——大俄罗斯、小俄罗斯、白俄罗斯和红俄罗斯；其次——格鲁吉亚、波兰、喀山和阿斯特拉罕公国；第三，它包括……但还有——等等，等等，等等。
我们的俄罗斯帝国由众多的城镇组成：首府的，省级的，县级的以及乡镇；此外还有：一个首都和一个俄罗斯城市之母。②

这部分文本片段是小说的开端，具体表现为叙事者的开场白。第一行是引起读者注意的呼语。第二行是长度约占三分之一行的省略号，超长的省略号形式实际上构成了独特的留白，不仅在文本空间上形成空白，而且使阅读出现较长的停顿，这种空间和时间并存的空白与第一行的呼语一起，使读者脑海中出现了一种直观情景：这是叙事者在进行演讲，在等待"在场的"读者安静下来，以便传达重要的消息。词组"我们的俄罗斯帝国"（包括"俄罗斯帝国"）在片段中一共重复了四次，在字面下构成激昂的情感潜文本含义。插入语"首先""其次""第三"连同它们右侧的破折号一起，也烘托出片段的激昂含义。

尤为引人注意的是片段中"它包括……但还有——等等，等等，等等"这个分句。第一，"它包括……"这一结构显现出欲言又止的意

---

① Белый А., *Петербург*, Москва: Прогресс-Плеяда, 2010, стр. 9.
② ［俄］别雷：《彼得堡》，靳戈等译，作家出版社1997年版，第7页。

味；第二，省略号、破折号以及两个逗号将它分割为十分零散的碎片，是典型的文本碎片化手法，显然该结构中应含有某种隐藏的信息。联系上下文线索，激活自身信息储备，可以发现该处略去的是俄罗斯帝国的疆土。参看末代沙皇尼古拉二世的尊号，便可以理解叙事者在此处为何欲言又止。

  蒙上帝恩典，全俄罗斯、莫斯科、基辅、弗拉基米尔、诺夫哥罗德的皇帝和独裁者，喀山沙皇，阿斯特拉罕沙皇，波兰沙皇，西伯利亚沙皇，陶立克克森尼索沙皇，格鲁吉亚沙皇，普斯科夫的领主，兼斯摩棱斯克、立陶宛、沃里尼亚、波多利亚和芬兰大公；爱沙尼亚、立窝尼亚、库尔兰和瑟米加利亚、萨莫吉希亚、别洛斯托克、卡累利阿、特维尔、尤格拉、彼尔姆、维亚特卡、保加尔以及其他区域的王公；下诺夫哥罗德的领主和大公，切尔尼戈夫、梁赞、波洛茨克、罗斯托夫、雅罗斯拉夫尔、别洛焦尔、乌多利亚、奥勃多利亚、孔迪亚、维捷布斯克、姆斯齐斯拉夫国君和所有北部区域的君主；伊弗里亚、卡塔林尼亚、卡巴尔德尼亚土地和亚美尼亚区域的君主；切尔卡斯亚和山地王公及其他的世袭领主和统治者；突厥斯坦的君主；挪威王位继承人，石勒苏益格—荷尔斯泰因、施托尔曼、迪特马尔申和奥尔登堡公爵。①

  可见，省略号略去的是大量的规约信息，而"演讲者"在面对俄罗斯帝国庞大疆域和如此冗长的头衔列表时，选择略去绝大部分信息，以碎片化的结构"等等，等等，等等"代替。由此，该文本片段中同时出现了规约潜文本和情感潜文本。规约潜文本的形式显现为极端的留白，将俄罗斯帝国的大部分疆域浓缩进一个省略号之中；与此同时，被略去的大段信息与简略的碎片化结构"等等，等等，等等"形成强烈对比，构成了讽刺的情感潜文本含义。再加上以重复手法表现的激昂含义，整个片段呈现出规约信息、情感含义双超载的状态。

  紧接着，在描写彼得堡的主要街道涅瓦大街时，小说的主要情感色

---

① 资料来自 Википедия 词条 Николай II，https：//ru.wikipedia.org/wiki/Николай_II。

彩之一，即犹豫的情感潜文本含义开始出现。

Невский Проспект обладает разительным свойством: он состоит из пространства для циркуляции публики; нумерованные дома ограничивают его; нумерация идет в порядке домов – и поиски нужного дома весьма облегчаются. **Невский Проспект**, как и всякий **проспект**, есть публичный **проспект**; то есть: **проспект** для циркуляции публики (не воздуха, например); образующие его боковые границы дома суть-гм… да: …для публики. **Невский Проспект** по вечерам освещается электричеством. Днем же **Невский Проспект** не требует освещения.

Невский Проспект прямолинеен (говоря между нами), потому что он – **европейский проспект**; всякий же **европейский проспект** есть не просто **проспект**, а (как я уже сказал) **проспект европейский**, потому что… да…

Потому что **Невский Проспект** –прямолинейный **проспект**.①

译文：
涅瓦大街具有惊人的特征：它由供人流通的空间组成；它被限制在编上门牌号的房子当中；门牌号是按顺序编排的，——寻找想去的房子十分容易。**涅瓦大街**和所有的**大街**一样，是一条公共**大街**，也就是说：供人群（不是为了，比如空气）流通的**大街**；房子四周的界线是——呃……对：……为了人群。每到傍晚，**涅瓦大街**有电灯照明。在白天，**涅瓦大街**用不着照明。

涅瓦大街是笔直的（我们私下说说），因为它是一条**欧洲大街**，所有的**欧洲大街**都不只是一条**大街**，而（正如我已经说过的那样）是一条**欧洲的大街**，因为……对了……

因为**涅瓦大街**——是一条笔直的**大街**。②

---

① Белый А., *Петербург*, Москва: Прогресс-Плеяда, 2010, стр. 9.
② ［俄］别雷：《彼得堡》，靳戈等译，作家出版社 1997 年版，第 8 页。

对俄罗斯经典文学作品较为熟悉的读者，可以在当前文本片段中找出果戈里小说《涅瓦大街》的影子，别雷自己也指出，《彼得堡》的"整个文本都显现出《狂人日记》式的胡言乱语，而城市布景则来源于《涅瓦大街》"①。

片段的第一句是一个无连接词复合句，冒号后的部分本应说明位于冒号前的分句，但事实相反，它并不能说明涅瓦大街"惊人的特征"在哪里。片段中三个"因为"和一个"也就是说"原本应该表因果关系，然而其连接的文本单位间都不具有明显的因果逻辑。此外，句法单位"呃……对：……"中出现了非常规用法的标点符号，表现叙事人思维的停顿。由此，文本片段运用句法手段和错位的逻辑，展现出一个因能力不足而无法准确描述涅瓦大街的叙事者形象，以及犹豫的情感潜文本含义。

《彼得堡》与果戈里作品之间的互文性不仅仅体现在叙事和逻辑上，还体现在潜文本含义及其构建手法上。运用重复手法构建讽刺含义是果戈里的拿手好戏。在片段中，别雷反复运用"涅瓦大街""大街""欧洲的大街"三个单位，在字面下构建起讽刺的情感潜文本含义，是对果戈里创作手法的继承。

以重复手法构建的犹豫和惊惶含义可以见于小说《彼得堡》的各个角落。譬如：

> **Мокрый**, скользкий **проспект** пересекся **мокрым проспектом** под прямым, девяностоградусным углом; в точке пересечения линий стал городовой…
>
> И так же же точно там возвышались дома, и такие же серые проходили там токи людские, и такой же стоял там зелено - желтый туман. Сосредоточенно побежали там лица; тротуары шептались и шаркали; растирались калошами; плыл торжественно обывательский нос. Носы протекали во множестве: орлиные, утиные, петушиные, зеленоватые, белые; протекало здесь и отсутствие всякого носа. Здесь текли одиночки, и пары, и тройки-четве-

---

① Белый А., *Мастерство Гоголя: Исследование*, Москва: ГИХЛ, 1934, стр. 302.

рки; и за котелком котелок: котелки, перья, фуражки; фуражки, фуражки, перья; треуголка, цилиндр, фуражка; платочек, зонтик, перо.

Но параллельно с бегущим проспектом был бегущий проспект с **все таким же** рядом коробок, нумерацией, облаками; и **тем же** чиновником.

Есть **бесконечность** в **бесконечности** бегущих проспектов с **бесконечностью** в **бесконечность** бегущих пересекающихся теней. Весь Петербург - **бесконечность** проспекта, возведенного в энную степень.

За Петербургом же - ничего нет. ①

译文：
一条又湿又滑的大街同另一条又湿又滑的大街交叉，交叉处呈九十度；交叉点上立着一位警察……
那里也矗立着这样的大楼，那里也流动着这样灰溜溜的人群，那里也弥漫着这样淡绿色黄兮兮的烟雾。那里，人们一门心思地在奔跑；人行道在窃窃私语，发出沙沙的响声；防雨套鞋摩擦着地面；居民们的鼻子神气地浮动。许许多多的鼻子在流动：鹰钩鼻、鸭嘴鼻、泛绿的鼻子、白鼻子；从这里经过的也有完全没有鼻子的；人们从这里走过，有一个人的，成双成对的，也有三四成群的；一顶圆顶礼帽接着一顶圆顶礼帽：圆顶礼帽，带羽毛的帽子，大檐帽；大檐帽，大檐帽，带羽毛的帽子；三角制帽，高筒大礼帽，大檐帽；一块头巾，一把阳伞，一根羽毛。

但是，与这条奔忙的大街平行的，存在一条有**同样**带厢马车，**同样**号码和**同样**云朵的奔忙大街，还有**同样**的一位官员。

这是一种存在于奔忙大街之中的**无限**，而奔忙大街的**无限**又带有融入奔忙的、纵横交错的阴影的**无限**之**无限**。整个彼得堡就是 n 次幂的大街的**无限**。

---

① Белый А., *Петербург*, Москва: Прогресс-Плеяда, 2010, стр. 21.

第五章 以文本分析阐释俄罗斯小说中的潜文本

彼得堡之外——空无一物。①

在当前文本片段中出现了多种构建潜文本的手段，然而最醒目的依然是重复手法。从第一段中"又湿又滑的大街"的重复，到第二段中各种各样的鼻子、形形色色的帽子的重复，再到第三段中"同样"的重复，以及第四段中"无限"一词的重复，大量重复的词汇和短小词组给阅读带去急促的节奏感，并产生不安和惊惶的情感潜文本含义。此外，大量逗号、分号的运用也使文本出现碎片化，进一步加强阅读的急促感，辅助惊惶含义的产生。

文本片段在描写来往路人的模糊轮廓时，着重描绘了他们的两个局部特征：鼻子和帽子。这种整体模糊而局部清晰的描写会引起读者的兴趣，促使其在脑海中还原该直观情景。各种各样的鼻子展现出千人千面的情景，而形形色色的帽子则使人想起贵族、官吏、贵妇、平民知识分子等不同社会阶层的人物穿梭在彼得堡街头的情景。值得一提的是，"从这里经过的也有完全没有鼻子的"一句是对果戈里小说《鼻子》的互文，指的是丢失鼻子的柯瓦廖夫少校。

相较于其他段落的规模，片段最后一段显得短小。就语义而言，其他段落描写的是彼得堡街头的纷乱繁复，最后一段描写的是城外空无一物，强烈的对比再次加深了惊惶的含义。

小说中在描写主要角色时，惊惶和犹豫的情感潜文本含义显得更加明显。譬如：

Только что он хотел открыть дверь, ведущую в кабинет, как он вспомнил (он было и вовсе забыл): да, да-глаза: расширились, удивились, сбесились-глаза разночинца… И зачем, зачем был зигзаг руки? … Пренеприятный. И разночинца он как будто бы видел-где-то, когда-то: может быть, нигде, никогда…②

---

① ［俄］别雷：《彼得堡》，靳戈等译，作家出版社1997年版，第27页。
② Белый А., *Петербург*, Москва: Прогресс-Плеяда, 2010, стр. 33.

译文：

刚要打开办公室的门时，他记起来了（他完全忘了）：对，对——眼睛：鼓胀了，吃惊了，发疯了——一双平民知识分子的眼睛……而为什么，为什么那只手弯曲着？……极其讨厌的人。而他仿佛见到过这个平民知识分子——在某个地方，在某时某刻；也许，哪里都没见过，从来都没见过……①

该文本片段描写的是参议员阿波罗·阿波罗诺维奇的心理活动，共由两句组成。其中，第一句被括号、冒号、逗号、破折号、省略号分割为碎片化的结构，且形容眼睛状态的三个动词词组"鼓胀了，吃惊了，发疯了"（对应原文 расширились，удивились，сбесились 三个单词）具有相同的尾韵，呈现出独特的节奏感和读音效果，构成了犹豫的情感潜文本含义。

第二句同样被各类标点分割为短小的结构。与此同时，"某个地方""某时某刻"和"哪里都没""从来都没"构成语义和逻辑上的矛盾，这种矛盾又进一步被短小的结构提升至第一层面，在互相作用中形成惊惶的情感潜文本含义。除此以外，跨越两个句子、重复两次的连接词"而"，也加强了犹豫和惊惶的含义。

以重复手法和其他多种手法结合，传达惊惶含义的潜文本遍布《彼得堡》的各处，又如：

А теперь Николай Аполлонович все старался цепляться за внешности: вон-кариатида подъезда; ничего себе: кариатида… И-нет, нет! Не такая кариатида-ничего подобного он никогда не видал; виснет над пламенем. А вон-домик: ничего себе-черный домик.

Нет, нет, нет!

Домик неспроста, как неспроста и все: все сместилось в нем, сорвалось, сам с себя он сорвался; и откуда-то (неизвестно откуда), где он не был еще никогда, он глядит!

---

① ［俄］别雷：《彼得堡》，靳戈等译，作家出版社1997年版，第47页。

第五章 以文本分析阐释俄罗斯小说中的潜文本

　　Вот и ноги – ничего себе ноги … Нет, нет! Не ноги – совершенно мягкиенез накомые части тут праздно болтаются.①

　　译文：
　　而现在，尼古拉·阿波罗诺维奇只是努力想抓住某个东西的表面：那里——门口的女像柱；没什么特别：女像柱……可——不，不！女像柱不是这样的，——他从未见过那样的东西：悬在熊熊烈焰之上。而那里——小房子：没什么特别——黑色的小房子。
　　不，不，不！
　　小房子不是平白无故的，就像一切都不是平白无故的一样：那里面的一切都颠倒了，失控了；它自己也失控了；它从某一处（不知是从何处）他从未去过的地方张望着！
　　还有这双脚——没什么特别的一双脚……不，不！不是脚——是完全软沓沓的，不认识的身体部分在这里空洞地游荡。②

　　该片段描写的是尼古拉·阿波罗诺维奇走在彼得堡的街道上，阅读完要求他炸死自己父亲的密信后的心理活动。首先，片段中大量使用的冒号、分号、省略号、破折号、感叹号将文本分割为短小结构，使阅读出现节奏感。
　　其次，片段中的省略号、破折号和感叹号还标识出人物情绪的起伏：破折号标识出情绪的聚集，省略号标识出情绪的退潮，感叹号标示出情绪的顶点。片段中第一波情绪的聚集出现在"那里——门口的女像柱"，而后在"没什么特别：女像柱……"处退潮，在"可——"处再次聚集，并在"不，不！"处升至情绪顶点。第二波情绪的聚集出现在"而那里——小房子"处，并于"没什么特别——黑色的小房子"处持续聚集，此处段落结束，情绪退潮，但下一段的"不，不，不！"直接将情绪推至顶点。第三波的情绪聚集出现在"还有这双脚——没什么特别的一双脚"，并以省略号使情绪退潮，而后立即以"不，不！不是脚"将情绪推至顶点。由此，整个片段以特殊的标点符号为标识，一共

---

① Белый А., *Петербург*, Москва：Прогресс-Плеяда, 2010, стр. 183.
② ［俄］别雷：《彼得堡》，靳戈等译，作家出版社1997年版，第287页。

出现三波情绪的跌宕起伏。

再次，片段中大量运用了重复手法，语言单位"那里""女像柱""没什么特别""小房子""平白无故""不，不""脚"的重复充斥了片段的每个角落。

最后，人物眼前迅速切换的景物以无连接词复合句展现出来，"女像柱""悬在熊熊烈焰之上""小房子""黑色的小房子""这双脚"构成镜头切换的蒙太奇效果。

以上四种手法并用，在当前文本片段中构建起十分强烈的惊惶含义，并辅以激昂的含义。惊惶和激昂没有体现在字面上的词汇当中，而是以特殊的文本微观结构表现出来。

小说《彼得堡》中还有以纯粹的标点符号构建情感潜文本的例子。比如：

И на бритом，багровом лице проиграло：
– 《?》
– 《!》
– 《!?!》
Совершенно помешанный!①

译文：
而在刮掉胡子后绯红的脸上，不断显现出：
"?"
"!"
"!?!"
完全是个疯子!②

该片段描写的是利胡金少尉得知密信内容后，敲诈尼古拉的情形。第一段是对利胡金的外貌描写，最后一段是叙事者的评价。第二至四段的标点符号是对利胡金的情绪描写：一个问号表示疑问，一个感叹号表

---

① Белый А., *Петербург*, Москва：Прогресс-Плеяда，2010，стр. 370.
② ［俄］别雷：《彼得堡》，靳戈等译，作家出版社1997年版，第598页。

示十分激动，两个感叹号夹住一个问号表示激动中伴有疑问。同时，标点符号逐行增加还表现出角色情绪的逐渐高涨，濒临失控。由此，片段中出现了以纯标点符号表现角色情绪的手法，它构建的同样是惊惶的情感潜文本含义。与此同时，纯标点符号还是一种信息浓缩的方式，它迫使读者主动在脑海中还原角色的面部表情，进而揣摩该表情下的人物心理状态。

在列举小说《彼得堡》中的一些例子后可以发现，该作品的信息结构比19世纪的作品更为复杂，呈现出三个层次的信息分层。首先，位于文本表层的，是以语言表达的故事情节、人物刻画和显性的情感描写。其次，位于文本之下深层的，是作家以各种手法构建的处于离散状态的情感潜文本，表达激昂、讽刺等情感含义；此外还有少量出现的规约潜文本，用于传达叙事者不愿明说的认知信息。最后，位于文本底层的，是一众带有惊惶、犹豫含义的情感潜文本共同组成的恒常潜文本，该恒常潜文本贯串小说始终，使惊惶和犹豫的情感弥漫于整部作品的各个角落。

别雷的小说作品中出现更加复杂的信息分层，究其原因仍需要分析文本作者因素，联系其生平，挖掘作品和时代背景之间的关系。别雷（1880—1934）本名鲍里斯·尼古拉耶维奇·布加耶夫（Борис Николаевич Бугаев），是"白银时代"最具影响力的作家之一，俄国文学象征主义流派的领军人物。小说《彼得堡》是他的代表作，与乔伊斯的《尤利西斯》、卡夫卡的《变形记》、普鲁斯特的《追忆似水年华》一起，被纳博科夫（Набоков В. В.）誉为20世纪的西方四大名著。

《彼得堡》创作于1913年，距离第一次世界大战爆发仅剩一年时间，帝国主义列强之间的矛盾空前尖锐，整个欧洲笼罩在战争的阴云之下。彼得堡作为俄罗斯帝国的首都，其居民无不人人自危。在这样的宏观环境下，别雷笔下都城自然而然地反映出现实世界的危机，他的人物也表现出现实中帝俄居民的心理状态——笼罩心头的惊惶，以及做任何决定都挥之不去的犹豫。此外，小说《彼得堡》的故事被设定在1905年，彼时俄罗斯帝国在日俄战争中新败，国内不断发生罢工、暴动和恐怖袭击等没有明确目的的社会动乱事件，这样的大环境也加强了小说中犹豫、惊惶的情感背景。

以上，我们将文本分析模型套用在别雷代表作《彼得堡》的分析中，对小说文本的微观结构因素、宏观结构因素、直观情景因素、文本读者因素、文本作者因素以及流派因素一一进行分析，对别雷构建潜文本的手法做出剖析。同时，我们在作品中发现了19世纪俄罗斯小说中极少出现的恒常潜文本现象，并发掘了该现象的社会历史根源。此外，我们还挖掘了别雷的潜文本构建手法与果戈里作品之间的传承和互文关系。

二　布尔加科夫小说中的潜文本及其阐释

如果说别雷小说中的潜文本主要用于表现隐性的情感，描绘人物隐藏的心理状态，那么创作时期较别雷稍晚的布尔加科夫的作品中，以潜文本传达规约信息的现象则显著增多。

布尔加科夫（Булгаков М. А.，1891—1940）是俄罗斯著名作家、剧作家和导演，代表作有小说《狗心》《白卫军》《大师与玛格丽特》，剧本《莫里哀》等。布尔加科夫生于俄罗斯帝国的基辅，父母都是教师。1916年，布尔加科夫从基辅大学医学院毕业，旋即前往第一次世界大战的俄军前线做志愿医生，后被征召入伍作为军医。1920年，布尔加科夫弃医从文，开始公开发表短篇小说和剧本。1924年，他加入全俄作家协会，次年发表长篇小说《白卫军》。1926年，布尔加科夫的住处遭到查抄，《狗心》手稿以及日记被没收，他本人还多次受到契卡的传讯。此后的几年，他的剧本被禁演，小说禁止刊发。1930年，他的剧本《莫里哀》得到批准，准许公演，此后其作品陆续得到解禁。1938年，布尔加科夫开始创作关于斯大林青年时代的剧本《巴统》。1939年，他的长篇小说《大师与玛格丽特》杀青，但剧本《巴统》未得到斯大林的垂青，被禁止公演。1940年，布尔加科夫因病逝世，小说《大师与玛格丽特》和《白卫军》一直到1966年才得以公开发表，《狗心》直到1987年才得以面世。

由上可见，布尔加科夫的创作历程可谓一波三折。他作品的选题，他看待对历史事件的角度，以及他对历史人物的刻画方式，使他在与国家机关打交道的过程中遭遇诸多坎坷。因此，布尔加科夫在中后期的创作中较多地采取隐晦的表现手法，在文本中埋藏规约信息或情感信息，这就给潜文本的出现留下了充分的空间。在布尔加科夫小说中，描写各类人物时运用的历史文化引喻和政治引喻，频繁显现出与作家生平的互文关系。在前文的论述中已经提到，《大师与玛格丽特》中存在以不定人称句描述国家机关行为的现象，类似的例子在小说中十分常见，譬如：

В квартире № 50 побывали, и не раз, и не только осматривали ее чрезвычайно тщательно, но и выстукивали стены в ней, осматривали каминные дымоходы, искали тайников. Однако все эти мероприятия никакого результата не дали, и ни в один из приездов в квартиру в ней никого обнаружить не удалось, хотя и совершенно понятно было, что в квартире кто-то есть.①

译文：
第50号住宅是去过的，而且不止一次，而且不仅是仔细搜查过，而是连每面墙壁都敲击过，壁炉的烟道都检查过，还搜寻过密室。但一切措施都徒劳无果，而且哪一次都没发现有什么人，虽然住宅中明显是有人居住的。②

该文本片段由两个长句组成，其中第一句被切分为多个短小的结构。两句中的七个动词都没有明确的施事主体，是典型的不定人称句。此外，"而且不""而且……没"的结构在片段中重复了三次。由此，片段同时出现了规约潜文本和情感潜文本。不定人称句手法表现的是某个国家机关的行为，具体是哪个机关作者不愿也不能明说，留给读者充分的空间，以自身的信息储备来还原该直观情景中的行为主体。与此同时，文本碎片化手法和重复手法还鲜明地刻画出这群人忙忙碌碌，来回折腾却一无所获的情形，表现出讽刺的情感潜文本含义。此外，该直观情景还与作者的亲身经历密切相关，只不过现实残酷得多：《狗心》的手稿被搜出来没收了。

类似的例子还可以在小说《剧院情史》（《Театральный роман》）

---

① Булгаков М. А., Избр. произведения: В 2 т. Т. 2, Киев: Дніпро, 1989, стр. 659.
② ［俄］布尔加科夫：《大师与玛格丽特》，钱诚译，外国文学出版社1987年版，第487页。译文略有改动。

中找到：

— Скажите, Максудов, а ваш роман **пропустят**?

— Ни – ни – ни! — воскликнул пожилой литератор. — Ни в коем случае! Об 《**пропустить**》 не может быть и речи! Просто нет никакой надежды на это. Можешь, старик, не волноваться — **не пропустят**.

— **Не пропустят**! — хором отозвался короткий конец стола.①

译文：
"您说说，马克苏多夫，会让您的小说通过吗？"
"不—不—不！"老作家叹道，"绝无可能！压根儿谈不上'通过'！一线希望也没有。老弟，别烦恼了——不会让通过的。"
"不会让通过的！"最后全体同声一词。②

该片段描写的是叙事者在一场读书会上宣读自己的作品后，众人发表意见的情景。不定人称句多次出现，"通过"一词被反复提起，却没有指明该实施行为的主体。对苏俄文艺环境较熟悉的读者可以根据自身的信息储备，判断出该行为的主体是书报审查机关。同时，"让通过"和"不让通过"的多次重复，以及"不让通过"和"老弟，别烦恼了"在逻辑上的矛盾，共同构建起讽刺的情感潜文本含义。此外，还可以发现该片段与作者创作经历的联系：布尔加科夫曾长时间经历小说被禁止刊发，剧本被禁止公演的困境。

除了以不定人称句构建的规约潜文本之外，布尔加科夫的小说中还存在相当数量的情感潜文本。比如，小说《红色王冠》（《Красная корона》）的开头：

Больше всего я ненавижу солнце, громкие человеческие

---

① Булгаков М. А., *Избр. произведения*: В 2 т. Т. 2, Киев: Дніпро, 1989, стр. 191.
② ［俄］布尔加科夫：《剧院情史》，石枕川译，作家出版社1998年版，第218页。

голоса истук. **Частый**, **частый стук**.①

译文：

我最恨的莫过于太阳、轰鸣的人声以及**敲击声**。**频繁的，频繁的敲击声**。②

小说的叙事者在战场上亲眼目睹自己的弟弟阵亡，精神失常进入精神病院，整部小说以他的心理活动展开叙事。片段的表层意义中有显性表达的憎恨情感。重复的词汇单位"敲击声"和"频繁的"则在字面之下营造了不安的情感潜文本含义。

在《红色王冠》中，重复手法还被用于构建其他情感含义。比如：

Я ко всему **привык**. К белому нашему зданию, к сумеркам, к рыженькому коту, что трется у двери, но к его приходам я **привыкнуть** не могу. В первый раз, еще внизу, в № 63, он вышел из стены. В красной короне. ③

译文：

我已**习惯**一切。**习惯**我们白色的楼栋，**习惯**黄昏，**习惯**偎在门边的橘猫，但却**无法习惯**它的到来。第一次，还在下面，还在 63 号时，它从墙中走出来。戴着红色的王冠。④

片段中的词汇重复十分明显，"习惯"一词在连续出现四次后猛然转向"无法习惯"，呈现出惊惶的情感潜文本含义。此外，片段的句子被分割为短小结构，碎片化的文本进一步增强了惊惶的情感。

在小说《白卫军》中，以重复手法构建情感潜文本的现象也比比皆是。譬如：

---

① Булгаков М. А., *Избр. произведения*: В 2 т. Т. 1, Киев: Диипро, 1989, стр. 286.
② 笔者译。
③ Булгаков М. А., *Избр. произведения*: В 2 т. Т. 1, Киев: Диипро, 1989, стр. 289.
④ 笔者译。

Бежали седоватые банкиры со своими женами, **бежали** талантливые дельцы, оставившие доверенных помощников в Москве, которым было поручено не терять связи с тем новым миром, который нарождался в Московском царстве, домовладельцы, покинувшие дома верным тайным приказчикам, промышленники, купцы, адвокаты, общественные деятели. **Бежали** журналисты, московские и петербургские, продажные, алчные, трусливые. Кокотки. Честные дамы из аристократических фамилий. Их нежные дочери, петербургские бледные развратницы с накрашенными карминовыми губами. **Бежали** секретари директоров департаментов, юные пассивные педерасты. **Бежали** князья и алтынники, поэты и ростовщики, жандармы и актрисы императорских театров. Вся эта масса, просачиваясь в щель, держала свой путь на Город.①

译文：

　　头发花白的银行家们带着家眷**逃**了，有才干的生意人**逃**了，只在莫斯科留下信得过的助手，委托他们不要与莫斯科王国诞生的新世界失去联系，房东们**逃**了，把房屋托付给暗藏下来的可靠伙计，工业家们、商人们、律师们、社会活动家们**逃**了。记者们，莫斯科和彼得堡的，出卖灵魂的，贪得无厌的，胆小如鼠的，都**逃**了。名妓们。名门望族的清白太太们。她们娇弱的女儿们，彼得堡城中面色苍白、双唇猩红的荡妇们。公司经理的秘书们，年轻的被动鸡奸者们**逃**了。公爵们和贪官污吏们，诗人们和放高利贷者，宪兵们和皇家剧院的演员们**逃**了。所有这些人，见缝就钻，都向这座城市涌来。②

　　该文本片段描写的是1918年苏维埃政权与白军、外国武装干涉势力交战时，逃难者涌向基辅的情形。"逃了"一词在片段中反复出现；多个单部句和称名句在文中堆砌；密集的逗号、句号将文本切分为一个

---

① Булгаков М. А.，*Избр. произведения*：В 2 т. Т. 1，Киев：Дніпро，1989，стр. 68.
② ［俄］布尔加科夫：《白卫军》，许贤绪译，作家出版社1997年版，第55页。

个短小结构。作者并用以上三种潜文本构建手法,在字面下表现出尖锐的讽刺含义。同时,各种身份、各种面孔的堆砌还营造出一个除工农阶级外,全社会大逃窜的直观情景。

除了重复手法、文本碎片化手法之外,布尔加科夫还在一些作品的宏观结构上做文章。譬如,小说《红色王冠》中有如下片段:

> Что может случиться за один час? Придут обратно. И я стал ждать у палатки с красным крестом.
> (留白)
> Через час я увидел его. Так же, рысью, он возвращался. А эскадрона не было.①

译文:
一个小时而已,能发生什么呢?会回来的。于是我便在涂有红色十字的帐篷边等待。
(留白)
一个小时后我看到了它。依旧,踏着那样的步子,它回来了。而骑兵却不在了。②

作者在该文本片段中有意留白,使抽象的时间断层转换为文本中可见的视图,并迫使读者自行思考补全,马背上的骑兵到底去哪儿了,这一小时里又发生了什么。由此,该片段中的留白手法构建了绝望和恐惧的情感潜文本含义。在文本片段中,还可以注意到一处与作者经历具有互文关系的元素:"涂有红色十字的帐篷",来源于布尔加科夫短暂的军医生涯。

如果说在小说《红色王冠》与《白卫军》中情感潜文本出现得十分频繁,那么在布尔加科夫的"绝唱"《大师与玛格丽特》中,情感潜文本则较为罕见,取而代之的是大量的规约潜文本。这种发展趋势与作者的现实经历有直接关系,是其心境转变在作品文本中的具体体现。

---

① Булгаков М. А., *Избр. произведения*: В 2 т. Т. 1, Киев: Диіпро, 1989, стр. 288.
② 笔者译。

布尔加科夫小说中的潜文本构建手法继承了整个19世纪和20世纪初文学大家们的经验和遗产。索科洛夫（Соколов Б. В.）认为，别雷的作品尤其是《彼得堡》，对布尔加科夫的小说施加了本质上的影响。① 同别雷的作品相比，布尔加科夫小说中的情感潜文本数量相对较少，情感也不似前者那般热烈，但规约潜文本的数量要显著多于别雷。从总体上看，别雷和布尔加科夫作品中的信息结构具有原则上的相似性，二者的差异在于，组成隐性含义层级的潜文本类型、比例不同。别雷作品中处于主导地位的是情感潜文本，伴以少数离散的规约潜文本。布尔加科夫的作品中同样出现了各类离散的情感潜文本，在《红色王冠》中一度出现过惊惶、绝望的恒常潜文本，但更凸显作者风格的是其规约潜文本的娴熟运用。从读者的角度来看，阅读20世纪上半叶的俄罗斯小说作品时所面临的任务要更加复杂，因为构建潜文本的手法更加多样化，规约潜文本的数量也出现显著增多的趋势。

第三节 20世纪下半叶和21世纪初俄罗斯小说中的潜文本及其阐释

自20世纪下半叶至21世纪初的当今，人类经历了前所未见的世界秩序嬗变以及世界体系更替。对于苏俄国家而言，先后经历第二次世界大战，华约北约阵营的冷战对抗，国力由百废待兴变为超级强权，再由极盛转衰，并最终解体。世界图景的改变导致人们观念的改变，并进一步反映在文学文本当中。这一阶段的俄罗斯小说，前中期显现出中心化的主导潮流，后期则呈现去中心化的大趋势，其分水岭位于20世纪80—90年代初。解体后的俄罗斯小说，后现实主义、解构主义、后现代主义风行一时，以消解权威和解构经典为旗帜，与众多经典作品、历史事件和人物产生互文。

一 邦达列夫小说中的潜文本及其阐释

邦达列夫（Бондарев Ю. В.，1924— ）是苏俄著名作家，"战壕文学"的代表人物之一。青年邦达列夫从军报国，参加了斯大林格勒保卫

---

① Соколов Б. В., *Булгаковская энциклопедия*, Москва: Локид-Миф, 1996, стр. 70.

者、强渡第聂伯河以及解放基辅，曾两度负伤，获得多枚战斗勋章。

二战结束后，邦达列夫进入高尔基文学院学习，1951年毕业并开始文学创作生涯。多年的军旅生活使邦达列夫的军事题材写作如鱼得水。1957年小说《营请求炮火支援》发表，1959年《最后的炮击》发表，小说中对战争场景的真实描写使作家声名鹊起。1970年，其代表作《热的血》出版，小说同时描绘了斯大林格勒保卫战中前线战壕中的士兵以及后方指挥部中的统帅，是"全景战争文学"的开山之作。此后，邦达列夫的创作题材开始转变，侧重于对社会生活与人类命运的思考，长篇小说《岸》《抉择》中的哲学思辨对后世苏俄小说有着深远的影响。

邦达列夫因在文学创作领域的杰出成就，获得过社会主义劳动奖章，两获列宁奖，两获苏联国家奖，以及其他各类奖项。1973年，他同一众苏联作家一起在《真理报》上发表公开信，谴责索尔仁尼琴（Солженицын А. И.）和萨哈罗夫（Сахаров А. Д.）的反社会主义活动。1984—1989年，邦达列夫曾任苏联最高苏维埃民族院代表；1990—1991年曾任俄共中央委员，1991—1994年任俄罗斯作协理事会主席。1994年，他谢绝了时任俄联邦总统叶利钦所颁发的"人民友谊"奖章。

邦达列夫是社会主义现实主义流派的主流作家，该流派对人物情感和角色的心理状态通常都采取显性描写的手法。然而即便是在显性描写手法占主导的文学领域，依旧可见情感潜文本存在的现象。无论是中前期，真实记叙战争原貌的军事题材的小说中，还是后期展现社会主义建设的作品中，情感潜文本现象都时有出现。譬如，小说《铭记》（《Незабываемое》）的开头：

  Лена ложится на краешек нар, укрывается шинелью и, согреваясь, думает вполудремоте: "Хорошо как! Никогда не знала, что так хорошо в землянке!"

  Она только что вернулась из санроты, расположенной на берегу Днепра, долго плутала в осенних потемках, намерзлась на сыром ветру и лишь по трассам пулеметов, по окрику часового, иззябшая, усталая, с трудом нашла НП. ①

译文：
　　列娜在通铺的边沿躺下，蒙上军大衣，渐渐暖和过来，半梦半醒间她想：真好啊！从来不知道，地洞里有这么舒服！
　　她刚从部署在第聂伯河岸边的医护连回来，在秋夜中乱撞了许久，被潮湿的寒风冻僵，穿过枪林弹雨，穿过哨兵的呵斥，又冷，又乏，勉强摸回观察所。②

　　文本片段包含两个自然段。第一段中出现了连续的短小结构，作者运用碎片化的句子描写出列娜一连串有条不紊的动作，表达了安宁的情感潜文本含义。第二段中同样运用了文本碎片化的手法，但传达的却是不安的情感潜文本含义。同样的潜文本构建手法，传达完全相反的情感含义，使读者在阅读该片段时感受到强烈的情感对比。除此以外，片段中还包含一个较隐蔽的直观情景，即"在通铺的边沿躺下"，读者可以在脑海中还原整个通铺上的情景：躺满了和列娜一样精疲力竭的战士。
　　以文本碎片化表达隐性情感的现象还出现在小说《铭记》各处。譬如：

Сквозь сон она слышит какой-то шум, чей-то короткий возглас, похожий на команду, и как будто суматошный топот ног. Лена вскакивает. Она ничего не понимает со сна. Ни капитана, ни Володи уже в землянке нет. Телефонист, сгибаясь при каждом слове, надсадно кричит в трубку:

— Ясно! Да плохо тебя слышно! Ясно! Много? Не слышу тебя!③

---

① Бондарев Ю. В., *Собрание сочинений*: В 4 т. Т. 1, Москва：Молодая гвардия, 1973, стр. 198.
② ［俄］邦达列夫：《铭记》，文吉译，《芳草：文学杂志》2014 年第 4 期。
③ Бондарев Ю. В., *Собрание сочинений*: В 4 т. Т. 1, Москва：Молодая гвардия, 1973, стр. 199.

译文：

梦里，列娜听见某种喧闹，某人短促的呼呵，像是下命令，还有听似慌乱的脚步声。列娜跳起来。惊醒的她无法理解，窑洞里既不见上尉，也没有瓦洛佳。通信兵每说一个字都弯身向前，吃力地向话筒大喊：

"明白！听不清你说的！明白！很多？听不到！"①

此处描写的是刚刚入睡的列娜被敌军夜袭惊醒的情形。整个文本片段充斥着碎片化的短句，短小的结构在通信兵的叫喊声中达到极致：他所说的每个句子都意简言赅，能只用一个词便绝不多用第二个。极端碎片化的文本使阅读出现急促的节奏，使读者感受到紧张和不安的情感潜文本含义。

在邦达列夫后期的作品中，情感潜文本构建的手法越发精进，常见多种手法并用的现象。比如中篇小说《河流》（《Река》）的开头：

Сильный ветер шумел в вершинах островов, и вместе с шумом деревьев доносилось беспокойное кряканье озябших уток. Уже больше двух часов плот несло по быстрине, и **не** было видно **ни** берегов, **ни** неба.②

译文：

强风从群岛的顶峰呼啸而过，树木飒飒如涛，夹杂传来野鸭群因寒冷而骚动的嘎嘎声。木筏已在急流中冲行了两个多小时，既不见岸，也不见天日。③

小说以三个连续的镜头作为开场——群岛顶峰、林海、野鸭，同时伴以连续的音响效果——风的呼啸、飒飒林涛和野鸭群的骚动，蒙太奇

---

① ［俄］邦达列夫：《铭记》，文吉译，《芳草：文学杂志》2014 年第 4 期。
② Бондарев Ю. В., *Собрание сочинений*：В 4 *т. Т.* 1，Москва：Молодая гвардия，1973，стр. 367.
③ ［俄］邦达列夫：《河流》，文吉译，《芳草：文学杂志》2013 年第 5 期。

效果十分明显。进一步地,词汇"不"在片段中多次重复,与蒙太奇效果的多个镜头一起,在文中构建起不安的情感潜文本含义。

类似的隐藏情感还可以在文中多次见到,比如:

Около лесистого, будто дымящегося вершинами острова плот понесло в узкую, взбесившуюся протоку. На острове мрачно, густо, наклоняясь в одну сторону, зашумели деревья. Вода свинцово замерцала, и стало темно, глухо, как в осенние сумерки. В небе слепяще распорол тучи неестественно фиолетовый свет, и гром загрохотал над тайгой так, словно выворачивал с корнями, ломал деревья. Потом, приближаясь, по тайге пронесся настигающий шорох, крупные капли застучали по мутной воде вокруг плота, и вокруг яростно зашумело: пошел дождь, ледяной, резкий, секущий。①

译文:
在某座雨雾袅袅林木茂密的小岛附近,木筏被冲进狭窄而湍急的水道。岛上晦暗,密不透光,树木倾向同一方向,呜咽不止。水面乌亮,周围变得昏暗,静寂,仿佛秋日的黄昏。天空中,不自然的紫色光芒撕开乌云,格外耀眼,森林上空雷声滚滚,仿佛是在反复摇撼树木,试图连根拔起。随后,原始森林中迎面而来响起沙沙声,不断迫近,豆大的雨点砸在船边灰暗的水面上,一时间周围嘈杂暴起:下雨了,冰冷,猛烈,刺骨的雨。②

该文本片段中,作者再次运用了蒙太奇手法营造镜头不断切换的视觉观感:小岛附近—水道—岛上—水面—天空—迎面而来的方向。与此同时,还伴有不断切换的听觉信息:树木的呜咽声、雷声、渐近的沙沙雨声和暴雨当头的嘈杂声。此外,片段的微观结构也十分醒目,充斥着

---

① Бондарев Ю. В., *Собрание сочинений*: В 4 т. Т. 1, Москва: Молодая гвардия, 1973, стр. 370.

② [俄] 邦达列夫:《河流》,文吉译,《芳草:文学杂志》2013 年第 5 期。

大量碎片化的短小结构。蒙太奇手法和文本碎片化手法共同作用，在字面之下构建起不安的情感潜文本含义。

除了不安的情感含义之外，小说《河流》中还出现有其他类型的隐性情感。譬如：

Вокруг плота бурлило, заворачивало течение, и Аня, стоя по колено в воде, почему-то прижимаясь к плоту изо всех сил, словно бы издалека **слышала**, как звенел по реке дождь, шумели над головой деревья, скрипели бревна, стучали об них ящики, как кто-то прерывисто и часто кашлял, и лишь теперь понимала ясно, что случилось.①

译文：

水流在木筏四周翻腾，卷起漩涡，而安妮亚，站在齐膝深水中，不知为何用尽全力紧紧靠住筏子，似乎遥遥**听见**雨水溅入河面的叮咚声，树木在头顶的沙沙声，木筏圆木的吱嘎声，木箱碰撞其上的砰砰声，某人断续而急促的咳嗽声，这才明白发生了些什么。②

此处描写的是木筏倾覆、安妮亚落水的情形。文本片段是一个冗长的复合句，以动词"听见"为分界线，长句的前半部分出现多个短小的语言单位，呈现文本碎片化的现象；后半部分是由多种环境声音构成的镜头切换。作者将文本碎片化手法和蒙太奇手法并用，构建了惊惶的情感潜文本含义。

与别雷的《彼得堡》不同，小说《河流》中虽然前后多次构建不安和惊惶的情感潜文本含义，但这两种隐性情感并不是作品的情感背景，二者的存在是为后文出现的另一种情感潜文本含义做铺垫和对比。

《Здесь мне жить? —подумала Аня. — Именно **здесь**?..》

---

① Бондарев Ю. В., *Собрание сочинений: В 4 т. Т. 1*, Москва: Молодая гвардия, 1973, стр. 373.

② [俄] 邦达列夫：《河流》，文吉译，《芳草：文学杂志》2013 年第 5 期。

Она наклонилась и сорвала поникший от дождя цветок, мокрый, свежий, зябко пахнущий ветром, и стала с интересом рассматривать его.《Здесь мне жить? －снова спросила она себя, еще не веря в это. － Здесь они нашли нефть?》①

译文：
我要在这里生活？安妮亚思忖。就在这里？……
她俯身摘起一朵被雨水打垂的，湿漉漉，娇滴滴，在风中瑟瑟发抖的小花，饶有兴致地端详着它。我要在这里生活？她再次不敢确信地自问。他们在这里找到了石油？②

文本片段描写的是安妮亚历尽风雨后，终于来到地质考察队的驻地。"我要在这里生活？"以及 "这里" 出现多次重复，表达出兴奋和激动的情感潜文本含义。此外，在描写隐喻安妮亚本人的小花时，作者运用了文本碎片化手法，进一步加强了激动的隐性情感含义，并传达出激昂的意味。

身为苏俄社会主义现实主义流派的中流砥柱，邦达列夫在作品中对自然、社会和人物的描写以显性手法居多。在描写人物的情感和心理状态时，直接运用词汇的显性语义是其主导手段，但也不排斥使用潜文本来传达隐性的情感含义。相较于别雷、布尔加科夫而言，邦达列夫的小说中没有恒常出现的情感潜文本，离散出现的情感潜文本的密度也较低。换而言之，以潜文本表达情感只是邦达列夫的辅助手段，它是为显性表达的情感服务的，处于从属地位。从整体来看，邦达列夫的小说出现了信息分层，其中表层的显性信息占据绝对主导地位，传达文本的绝大多数信息；深层的潜文本信息呈现密度较低、重要性较小的特点。因此，读者在阅读邦达列夫的小说时，解读任务相对变轻了。

此外，邦达列夫的小说中极少出现规约潜文本现象，这与其身份、

---

① Бондарев Ю. В., *Собрание сочинений*：В 4 т. Т. 1, Москва：Молодая гвардия, 1973, стр. 386.

② ［俄］邦达列夫：《河流》，文吉译，《芳草：文学杂志》2013 年第 5 期。

地位直接相关，也与作家的生平、创作意图直接相关。与布尔加科夫不同，作为苏联意识形态在文化领域的代表人物，邦达列夫没有理由在作品中以隐性手法传达某些不能明说的信息。其次，邦达列夫在卫国战争中的英勇表现一直延续至其文学创作生涯，使他成为苏联制度的坚定捍卫者，这一点从他抨击索尔仁尼琴、萨哈罗夫，拒绝叶利钦所颁奖项可见一斑。

二 伊斯坎德尔小说中的潜文本及其阐释

关于作家伊斯坎德尔，我们已经在第二章 2.2.1 大略分析过其生平和身份，但并未涉及创作经历。在对作家的小说文本进行分析时，宜将可能涉及的人生经历、创作经历等信息补齐。

伊斯坎德尔（1929—2016）出生于原苏联阿布哈兹自治共和国的首府苏呼米市，父亲是土耳其人，母亲是阿布哈兹族。1938 年父亲被苏联驱逐出境后，母亲带他回到高加索山区的切格姆村，一生中再未见过父亲，在亲戚的教养下长大成人。① 从阿布哈兹的中学毕业后，伊斯坎德尔本想进莫斯科大学哲学系学习，但阴差阳错地进入了莫斯科图书学院，后转校到高尔基文学院，并于 1954 年毕业。关于这段历史，作者在其半自传性质的小说《开始》中以戏谑的口吻有所记叙。

伊斯坎德尔的诗集《山间小路》于 1957 年公开出版，这也是他的处女作。自 1962 年起，他开始小说创作，1966 年中篇小说《杂交羊星座》发表并引起广泛关注，作品讥讽了当时的农村经济增长模式，以及易于被操控的社会舆论。1973 年，伊斯坎德尔的代表作之一长篇小说《切格姆来的桑德罗》的一些章节在经过书报审查机关删节后，开始在杂志上连载。1979 年，中篇小说《大性欲的小巨人》发表，故事情节与情报机关首脑贝利亚（Берия Л. П.）相关。此后的十年，伊斯坎德尔遭遇作品难以刊发的困境，直至戈尔巴乔夫改革期间才有所改观。1988 年，讽刺小说《兔子与蟒蛇》发表，作者在小说中表达了自己对制度、自由和民族价值体系的深沉思考。1989 年，《切格姆来的桑德罗》全本在苏联公开出版。伊斯坎德尔的作品曾获苏联国家奖，俄罗斯联邦国家奖。

---

① 刘早：《高加索的山风——法济利·伊斯坎德尔论》，《江汉论坛》2017 年第 6 期。

由之前的文本分析经验来看，伊斯坎德尔的创作经历与布尔加科夫有相似之处。两人都有作品被禁的时期，都有想要表达却无以表达的思想和情感，这就为潜文本的产生留下了充分空间。伊斯坎德尔的特别之处在于，他是曾受迫害的少数民族，又是体制内的作家，这使他的创作具有更多的矛盾性。因此在阅读伊斯坎德尔的小说时，应尤其留意文本中与作家生平有交集之处。

如此，不妨以半自传性质的作品《开始》（《Начало》）作为伊斯坎德尔小说分析的切入点。小说中时常可见与作者人生经历相关的潜文本，譬如：

> Москва, увиденная впервые, оказалась очень похожей на свои **бесчисленные** снимки и киножурналы. Окрестности города я нашел красивыми, только **полное отсутствие** гор создавало порой ощущение **беззащитности**. От обилия плоского пространства почему-то уставала спина. Иногда хотелось прислониться к какой-нибудь горе или даже спрятаться за нее.①

译文：
> 莫斯科，第一眼见到时，它与**无数**的相片和画报中的形象并无二致。城市周边风景如画，只是**完全没有**山麓的屏障，有时给人以**毫不设防**的无依靠感。一眼无垠的平原会让人莫名觉得后背疲乏。偶尔会想在某座山上依靠一阵，甚至是躲到山后去。②

文本片段中，"完全没有"和"毫不设防"在词汇语义上形成重复，并与前文的"无数"一词形成对比，表现出激昂的情感潜文本含义。但片段中最重要的潜文本含义隐藏得更深：莫斯科周边没有山峦屏障，"莫名觉得后背疲乏"是影射作者来自满目皆山的高加索山区，习惯了周围都是山的环境。由此，在激昂的情感含义之下，还表现出自嘲

---

① Искандер Ф. А., *Малое собрание сочинений*, Москва: Изд-во АЗБУКА, 2014, стр. 16.

② ［俄］伊斯坎德尔：《开始》，文吉译，《芳草：文学杂志》2015 年第 5 期。

的情感潜文本含义。

在小说《开始》中，存在情感潜文本与规约潜文本同时出现，并相互作用的现象：

> То ли на меня навалились слишком дружно, то ли забыли мой собственный приличный уровень, но, когда стали подводить итоги опыта работы надо мной, выяснилось, что меня довели до уровня кандидата в медалисты.
>
> — На серебряную потянешь, — однажды объявила классная руководительница, тревожно заглядывая мне в глаза.
>
> Это была **маленькая, самолюбивая каста неприкасаемых**. Даже учителя слегка побаивались **кандидатов в медалисты**. Они были призваны защищать **честь школы**. Замахнуться на **кандидата в медалисты** было все равно что подставить под удар **честь школы**.①

译文：

或许是在我身上聚集的合力太多，又或许是忘了我本来就成绩优异，到了开始总结我身上的教学经验时，才发现我已被引领至学业奖章候选人的水准。

"你可以拿到银质奖章，"某日我的女班主任对我宣布，同时紧张地瞄着我的眼睛。

这是一个稀有的，**不可接触的骄傲种姓**。甚至教师们对**奖章候选人**都有些许敬畏。他们将要去捍卫**学校的荣誉**。想对**奖章候选人**动手，就如同殴打**学校的荣誉**。②

该片段包含三个自然段，第一段是一个冗长的无人称复合句，四个动词都没有给出行为主体。然而仿佛是作者故意开的玩笑，此处的无人称句并非暗示某个国家机关或特定人群的行为，仅仅只是隐去了主语。

---

① Искандер Ф. А., *Малое собрание сочинений*, Москва：Изд - во АЗБУКА, 2014, стр. 10.

② ［俄］伊斯坎德尔：《开始》，文吉译，《芳草：文学杂志》2015 年第 5 期。

第三段中，"不可接触的骄傲种姓"是一个信息浓缩的规约潜文本。种姓是指南亚次大陆的一种以血统论为基础的社会体系，将人按贵贱分为婆罗门、刹帝利、吠舍、首陀罗四个阶层。四个阶层外还有一个"贱民"阶层，又称不可接触者，该阶层甚至没有与其他阶层共走一条路的权力。作者将奖章候选人这个小团体比喻为种姓阶层，再配以"不可接触"和"骄傲"两个完全反义的定语，表达出自嘲的情感潜文本含义。同时"不可接触"还与最后一句中的"对……动手"相呼应，进一步加深了自嘲的含义。

此外，"奖章候选人"和"学校的荣誉"在片段中重复出现，同样表达出自嘲的情感潜文本含义。

由此，作者在文本片段中首先以不定人称句的手法开了一个玩笑，让准备好解读规约潜文本的读者扑了一个空。而后运用规约潜文本传达自嘲的情感含义，再用重复手法予以加强。至此，文本片段中出现了十分尖刻的自嘲含义，并形成了幽默的情感背景。

类似的以各种手法构建自嘲含义的例子遍布小说《开始》的各个角落。比如：

— Откуда, юноша? — спросил он голосом, усталым от философских побед.

Примерно такой вопрос я ожидал и приступил к **намеченному диалогу**.

— Из Чегема, — сказал я, стараясь говорить правильно, но с акцентом. Я нарочно назвал дедушкино село, а не город, где мы жили, чтобы сильнее обрадовать его дремучестью происхождения. По моему мнению, **университет, носящий имя Ломоносова**, должен был особенно радоваться таким людям.

— Это что такое? — спросил он, едва заметным движением руки останавливая мою попытку положить на стол документы.

— Чегем — это **высокогорное** село в Абхазии, — доброжелательно разъяснил я.

Пока все шло по **намеченному диалогу**. Все, кроме радости по поводу моей дремучести. Но я решил не давать сбить себя с толку мнимой холодностью приема. Я ведь тоже **преувеличил высокогорность** Чегема, не такой уж он **высокогорный**, наш милый Чегемчик. Он с **преувеличенной** холодностью, я с **преувеличенной высокогорностью**.①

译文：

"从哪里来，年轻人？"他的询问中带着哲学战场上战无不胜的疲惫。

类似的问题我早已料到，便开始了**拟定的对话**。

"从切格姆来"，我答道，试图在表述正确的同时还表现出口音。我故意说成爷爷的村子，而不是我们住的城市，想以偏远的出身来博得他的欢心。在我看来，**以罗蒙诺索夫为名的大学**应该特别中意我这类人。

"那是哪儿？"他问道，用难以察觉的手部动作制止了我想将材料放在桌上的企图。

"切格姆，是阿布哈兹的一个**高海拔**的小镇。"我善意地解释道。

目前为止，**一切**都按照**拟定的对话**路线顺利行进。**一切**顺利，除了我的身世没有带来任何兴奋这一点以外。但我并不打算因为一个空洞而冰冷的接待，就把自己弄糊涂了。可能是我**夸大**切格姆的**海拔**了，其实我们亲爱的切格姆并没有那么高**海拔**。他面带**夸大**的冷漠，我端着**夸大**的**海拔**。②

此处描写的是作者怀揣金质奖章，来到莫斯科求学却遭到冷遇的场景。片段中四个语言单位，即"拟定的对话""海拔""一切""夸大"出现重复的现象，并且该重复现象呈现出我们此前从未遇到的形式——交叉重复。

无论是讽刺大师契诃夫，还是隐性情感极为炽热的别雷，前几个世

---

① Искандер Ф. А.，*Малое собрание сочинений*，Москва：Изд‐во АЗБУКА，2014，стр. 14.

② ［俄］伊斯坎德尔：《开始》，文吉译，《芳草：文学杂志》2015 年第 5 期。

代的作家们在运用重复手法构建情感潜文本时，都是先完成一个语言单位的重复，再引入另一单位的重复，偶尔可见两个重复单位相互链接、渗透的情况。伊斯坎德尔的重复手法集先贤之大成，进一步发展为链式的、网状的交叉重复。被重复的语言单位隔开的、相对独立的文本空间中，再次嵌入新的重复单位，呈现出你中有我、我中有你的状态。这种令人眼花缭乱的重复手法在文本片段中构建起极为尖锐的讽刺和自嘲的隐性情感含义。

与此同时，片段中还出现了规约潜文本。"以罗蒙诺索夫为名的大学"是一个信息浓缩的规约潜文本，它指的是莫斯科大学，全名为莫斯科国立罗蒙诺索夫大学。罗蒙诺索夫（Ломоносов М. В.）是莫斯科大学的创立者，生于俄罗斯帝国阿尔汉格尔斯克省的一个小村庄，父亲是渔民。此处作者将自己比为偏远乡下来的罗蒙诺索夫，以规约潜文本传达自嘲的情感含义。

短篇小说《开始》中存在以自嘲含义为主、讽刺含义为辅的恒常情感潜文本，并由此为整篇小说营造了幽默的意味。重复手法是伊斯坎德尔最经常运用的潜文本构建手法，表现的也多是讽刺或自嘲的情感含义。

与此同时，在伊斯坎德尔的小说中也常常可以见到规约潜文本，但与布尔加科夫等人不同的是，伊斯坎德尔的规约潜文本不单用来传达隐性的规约信息，而且将这种规约信息糅合在情感潜文本中，加强情感潜文本的效果。换言之，伊斯坎德尔小说中的规约潜文本是为情感潜文本服务的。

在作家的另一篇小说《作家的一天》（《День писателя》）中，同样由自嘲、讽刺的情感潜文本含义贯穿整个作品，形成恒常情感潜文本：

> Мой племянник, как и многие **могучие** люди, был человеком **вспыльчивым**, ибо **могучесть** позволяет человеку быть **вспыльчивым**. Нет, конечно, и **хилые** люди бывают **вспыльчивыми**, но они чаще всего **скрывают** свою **вспыльчивость**. И оттого, что они **скрывают** свою **вспыльчивость**, они становятся еще более **хилыми** и даже еще более **вспыльчивыми** и уже из последних сил стараются

скрыть свою **вспыльчивость**. Но моему племяннику **скрывать** было нечего.①

译文：

我的外甥，就像许多**健硕**的人一样，脾性**暴躁**，因为**健硕**使人**暴躁**。不，当然不是，**孱弱**的人常常也脾性**暴躁**，但他们多半**按捺**住了自己的**暴躁**。但正因为**按捺**住了**暴躁**，他们变得更加**孱弱**，甚至更加**暴躁**，而且用尽自己最后一丝力气**按捺**住自己的**暴躁**。然而，**我那外甥**可什么也不**按捺**。②

此处描写的是作者外甥的公文包被盗了，小偷来电要他赎回去，而他准备以武力夺回。文本片段中再次出现链式的、网状的交叉重复现象。"我的外甥""健硕""暴躁""孱弱""按捺"五个词汇单位不断重复，彼此融汇，在字面下形成了十分尖锐的讽刺情感含义。

小说中还可以观察到规约潜文本加强情感潜文本的现象，比如：

Конечно, они явно **выпивали и закусывали**. Причем **хитрость марксистов** состояла в том, что они при помощи **выпивки и закуски** приманивали **рабочих**, чтобы ознакомить их с **революционной литературой**. А **хитрость рабочих** заключалась в том, что они, делая вид, что интересуются **революционной литературой**, были не прочь **выпить и закусить** задарма. А позже даже за счет Вильгельма. В результате всего этого революционеры и рабочие взаимопрониклись. **Рабочие** научили **марксистов** пить, а **марксисты** в благодарность убедили **рабочих**, что они главные люди на земле.③

译文：

自然，它们明显是被吃喝掉了。俄国马克思主义者们的智慧之

---

① Искандер Ф. А., "День писателя", *Новый мир*, No. 4, 1999, стр. 26.
② [俄] 伊斯坎德尔：《作家的一天》，文吉译，《芳草：文学杂志》2016 年第 4 期。
③ Искандер Ф. А., "День писателя", *Новый мир*, No. 4, 1999, стр. 28.

处就在于，他们在**吃喝**的帮助下吸引了**工人**，向他们介绍了**革命书籍**。而俄国**工人**们的智慧之处在于，他们做出对**革命书籍**感兴趣的样子，也不反对白吃白喝。后来甚至让德皇威廉二世来买单。最终，所有这些革命者和工人都相互融合了。俄国**工人**们向本国**马克思主义者**们传授了喝酒的技巧，而俄国**马克思主义者**们为表感谢，则让**工人**们相信自己是地球的主人。①

当前文本片段中又一次出现了复杂的交叉重复现象。"吃喝""马克思主义者们""工人们""革命书籍"四个语言单位多次重复，相互交汇，表达出尖锐的讽刺情感含义。

片段中的"威廉"是一个采用信息浓缩手法的规约潜文本。威廉指的是德意志第二帝国的末代皇帝威廉二世，传闻威廉二世为缓解第一次世界大战东线战场的压力，曾秘密提供资金给俄国革命者以推翻帝俄政权。此处作者将这段野史嵌入文中，将无法证实或证伪的规约信息与重复的词汇单位"吃喝"建立起逻辑联系，进一步加强了文本片段的讽刺效果。

此处，信息极度浓缩的专有名词"威廉"还涉及文本读者因素。具有相关信息储备的读者可以察觉"威廉"二字后隐藏的规约信息，没有听说过这段野史的读者则会不明所以，不知道为什么要由"威廉"来"买单"。因此，在翻译时略微补足信息，将"威廉"扩充为"德皇威廉二世"，为不具备相关信息储备的读者设置提示，激活其解读意愿，最终使译文传达的效果等同或近似于原文传达的效果。

小说《作家的一天》中还存在以文字游戏构建情感潜文本的现象，比如：

> Тут она вывела меня из себя.
> — Богатство, — разъяснил я назидательным голосом, — Бог адства.
> — Опять не поняла, — деловито сказала она, — повторите!
> — Богатство, — четко повторил я. — Бог адства.

---

① ［俄］伊斯坎德尔：《作家的一天》，文吉译，《芳草：文学杂志》2016年第4期。

— Снова не поняла, — сказала она, — повторите по буквам! Записываю!

Тогда я пошел на компромисс и сказал:

— Хлеба каравай — нищему рай.

И тут она сразу все поняла и бросила трубку。①

译文：
此刻她将我激怒了。
"富裕，"我用教训的口吻讲解道，"富人的地狱。"
"还是没听懂，"她认真地说，"请重复一遍！"
"富裕，"我清晰地重复道，"富人的地狱。"
"还是没听懂，"她说道，"请您拼读出来！我记下来！"
于是我妥协软化了下来，说：
"面包一磅——穷人的天堂。"
此时她猛然醒悟过来并挂掉了电话。②

小说此部分描写的是电话推销员不依不饶地为作家推荐高档俱乐部的会员，作家委婉拒绝的情景。文本片段中，"富裕，富人的地狱"（原文为"Богатство，Бог адства"）是一个形式精巧，外观和读音都十分明显的文字游戏。将"富裕"二字拆开，各自组词，形成语义与原词相距甚远乃至反义的新词组，传达出尖锐的讽刺含义。"富裕，富人的地狱"在片段中出现重复，加倍了讽刺的意味。此外，"面包一磅——穷人的天堂"（原文为"Хлеба каравай — нищему рай"）在词尾出现了押韵，且"穷人"与前文"富人"相呼应，"天堂"与"地狱"相呼应，可视为文字游戏的延伸，同样传达出讽刺的情感潜文本含义。由此，两个紧密相关的文字游戏在文中构成了潜文本框架，使片段充盈着极为尖锐的讽刺情感含义。

关于如何在翻译中传达信息浓缩的规约潜文本，以及双关语、文字游戏手法构建的情感潜文本，如何使译文的交际效果等同或近似于原

---

① Искандер Ф. А.，"День писателя"，*Новый мир*，No. 4，1999，стр. 31.
② ［俄］伊斯坎德尔：《作家的一天》，文吉译，《芳草：文学杂志》2016 年第 4 期。

文，同时不失原文的美学特征，相关的方法和技巧将在第五章进行论述。

值得一提的是，伊斯坎德尔在《作家的一天》中提及布尔加科夫和果戈里，并且以独特的方式隐性表达了自己的情感。

На днях как раз перечитал его знаменитый роман "Мастер и Маргарита". <...>

Это великая и грешная книга. Грех ее заключается в том, что автор пытается показать, и при этом довольно подобострастно, величие сатаны. <...>

Ясно, что болезненное любопытство к чертовщине у Булгакова, как и у его кумира Гоголя, не было случайным. Сходство и в страшной, тоскливой смерти обоих. Случайно ли? Не знаю, хотя смерть Булгакова была смягчена нежной заботой любимой женщины. Бедный Гоголь!

Хорошая книга **пьянит** сама. После прочтения плохой книги хочется сейчас же из санитарных соображений прополоснуть мозги **спиртом**. Что я и делаю...①

译文：
这些天恰巧在重读他的著名长篇小说《大师与玛格丽特》。……

这是一本伟大而罪孽深重的书。它的罪孽在于，作者卑躬屈节地试图展示撒旦的伟大。撒旦本是神的大敌，但在书中却以神的代理人自居。……

显然，布尔加科夫对于恶魔学的病态好奇，如同其偶像果戈里一样，并非巧合。同样相似的还有两位文学家沉重而忧郁的死亡。这难道是巧合？我无法道明，但好歹布尔加科夫是死在挚爱女人的温柔臂弯里。反观可怜的果戈里！

好书自会**醉**人。而读了一本坏书之后，为了卫生考虑，会想要

---

① Искандер Ф. А., "День писателя", *Новый мир*, No. 4, 1999, стр. 27.

用**酒精**洗涮大脑进行消毒。这正是我现在想干的事……①

此处是作者对布尔加科夫《大师与玛格丽特》进行的一番评论，用调侃的语气给出自己对作品的意见，同时还一并调侃了布尔加科夫的偶像果戈里。

文本片段中含有大量的规约信息。首先，《大师与玛格丽特》是一个撒旦行走于人间的魔幻现实主义故事，而果戈里是一位痴迷于民间鬼怪传说和恶魔学的作家，小说《邪灵》（《Вий》）还被搬上荧幕，伊斯坎德尔由此找出了两位文学大师间的相似性。其次，布尔加科夫在剧本《巴统》被斯大林否决后，肾病迅速恶化，继而失明，几个月后便撒手人寰；果戈里在生命的最后日子里狂热地迷信宗教，在神甫的要求下烧掉了《死魂灵》第二卷的手稿，还深受抑郁症的困扰，最后在绝食中离世，由此伊斯坎德尔认为二者的死亡都沉重而忧郁。最后，布尔加科夫是在妻子的陪伴下逝世的，而果戈里在下葬后头骨失窃，至今不明去向，因此作者才以调侃的口吻称他为"可怜的果戈里"。

片段中共包含三段规约信息。其中第一、二段规约信息以两位大师在文学上的相似性做铺垫，第三段规约信息猛然抛出非文学性的差异，形成强烈对比。三段隐藏规约信息共同传达出讽刺的情感含义。需要强调的是，这种讽刺不同于对国家机器或反面人物的讽刺，它是带有善意情感的讽刺。伊斯坎德尔身为作家，与两位文学前辈一样，遭受过作品不得刊发的困境，对他们的善意嘲讽也是对自身的自嘲。此处，我们可以观察到分析文本作者因素的重要性，它决定了某些重要的规约信息是被解读出来还是被忽略。在极端情况下，不仅要分析文本作者，还要分析与该文本具有互文关系的文本，以及互文文本的作者。

片段的最后一个自然段依旧是对《大师与玛格丽特》一书的评价。"醉人"和"酒精"在语义上形成重复，呈现出作者无论是读好书还是读坏书，都乐意喝醉的形象。作者以重复手法表达自嘲的情感含义，并以自嘲去评价布尔加科夫的作品，足见其讽刺中的善意。

伊斯坎德尔的小说中不仅表达出对布尔加科夫作品的批判，还显现

---

① ［俄］伊斯坎德尔：《作家的一天》，文吉译，《芳草：文学杂志》2016年第4期。

出对后者潜文本构建手法的传承。布尔加科夫擅长的留白手法在伊斯坎德尔的小说中多次出现。譬如，在短篇小说《圣湖》（《Святое озеро》）中：

> Но, бывает, попадается мертвое пространство и так долго стоишь на одном месте в неудобной позе и никак не сообразишь, как одолеть его. Не за что зацепиться.
>
> * * * (пропуск 2-х страниц текста)
>
> Вспышку боли во всем теле, и вспышку удивления, но не силе удара, а его одушевленной злости, непонятной жестокости. И вместе с этим толчком и болью я понял, что перелетел через траншею, а не завалился в нее, как ожидал. И эта боль, как удар электрического заряда, оживила меня. Я почувствовал, что <u>руками</u>, <u>ногами</u>, <u>животом</u> и <u>даже подбородком</u> стараюсь <u>зацепиться</u>, <u>втиснуться</u>, <u>удержаться</u> на жестком, <u>обжигающем</u>, беспощадно <u>рвущемся</u> из-под меня снежном насте.①

译文：
然而，常常也会陷入绝境，你以窘迫的姿势立于某处动弹不得，想不出翻越的法子。完全无从下手。

（小说此处留白两页）

浑身迸发出疼痛，同时迸发的还有诧异，但不是因为碰撞，而是碰撞带来的亢奋恨意，莫名的狂暴。这些碰撞和疼痛让我明白，自己越过了土沟，而不是如预想的那般，落入其中停住。这疼痛仿佛电击一般，让我振奋了起来。我感到<u>双手</u>、<u>双脚</u>、腹部甚至<u>下巴</u>都在竭力去<u>挂住</u>、<u>抠住</u>、<u>抓住</u>那些<u>坚硬的</u>、<u>滚烫的</u>、无情在我身下

---

① Искандер Ф. А., *Святое озеро*, Москва: Изд-во Проспект, 2013, стр. 8.

碎裂的雪壳。①

小说此处描写的是主人公在登山时陷入不得上也不得下的死角，最终跌落下来的情景。可以观察到文本在此处显现出异常的宏观结构特征，作家的留白手法十分显著。两页空白，以及空白前后段落在叙事逻辑上的断裂，迫使读者去补全其中发生的事件。此处的留白可以理解为空间和时间上的裂隙，既可以阐释为主人公跌落并一路下滑的距离，也可以阐释为人在遭遇极端危险时大脑中的瞬时空白。运用这种较夸张的留白手法，作者在字面下表现出惊惶和恐惧的情感潜文本含义。② 此外，片段中充盈着大量短小的句子结构，在最后一句中文本碎片化尤为明显，分隔出现的四个名词"双手、双脚、腹部甚至下巴"，三个动词"挂住、抠住、抓住"，三个形容词"坚硬的、滚烫的、碎裂的"，显著加强了惊惶的情感潜文本含义。

在此，可以进一步见证俄罗斯小说中潜文本构建手法的传承路径。伊斯坎德尔对经典的留白手法予以继承，并将之推进至一个新境界。对于严肃文学作品和现实主义小说而言，使用连续两页的空白作为修辞手法可谓标新立异。

以重复手法构建潜文本在伊斯坎德尔的小说中可以说非常多见。当重复的语言单位并不紧凑，甚至相当分散时，就形成了汉语文学中的照应现象，但这种照应是带有潜文本含义的，也就是潜文本框架现象。比如小说《长逝》（《Утраты》）中有如下片段：

Зенон кивнул в ответ, но не двинулся в его сторону. Поняв, что Зенон не собирается с ним разговаривать, старикашка многозначительно покачал головой, показывая, что такая задержка с вылетом никак не могла произойти во времена его общественной деятельности, и при этом он каким-то особенно противным подмигиванием студенистых глаз дал знать Зенону, что поощряет его

---

① ［俄］伊斯坎德尔：《圣湖》，文吉译，《芳草：文学杂志》2016年第2期。
② 胡谷明等：《阐释俄罗斯文学作品中潜文本现象的文本分析模型》，《俄罗斯文艺》2017年第3期。

сатирические возможности для наказания **виновных в задержке вылета**.

<…>

За ночь Зенон, забывая о нем, снова несколько раз проходил мимо него, и тот каждый раз гримасами, жестами, а также подмигиванием своих водянистых глаз настаивал на абсолютной необходимости со стороны Зенона покарать сатирическим пером **виновников задержки вылета**.

<…>

На заре самолет приземлился. Перед выходом на трап Зенон опять встретился взглядом с этим старикашкой, и тот не только своими подрагивающими студнями глаз напомнил ему о необходимости разоблачения **виновников задержки вылета**, но и жестом руки, сжимавшей пучок связанных палок, посоветовал ему быть потверже, не смягчать общую картину безобразия ложным благополучием приземления, потому что другого выхода у них просто не было, и взлетевший самолет им надо было, так или иначе, посадить.①

译文：
泽农点头作为回应，却没有朝他那边走去。明白泽农不打算同他交谈，老头意味深长地摇摇头，那意思是，在他活跃的社会时期，这样的航班延误绝不可能发生，与此同时还用那双凝胶眼睛传递出某种尤为让人厌恶的暗示，鼓励泽农用讽刺的手法去惩罚**飞机延误的罪魁祸首**。

……

夜里，泽农忘记了他的存在，又好几次经过他坐的地方。每一次老头都会龇牙咧嘴，手挥指戳，还有那暗淡双眸的眼色做出暗示，指示泽农绝对有必要用讽刺的笔法惩治**飞机延误的罪魁祸首**。

……

---

① Искандер Ф. А., Избранное, Москва: Советский писатель, 1988, стр. 407.

第五章 以文本分析阐释俄罗斯小说中的潜文本　　　　　187

　　黎明时分，飞机落地了。出舱走进舷梯之前，泽农的目光再次与那老头相会，后者不仅用自己颤动的凝胶眼睛提醒他，必须揭发**航班延误的罪魁祸首**，挂着那捆拐棍的双手也不闲着，用手势建议他更强硬一些，不要因为这假惺惺的平安着陆就美化丑恶的大局面，因为他们也别无选择，起飞的飞机横竖是要降落的。①

　　以上三个自然段分散在两页左右的篇幅中，描绘的是一个退休官员对飞机延误不满，一直暗示叙事人写文章揭发。其中"飞机延误的罪魁祸首"出现三次，虽跨度较大，但在阅读过程中，实际上起到提醒读者的作用，让讽刺的情感潜文本含义弥漫于两页的叙事当中。由此，一个运用离散重复手法构建道德典型潜文本框架便横亘作品中，使读者很难忽略其中的讽刺含义。

　　小说《长逝》中，运用重复手法表现讽刺情感含义的现象比比皆是，但作家偶尔笔锋一转，也会使用同样的手法表现完全别样的情感。比如：

　　Проклятый год! Он унес брата, маму, сестру. Зенон вдруг заплакал обильными, беззвучными, сладким отчаянием утоляющими душу слезами. Зенон почти никогда в жизни не плакал, а так —только в раннем детстве. Он никогда не думал, что жесткую корку жизни можно смягчить слезами. И теперь он **плакал за все** те времена, когда удерживался от слез, **плакал за всех** близких сразу, но волнами набегали **отдельные слезы** брату, **отдельные слезы** маме, **отдельные слезы** сестре и **отдельные слезы** собственной жизни.②

　　译文：
　　万恶的一年啊！它带走了哥哥，妈妈和姐姐。突如其来的泪水淹没了泽农，无声无息，以幸福的绝望抚慰着他的灵魂。除开幼童时期，泽农这一生几乎很少落泪。他从未想过，生命的硬壳会被泪

---

① ［俄］伊斯坎德尔：《长逝》，文吉译，《芳草：文学杂志》2019年第1期。
② Искандер Ф. А., Избранное, Москва: Советский писатель, 1988, стр. 422.

水所软化。此时此刻，**他的眼泪为所有那些曾经强忍泪水的时刻而流**，他的眼泪为所有的亲人而流，但如潮水般一波波涌来的泪水是**单独为哥哥而流，单独为妈妈而流，单独为姐姐而流，单独为自己的生命而流**。①

当前文本片段中出现两个重复的语言单位，"他的眼泪为……而流"以及"单独为……而流"，前者重复两次，后者重复四次。而且两个重复的语言单位之间还存在直接的逻辑联系和转折的语义联系。由此，伊斯坎德尔运用精妙的笔触，极为细腻地在字面之下构建起悲痛的情感潜文本含义，让该文本片段浸润在叙事人痛失亲人的情感当中，且呈现出情感超载的状态。

在文本中构建规约潜文本，其目的却不是传达规约信息，而是表现情感潜文本含义，这种表现手法在伊斯坎德尔的小说中十分常见。比如短篇小说《从瓦良格人到希腊人的路途》（《Путь из варяг в греки》）。首先，小说的题目就呈现为一个规约潜文本，它不仅互文了18世纪俄罗斯文学的经典作品《从彼得堡到莫斯科旅行记》（《Путешествие из Петербурга в Москву》），还互文了俄罗斯民族的历史。关于这种互文的意图所在，暂且留到对小说本身进行分析后再做评述。

小说《从瓦良格人到希腊人的路途》的前半段有如下情节：

> Как-то зимой я жил в горах у своего дяди, о котором я уже неоднократно писал и намерен писать еще. И вот однажды он поручил мне принести к ужину чайник вина. Надо было набрать его из кувшина, зарытого в землю недалеко от дядиного дома на старой усадьбе, где жил когда-то его брат. ②

译文：
某年冬天，我住在山上的叔叔家里，关于他我已经写了很多，且并不打算吝啬自己的笔墨。有一天，他指派我去为晚饭打一壶酒

---

① ［俄］伊斯坎德尔：《长逝》，文吉译，《芳草：文学杂志》2019年第1期。
② Искандер Ф. А., *Путь из варяга в греки*, Москва：Изд-во Время, 2008, стр. 505.

回来。酒要从酒坛里打，酒坛埋在地里，地在叔叔家不远处的老宅子里，老宅子里住着叔叔的兄弟。①

文本片段的第二句是一个结构复杂的复合句，分句之间呈现出一连串的主题——述题式的链条结构。该链条同时显现为蒙太奇手法的镜头切换，使读者在脑海中自行补全镜头之间的逻辑联系，以及主人公被叔叔支使的情景，进而表达自嘲的情感潜文本含义。

在小说的后半部分，作者集中运用文本碎片化的手段来构建情感潜文本。比如：

  Конечно, тогда мне было очень даже обидно. Но теперь, когда страсти улеглись (особенно, конечно, бушевал я), а мой подопечный, надо думать, протрезвел, я должен, как говорится на собраниях, сказать и о своих ошибках.
  Если бы я его тащил, ругая и давая время от времени подзатыльники, может быть, это послужило бы некоторым не слишком прочным, но все-таки мостком от меня к нему. Я же своей нудной добродетельностью каждый раз бестактно обозначал между нами границу: я, мол, трезвый, а он, мол, пьяный, я, мол, подымаю, а он, мол, валится, и так далее.②

译文：
  自然，当时的我颇为受辱。但时至今日，当激情（当然，尤其是我的盛怒）退却后，且被我监护过的那人，想必，已经清醒过后，我理所应当地，就像会场上所说的那样，进行自我批评。
  如果我一边拖着他走一边责骂，并时不时在后脑勺上给他来个两下子，那么也许，就可以在我和他之间搭起一条虽说不太坚固，但仍旧可以沟通的桥梁。但事实上，我利用自己对行善的渴望，每

---

① ［俄］伊斯坎德尔：《从瓦良格人到希腊人的路途》，文吉译，《芳草：文学杂志》2017年第4期。

② Искандер Ф. А., *Путь из варяга в греки*, Москва：Изд-во Время, 2008, стр. 508.

每不知深浅地划清我与他之间的界限：<u>我</u>，<u>清醒</u>，<u>而你</u>，<u>醉了</u>；<u>我</u>，<u>扶着你</u>，<u>而你</u>，<u>倚着我</u>，<u>如此等等</u>。①

该处描写的是主人公在冰冻的大街上搀扶一位醉汉却无端受辱，勃然大怒离他而去，之后冷静下来后进行反省的情节。

片段的开头和结尾运用了大量标点符号以及短小句子结构，碎片化的文本模仿了酒醉之人说话吞吞吐吐的样子，在字面下表现出尖锐的讽刺、自嘲的情感潜文本含义。同时片段中还包含一个规约潜文本："就像在会场上所说的那样，进行自我批评"这一句，在社会主义国家或前社会主义国家的读者中能够引起广泛共鸣，它映射的直观场景几乎人尽皆知。该规约潜文本在此处的运用并非传达规约信息，而是用以表现自嘲的情感含义。由此，文本碎片手法首先构建起带有讽刺、自嘲含义的情感潜文本，再由规约潜文本加强自嘲含义，使整个片段中的讽刺、自嘲含义变得更加尖锐，幽默效果更加明显。

在小说尾声，作者开始解释题目《从瓦良格人到希腊人的路途》的由来：

> Однажды ночью в ленинградской гостинице я прошел в бар и увидел несметное количество очень **пьяных блондинов**. Зрелище было страшное. Оказывается, огромное количество **пьяных блондинов** производит особенно жуткое впечатление. Казалось, что все эти люди не пьют, не заказывают напитки, не разговаривают, не танцуют, а **копошатся**. Фиолетовые финты **копошились** в мутном табачном воздухе бара.
>
> Потом я узнал, что в Финляндии сухой закон, и стало ясно, что пьянка эта своего рода скандинавский бунт: против закона своей страны они выезжали протестовать в соседнюю страну.
>
> Так что же я предлагаю? Не противопоставлять свободную пьянку сухому закону, а наметить дорогу от**сухого закона** к **сухому**

---

① ［俄］伊斯坎德尔：《从瓦良格人到希腊人的路途》，文吉译，《芳草：文学杂志》2017年第4期。

вину, как путь из варяг в греки.①

译文：
一天夜里在列宁格勒大饭店，我走进酒吧，看见无数酩酊**大醉的金发男子**。景象甚是骇人。原来，数不胜数的**金发男子**同时**大醉**会产生如此惊心动魄的观感。似乎，所有这些人<u>没有在喝酒</u>，<u>没有点饮品</u>，<u>没有交谈</u>，<u>没有跳舞</u>，<u>而是在**蠕动**</u>。一群淡紫色的芬兰人在烟雾缭绕的酒吧空气中**蠕动**。

后来我才得知，芬兰在施行禁酒令，这才明白，那奇特的醉态是斯堪的纳维亚式的暴动：他们为了反对自己国家的法律，跑到邻国来进行抗议。

那么我到底想表达什么？我并不是将饮酒自由与禁酒令做对比，而是画出一条从**禁酒**到**敬酒**的道路，就像从瓦良格人到希腊人的路途。②

首先，文本片段中同时运用了重复手法和文本碎片化手法。"大醉的金发男子""没有""蠕动"多次重复，以及"没有在喝酒，没有点饮品，没有交谈，没有跳舞，而是在蠕动"一连串的短小句子结构，传达出鲜明的讽刺情感潜文本含义。

其次，片段中还包含文字游戏的手法。"禁酒"和"敬酒"二词（原文为"сухой закон"和"сухое вино"）在词形、发音上都近似，语义却南辕北辙，表现出讽刺的情感潜文本含义。

最后，"从瓦良格人到希腊人的路途"是一个包含历史文化信息的规约潜文本。如前文所述，在形式上作者模仿了拉吉舍夫（Радищев А. Н.）的《从彼得堡到莫斯旅行记》，构成跨越两个世纪的互文效果，这种对经典作品的互文还在某种程度上产生了解构的意图，达成幽默的效果。与此同时，在古罗斯历史上"瓦良格人"指的是居住在斯堪的纳维亚半岛上的维京人，俄罗斯民族的第一个国家诺夫哥罗德公国就是

---

① Искандер Ф. А., *Путь из варяга в греки*, Москва: Изд-во Время, 2008, стр. 509.
② ［俄］伊斯坎德尔：《从瓦良格人到希腊人的路途》，文吉译，《芳草：文学杂志》2017 年第 4 期。

由从瑞典请来的维京人建立的；而"希腊人"则涉及俄罗斯与拜占庭帝国的悠久渊源，俄罗斯从"希腊人"那里得来了国教东正教、俄语的西里尔字母，在拜占庭灭亡后帝俄更是以"第三罗马"自居，并声称对君士坦丁堡拥有继承权。此外，由于瑞典施行禁酒令，而希腊自古以来盛产葡萄酒，因此作者以"瓦良格人"指代不喝酒的人，以"希腊人"指代好酒的人。作者以"从瓦良格人到希腊人的路途"比喻主人公从滴酒不沾的少年发展到无酒不欢的纯正俄国男人，运用信息极度浓缩的规约潜文本传达自嘲、讽刺的情感含义。

由此，文末的"从瓦良格人到希腊人的路途"与小说题目构成一个跨度颇大的潜文本框架，将整部小说囊括其中。如果将小说中其他包含自嘲、讽刺含义的潜文本算在内，那么整部小说的次层面上实际隐藏着带有自嘲、讽刺含义的恒常情感潜文本，使小说通篇萦绕着幽默的效果。

原则上可以认为，伊斯坎德尔的小说中广泛存在自嘲、讽刺的情感潜文本含义，有的呈现为恒常潜文本状态，有的则以离散状态存在。伊斯坎德尔的几乎所有作品中都充盈着幽默的创作手法，总是会出现对酒精的描写，以及酒席、宴会的场景，即便是《兔子与蟒蛇》之类的抨击性作品，或者《大性欲的小巨人》之类的幽默小说，还是《在乡间别墅》之类的纯谈话作品，都无一例外。①

以规约潜文本传达隐性的情感含义，是伊斯坎德尔独特的创作手法，是俄罗斯小说发展到特定阶段的产物。该创作手法的出现标志着俄罗斯小说中情感潜文本的构建手法，以及规约潜文本的构建手法已日臻成熟，要求发展出更新、更精妙的手法，以满足读者日益挑剔的审美需求。

三　佩列文小说中的潜文本及其阐释

本章中，我们先后论述了七位俄罗斯经典作家的作品。他们创作足迹从19世纪上半叶起始，一直延续至20世纪末，其创作手法和潜文本构建手法显现出传承关系，并随时代不断发展更新。

时至世纪之交，经历了苏联滞胀时期、国家解体以及西方思潮涌入

---

① 刘早：《高加索的山风——法济利·伊斯坎德尔论》，《江汉论坛》2017年第6期。

的俄罗斯新生代作家开始崭露头角。佩列文（1962—　）便是该群体中的佼佼者，一位充满争议的焦点作家。他生于莫斯科并在首都长大，中学读的是英语专科学校。1985 年，佩列文从莫斯科动力学院毕业，1989 年考入高尔基文学院，但未完成学业。作家坦承，文学院的学习未给予他任何东西。此间他先后在《神话》《科学与宗教》等杂志社工作，翻译了一些英美人类学著作，并接触了东方老庄玄学。①

1989 年佩列文发表了自己的处女作《巫师伊格纳特和人们》，1992 年出版第一本小说集《蓝灯》，该书于 1993 年获得小布克奖。1996 年，佩列文的长篇小说《夏伯阳与虚空》面世，引起评论界广泛关注，并将之称为俄罗斯第一部禅宗小说。1999 年，长篇小说《"百事"一代》出版，畅销全球并赢得一系列奖项。2007 年，长篇小说《t》获得巨著奖。2017 年，长篇小说《iPhuck 10》获得安德烈·别雷奖。

佩列文的小说是具有代表性的后现代主义作品，作品中不遗余力地消解经典，解构权威。这一点鲜明地表现在长篇小说《夏伯阳与虚空》中，小说中到处可见对富尔曼诺夫经典历史小说《夏伯阳》的戏仿。比如，他将苏联红军的英雄人物夏伯阳塑造为佛祖的一个化身；将富尔曼诺夫放进自己的小说，改写为一个阴险人物；在战争动员时，夏伯阳口中所说的话其实来源与《夏伯阳》的相同场景，只不过进行了剪切和拼接。

在佩列文的小说中搜寻潜文本现象时，尤其需要关注包含浓缩信息的专有名词，以及可能存在的互文信息。譬如，短篇小说《薇拉·巴甫洛夫娜的第九个梦》(《Девятый сон Веры Павловны》) 的开头：

Перестройка ворвалась в сортир на **Тимирязевском бульваре** одновременно с нескольких направлений. Клиенты стали дольше засиживаться в кабинках, оттягивая момент расставания с **осмелевшими газетными** обрывками, на каменных лицах толпящихся в маленьком кафельном холле педерастов весенним светом заиграло предчувствие долгожданной свободы, еще далекой, но уже несомненной, громче стали те части матерных монологов, где помимо

---

① 文吉：《佩列文的幻境》，《芳草：文学杂志》2014 年第 3 期。

господа Бога упоминались руководители партии и правительства, чаще стали перебои с водой и светом。①

译文：
改革同时从多个方向朝**季米里亚泽夫林荫道**上的公厕袭来。顾客们开始在卫生间内逗留更长时间，拖延着与**新锐报纸**的碎片分别的时刻。好男色者们聚集在小咖啡馆中，死气沉沉的脸上因为预感到期盼已久的自由而荡漾起春色，虽隔得还远，但能真切听到自言自语的骂娘中，除上帝以外关于党的领导干部和政府的那部分开始变得大声起来。停水和停电次数也逐渐增多。②

该文本片段中包含丰富的潜文本信息。"改革"指的是苏联末任领导人戈尔巴乔夫的改革，由于起步太晚且急于求成，积重难返的苏联模式因此崩溃。"季米里亚泽夫林荫道"位于莫斯科市中心，距离克里姆林宫不过千米之遥，此处暗指苏联权力的正中心。"新锐报纸"指的是舆论管控放开后，各类批评声音骤起的形势。

文本片段分为四个独立的镜头：在厕所隔间中阅读反对声音的顾客，街上蠢蠢欲动的好男色者，民众批评苏共和国家政权的声音，以及经济形势不稳导致民生得不到保障。作者将多个规约潜文本以蒙太奇手法集中堆砌，绘制了一副解体前莫斯科市中心的众生相。

小说《薇拉·巴甫洛夫娜的第九个梦》中还有情感潜文本和规约潜文本一同出现的现象。比如：

Посмотреть удалось не скоро, только через несколько месяцев, в те отвратительные ноябрьские дни, когда под ногами чавкает**не то** снег, **не то** вода, а в воздухе висит **не то** пар, **не то** туман, сквозь который просвечивают синева милицейских шапок

---

① Пелевин В. О., *Все рассказы*, Москва: Изд-во Агентство ФТМ, Лтд., 1991, стр. 34.

② ［俄］佩列文：《薇拉·巴甫洛夫娜的第九个梦》，文吉译，《芳草：文学杂志》2014年第5期。

и багровые кровоподтеки транспарантов.①

译文：
　　见证来得稍缓，几个月之后，在那糟糕透顶的十一月天里，脚下喳喳作响的**既非**雪，**也非**水，空气中弥漫的**既非**汽，**也非**雾，透过其中能看到警帽的青蓝和标语牌的斑驳血红。②

　　片段中出现了"既非……也非"的重复，传达出惊惶的情感潜文本含义。"糟糕透顶的十一月""青蓝的警帽""血迹斑驳的标语牌"构成了信息浓缩的规约潜文本，指的是1991年"八一九事件"之后，苏联动荡不安的政局和此起彼伏的游行抗议，此时距离国家解体仅剩一个月。
　　信息浓缩的各类名词遍布小说各处，构成一个个富含社会历史信息的规约潜文本。这种现象在小说后半部达到了荒谬的地步：

Где‐то вдалеке торчала из говна Останкинская телебашня, еще были видны похожие на острова крыши, а впереди медленно наплывала как бы несущаяся над водами красная звезда, когда Вера приблизилась к ней, ее нижние зубья уже погрузились. Вера ухватилась за холодное стеклянное ребро и остановила свой глобус. Рядом с его бортом на поверхности жижи покачивались две солдатские фуражки и сильно размокший синий галстук в мелкий белый горошек, судя по тому, что они почти не двигались, течение здесь было слабым.③

译文：
　　极远处的某个地方，奥斯坦基诺电视塔耸立在粪水表面，还可

---

① Пелевин В.О., *Все рассказы*, Москва：Изд‐во Агентство ФТМ，Лтд.，1991，стр.35.

② ［俄］佩列文：《薇拉·巴甫洛夫娜的第九个梦》，文吉译，《芳草：文学杂志》2014年第5期。

③ Пелевин В.О., *Все рассказы*, Москва：Изд‐во Агентство ФТМ，Лтд.，1991，стр.40.

看见一些形似小岛的楼顶。一颗红色五角星迎面缓缓而来，有如在水面疾驰，当薇拉接近它时，看到下方的尖齿已然没入水中。薇拉抓住它冰冷晶莹的棱边，让自己的地球仪停住。它一侧的水面上微微漂动着两顶军帽和一条被严重泡胀的蓝底白点领带，根据它们几乎静止的状态可以判断，此处的水流平缓。①

小说此处描写的是一个近乎魔幻的场景。滔天的粪水袭来，将整个国家和首都没入水底，薇拉勉强爬上一个漂浮的大地球仪逃生。片段中"红色五角星"指的是克里姆林宫塔顶上巨大的红宝石五角星。"两顶军帽和一条被严重泡胀的蓝底白点领带"指代的是苏联解体前的三位领导人。众所周知，戈尔巴乔夫常以一条蓝底缀白点的领带示人，这是他标志性的服饰之一。"两顶军帽"则指代主导"八一九事件"并软禁戈尔巴乔夫的苏联国防部长亚佐夫元帅（Язов Д. Т.）和克格勃主席克留奇科夫将军（Крючков В. А.）。两条规约潜文本共同传达出一条信息，即苏联作为一个国家已经终止其存在，一切的始作俑者也随之而去。

在小说的尾声，首次出现了以规约潜文本表达隐性情感含义的现象。

Над ее головой оставался кусок грустного вечернего неба в форме СССР (ее пальцы изо всех сил вжимались в южную границу), и этот знакомый силуэт, всю жизнь напоминавший чертеж бычьей туши со стены мясного отдела, вдрyг показался самым прекрасным из всего, что только можно себе представить, потому что кроме него не оставалось больше ничего вообще.②

译文：
她头顶上只剩下一块苏联形状的凄凉夜空（她的十指死死抠住

---

① ［俄］佩列文：《薇拉·巴甫洛夫娜的第九个梦》，文吉译，《芳草：文学杂志》2014 年第 5 期。

② Пелевин В. О., *Все рассказы*, Москва: Изд-во Агентство ФТМ, Лтд., 1991, стр. 42.

南方国境线），这圈让她始终觉得像是一副从肉联厂运出的牛胴体似的熟悉轮廓，突然表现为自己所能想象的最美丽的事物，因为除此之外便什么都没有了。①

　　文本片段描写的是薇拉赖以求生的大地球仪突然塌陷，她双手抓住边沿苦苦支撑的情景。片段中存在两个规约潜文本和一个情感潜文本。首先，原苏联的国土在地图上形似一头牛的侧面解剖图；其次，原苏联南方的多个加盟共和国在历史上离心力都比较强，"十指死死抠住南方国境线"实际在表达民众和政府对这种离心力的态度。在两个规约潜文本之后，薇拉从心底感叹，苏联国境线是"最美丽的事物，因为除此以外便什么都没有了"，传达出伤感的隐性情感含义。

　　可以看出，在佩列文的小说中，规约潜文本所包含的信息要大胆得多。时代变迁的痕迹不仅以潜文本的形式反映在文本中，还影响到潜文本传达信息的主观意愿和信息丰度。书报审查制度取消，当代的俄罗斯作家在构建规约潜文本时不再受"能不能"问题的限制，而只涉及作家本人的交际意愿。以佩列文为代表的俄罗斯后现代主义作家在解体后的 20 年内，将规约潜文本的运用推进至一个新领域。消解经典作品，解构权威形象，是其主要交际意图之一。

　　例如，在其小说集的同名短篇小说《蓝灯》（《Синий фонарь》）中，佩列文再次影射了苏联领导人。

　　　— Так, кто тут главный мертвец? Толстенко, ты? — На пороге стояла Антонина Васильевна в белом халате, а рядом с ней—зареванный Коля, тщательно прячущий взгляд под батареей в углу.
　　　— Главный мертвец, — с достоинством ответил Толстой, — в Москве на Красной площади. А чего это вы меня ночью

---

① ［俄］佩列文：《薇拉·巴甫洛夫娜的第九个梦》，文吉译，《芳草：文学杂志》2014 年第 5 期。

будите?①

译文：

"那么，谁是死人的头头？托尔斯泰，是你？"门边站着身穿白色长睡衣的安东妮娜·瓦西里耶夫娜，旁边是嚎啕大哭的戈利亚，一副小心警惕的样子站在角落的暖气片旁边。

"死人的头头，"托尔斯泰庄严地答道，"葬在莫斯科的红场之上。但您为什么半夜把我唤醒？"②

此处描写的情景是，叫托尔斯泰的男孩讲了一个关于大家都是死人的故事，吓哭了小男孩戈利亚，引来宿舍管理员过来查看情况。女宿管问的是谁是领头的坏孩子，作者则借小男孩托尔斯泰之口将问题转向社会历史方面，将"死人的头头"与红场上的列宁墓联系起来，借机解构权威人物。

在消解经典、解构权威时，佩列文有时会同时运用多种构建手法，将规约潜文本和情感潜文本压缩在较小的文本规模内，形成极高的信息密度和情感张力。比如，在小说《睡吧》中有如下片段：

И вот, уснув на одной из лекций, Никита попробовал рассказать анекдот в ответ — специально выбрал самый простой и короткий, про международный конкурс скрипачей в Париже. У него почти получилось, только в самом конце он сбился и заговорил о **мазуте Днепропетровска** вместо **маузера Дзержинского**. ③

译文：
于是，作为回应，在某堂课上入睡的尼基塔尝试着在睡梦中讲

---

① Пелевин В. О., *Все рассказы*, Москва：Изд－во Агентство ФТМ, Лтд., 1991, стр. 48.
② ［俄］佩列文：《蓝灯》，文吉译，《芳草：文学杂志》2013 年第 4 期。
③ Пелевин В. О., *Все рассказы*, Москва：Изд－во Агентство ФТМ, Лтд., 1991, стр. 8.

笑话——特地挑了最简短的，关于巴黎国际小提琴大赛的笑话。他几乎成功了，只是在结尾处出了错，将**捷尔任斯基的毛瑟枪**说成了**捷克司机的茅厕香**。①

片段中出现了带有浓缩信息的专有名词，以及以该专有名词为基础的文字游戏。捷尔任斯基是苏联早期的领导人，也是全俄肃反委员会"契卡"的创立者。作者借主人公之口将"捷尔任斯基的毛瑟枪"口误为"捷克司机的茅厕香"，以信息浓缩的手法传递规约信息，同时以文字游戏的手法表达讽刺的隐性情感含义，达成了解构权威人物，并营造幽默效果的交际意图。读者根据自身的信息储备去理解作者的交际意图，熟悉该历史阶段的读者可以同时发觉规约潜文本和情感潜文本的存在，不熟悉的读者也不会错过明显的文字游戏痕迹，领会其中讽刺含义带来的幽默效果。至于笑话本身如何，则显得不再重要。

可以观察到，佩列文小说中潜文本的构成比例与前几个世代的作家作品有明显不同。经典作家们的小说中一般以情感潜文本居多，规约潜文本或处于次要地位，或为构建隐性情感含义服务。而在佩列文的小说中，几乎难以见到传统手法构建的情感潜文本，取而代之的是大量的规约潜文本。造成这种现象既有客观上的原因，也有主观上的原因。

客观上，原有的书报审查制度不再存在，限制创作范围和什么能写什么不能写的系统消失了。作家们原则上取得了一切创作自由。主观上，当取得创作自由之后，当代俄罗斯作家得以表达脑中的任何思想，尤其是以往不得表达不敢表达的那部分。因此，在解体后的20年中，俄罗斯小说创作以一种"纠偏过正"和百花齐放的方式展现于读者眼前。反映在后现代主义小说中，便呈现为大量的互文、戏仿、消解、虚无化和解构。

由此，在挖掘、阐释佩列文的小说中的潜文本时，需要尤为注意突兀出现的专有名词。孤立的地理名称和人物姓名往往直接关联重大历史事件，或包含大量历史文化信息。除此以外，还需关注语义突兀且可疑的名词，如前文论述的"蓝底白点领带"。

---

① ［俄］佩列文：《睡吧》，文吉译，《芳草：文学杂志》2013年第2期。

四　伊里切夫斯基小说中的潜文本及其阐释

如果说之前我们分析的作家作品都是俄罗斯本土作家，那么接下来引入的这位新生代小说作者则算得上是半本土半侨民作家。

伊里切夫斯基（Иличевский А. В.）1970 年生于苏联的阿塞拜疆共和国，犹太裔。作家大学毕业时恰逢苏联解体，于 1991 年前往以色列与美国加利福尼亚，1998 年返回俄罗斯开始文学创作，2014 年再次回到以色列。他的长篇小说《马蒂斯》获俄罗斯布克奖，长篇小说《波斯人》获俄罗斯国家文学巨著奖。

作为 20 世纪 70 年代出生的一代人，伊里切夫斯基在世界观形成的阶段遭遇国家解体，又常年客居海外。其作品除了表现俄国历史和人物之外，故事情节却不限于俄罗斯的土地，常常横跨美洲、亚洲和欧洲，主人公常常来自世界各国，以欧美居多。其小说少了一分后现代的愤世嫉俗和玩世不恭，多了一分俄罗斯经典文学的沉稳和持重。因此，在伊里切夫斯基的小说中，可以见到传统情感潜文本构建手法的复兴，以及包含世界各国历史文化信息的规约潜文本。譬如，小说《白马》中，主人公带着奶奶去寻访曾祖父在美国的住宅时，作者同时构建了规约潜文本和情感潜文本。

> Я косился на нее и думал, что вот эта безотцовщина, глодавшая ее в детстве, передалась и моему отцу. <u>Дед</u>, <u>муж ее</u>, был убит на Втором Белорусском — далее все это перешло родовой травмой ко мне. Вдруг я почувствовал жалость — <u>к ней</u>, <u>к ее отцу</u>, <u>к его внуку</u>. И обида моя на моего собственного отца, занозившая когда-то мне какую-то неясную область сознания, стала отступать.①

译文：
我斜眼瞧她，心想，这种折磨了她整个童年的父爱缺失，也传递到了我父亲身上。<u>我的爷爷</u>，<u>她的丈夫</u>，战死在白俄罗斯第二方

---

① Иличевский А. В., *Собрание сочинений*, Москва：АСТ, 2012, стр. 163.

面军的前线——而后所有这些又通过新生儿产伤传给了我。猛然间我泛起一股惋惜——对她，对她的父亲，对她的孙子。意识中某个未知区域潜藏的，对我自己父亲的抱怨，开始消散。①

文本片段中，最引人注目的是多个短小的句子结构。"我的爷爷""她的丈夫""对她""对她的父亲""对她的孙子"在字面之下表现出忧伤的情感潜文本含义。此外，专有名词"白俄罗斯第二方面军"也十分醒目。它出现突兀，没有附带任何相关描述，是明显的规约潜文本。白俄罗斯第二方面军指的是二战中苏军西部的一支战略战役军团，组建于1944年2月，当时苏联已转入战略反攻，大面积国土陆续被收复，反法西斯战争的胜利指日可待。该规约潜文本要传达的是，主人公的爷爷是在胜利临近时战死的，表现出惋惜的情感潜文本含义。

由此，文本片段中首先存在以"惋惜"一词表达的显性语义；其次以规约潜文本表现惋惜的隐性情感含义，加强了情感；最后以文本碎片化手法表达出忧伤的隐性情感含义，使整个文本片段在显性层面和隐性层面上都弥漫着惋惜和忧伤的情感。

同时运用规约潜文本和情感潜文本构建隐性情感含义的现象在小说中时常出现，比如：

> **Помню** истории из ее детства, из крестьянской жизни, которой мне не удалось наблюдать нигде и никогда. **Помню про** куриные яйца в подоле, подобранные ею, девчонкой, на соломенной крыше, где несушка устроила кладку: Ариша забралась и с ними съехала вниз, перебила и в подоле успела донести до чугунка. **Помню про** то, как ребенком братья оставили ее после сенокоса на стогу, и она проплакала от страха полночи, глядя сверху на стаю волков, подобравшихся к стогу с полей, пока не примчался верхом старший брат и не отогнал волков выстрелами. **Про** то, как она улепетывала от племенного быка с кольцом в ноздрях, перелетев через ограду в два раза выше ее роста; **про** то,

---

① ［俄］伊里切夫斯基：《白马》，文吉译，《芳草：文学杂志》2017年第6期。

что в колхозные начальники попадали исключительно 《пьяницы и лентяи》, которые потом во время голода особенно лютовали при конфискациях. И **про** то, как умерли у нее на руках муж, мать и двое ее детей, **про** то, как умиравший свекор попросил сходить к одному из его сыновей, имевшему родство с председателем колхоза, попросить хлеба, а тот не дал, и она вернулась с пустыми руками, и свекор, увидев, что она ничего не принесла, не стал спрашивать, а только вздохнул — в последний раз.①

译文：

我记得她儿时的故事，她的乡下生活，那些我无法亲眼见证的日子和地方。我记得关于用裙摆收集鸡蛋的故事，小姑娘的她，茅草屋顶上，母鸡做窝的地方：阿琳娜爬上去，同鸡蛋一起滑下来，打碎了几个，裙摆里还剩下的几个放进铁罐里。我记得关于狼的故事，哥哥们割完草后把她放在草垛上，她吓得一直哭到半夜，看见一群狼从田野里逼近草垛，大哥骑马飞驰而来，连开数枪把狼驱走。关于鼻上套着铁环的种牛跃过有她两倍高的围栏，吓得她赶紧躲开。关于"醉鬼和懒汉们"偏偏当上了集体农庄的领导，在后来的饥荒时期尤为残暴地挨家没收充公。关于她的丈夫、母亲以及两个孩子如何在她怀中死去，关于濒死的公公让她去找他的儿子，因为后者与农庄主席有姻亲关系，要些面包来，不给，她空手而回，而公公，看到她两手空空后，没有问话，只是一叹——最后一口气。②

在当前文本片段中，作者使用了四种潜文本构建手法。首先，"记得"和"关于"在文中多次重复，表达出激昂的情感潜文本含义。其次，"小姑娘的她，茅草屋顶上，母鸡做窝的地方：阿琳娜爬上去，同鸡蛋一起滑下来，打碎了几个，裙摆里还剩下的几个放进铁罐里"同时呈现为碎片化的短小结构和蒙太奇手法的连续镜头，在字面下传达出欢

---

① Иличевский А. В., *Собрание сочинений*, Москва：ACT, 2012, стр. 163.
② ［俄］伊里切夫斯基：《白马》，文吉译，《芳草：文学杂志》2017 年第 6 期。

快的情感潜文本含义。最后，一连串碎片化的文本结构"要些面包来，不给，她空手而回，而公公，看到她两手空空后，没有问话，只是一叹——最后一口气"在片段结尾表现出忧伤的情感潜文本含义。此处的破折号也参与情感潜文本含义的构建，它标示出情感的焦点，并指引读者的注意力。

此外，"集体农庄""饥荒时期""没收充公"三个带有明显时代特征的语言单位共同构成规约潜文本。它们指的是20世纪30年代，苏联的农业集体化运动造成农民生产积极性下降，同时又强行征收粮食，有藏匿粮食行为的还会被没收财产。

四种潜文本构建手法，四个潜文本，在文本片段中共同作用，表达出超量的情感负荷。欢快的情感含义随着叙事进行转向忧伤的情感含义，激昂的情感含义链接以上两种含义，并随之转向负面的激昂，情感越发抑郁，语调越发低沉。

在伊里切夫斯基的另一部小说《狮门》中，潜文本的构成和分布则呈现出另一种状态。小说描述的是主人公在耶路撒冷城中寻找因精神失常而走失的兄弟，在一天一夜的搜寻中踏遍了城中所有的历史古迹，最终发现他要寻找的就是自己。因为耶路撒冷所具有的悠久历史，作者每提到一处地名，几乎都会带出大量规约信息。由此，规约潜文本遍布小说，并形成恒常潜文本的状态，占据主导地位。与此同时，多个情感潜文本表现出一致的含义，在全文篇幅上构成恒常情感潜文本，但它处于从属地位，为恒常规约潜文本所传达的情感含义做辅助和对比。

在小说《狮门》中，先后出现过贝特曷龙、迦南、塔里比奥、大马士革门、雅法门、大卫城塔、哭墙、圣墓教堂、客西马尼园、橄榄山、狮门、犹甸沙漠、汲沦谷、圣殿山、押沙龙陵墓、诸圣教堂、阿克萨清真寺、艾殿卡陵村、哈德良皇帝的拱门、埃塞俄比亚教堂共20个地名。一方面，作者在小说中提及这些地名时都是一笔带过，没有进行任何注解；另一方面，这些地名背后都携带有大量的规约信息。比如，哭墙是古犹太国第二圣殿仅存的遗址；圣墓教堂是基督教教义中埋葬耶稣的地方；阿克萨清真寺是伊斯兰教传说中先知穆罕默德登霄夜游的地点，等等。这些地名单个出现时，都表现为信息极度浓缩的规约潜文本。进一步地，读者以含有浓缩的历史文化信息为共同特征，可以识别出一个贯串全文的恒常潜文本，以及作者构建该恒常潜文本的交际意图：以饱含历史信息的地名为节点,用主人公的行进路线依次串起,在字面之下呈现出耶路撒冷城见证人类历史和苦难,饱经沧桑的形象,以及在岁月和历史的面前,人内心深处产生的安宁的隐性情感含义。

除此以外,小说中偶有出现的情感潜文本也表现出一致的含义,在整部作品内构建起恒常的情感潜文本。譬如:

> Мне всегда представлялось запредельное — потустороннее — существование вознесенным сомнением, разложенным им по неким воздухоносным ярусам, мосткам, островкам, подобным иерусалимским ландшафтным ступеням, террасам, площадкам, мостам, пролетающим над пропастями из одного склона ущелья в тоннель в другом.①

译文:
> 我始终感应到一种超越现实的——彼世的——存在,它源于浓稠的疑惑,弥漫于某个悬空层上,某座小桥上,某座小岛上,就如同耶路撒冷层层叠叠的阶梯,台地,**广场**,以及悬崖之上从一侧山坡飞架另一端,没入隧道的**桥梁**。②

该文本片段具有较明显的微观特征:语言单位"悬空层上""小桥上""小岛上""广场""悬崖之上""桥梁"共同形成尾韵押韵的语音效果,在阅读过程中表现出激昂和惊惶的情感潜文本含义。

小说中,伊里切夫斯基还运用重复手法构建潜文本。但作家的重复手法具有鲜明的个人特征,比如:

> Но когда **миновал** на подъеме колонный портик Церкви Всех Святых <...>
>
> <...>
>
> Я **миновал** переулок, шедший вдоль забора перед рядами не-

---

① Иличевский А. В., *Собрание сочинений*, Москва: АСТ, 2012, стр. 23.
② 笔者译。

высоких древних олив <...>

<...>

Я **миновал** патрульную машину и стал спускаться обратно к Львиным воротам.

<...>

Я **миновал** арку императора Адриана <...>①（Иличевский，2012：26-27）

译文：
但当我走过诸圣教堂的柱廊时……

……

我走过一条小径，它沿着几排古老的低矮橄榄树前的篱笆延伸……

……

我走过巡逻警车，下山朝狮门的方向返回。

……

我走过哈德良皇帝的拱门……②

传统的重复手法通常发生在相对较小的文本范围内，比如同一自然段或相邻的自然段中。而例子中"走过"重复出现在小说《狮门》结尾部分，平均每间隔一自然段出现一次。与传统手法相比，这种重复手法既扩展了重复单位之间的空间距离，稀释了隐性情感的浓度，同时又保证重复单位之间相对接近的位置关系，不至于破坏重复单位在读者思维中留下的暂时印象。由此，作者运用相对松散的重复手法在字面下构建起安宁的情感潜文本含义。

在运用传统的重复手法时，伊里切夫斯基也尝试创新。譬如：

Кома，**Кома**，бедный мой брат. Хорошо, мать уже не может волноваться о твоей пропаже. **Сыплет**，**сыплет** иней среди

---

① Иличевский А. В.，*Собрание сочинений*，Москва：АСТ，2012，стр. 26-27.

② 笔者译。

звезд в узких улочках **старого**, **старого** города, который всегда был полон человеческой надежды. <...>

<...>

Кома, **Кома**, где ты, родной идиот?①

译文：

团子，团子，我可怜的兄弟。好在你的失踪再不能让妈妈焦急忧愁。**散落**，**散落**，雪末从星辰间飘入窄窄的街巷，**古老**，**古老**的城市总是充满人类的希望。……

……

团子，团子，亲爱的傻瓜，你在哪里？②

　　在文本片段中，重复手法显现出新颖的特征。首先，重复的语言单位彼此紧贴，形成一对对的形态，中间除标点外没有其他的句子成分，比传统重复手法传达出更强的隐性情感。其次，重复的词汇分属不同类别，同时出现名词"团子"的重复，动词"散落"的重复和形容词"古老"的重复。最后，名词"团子"在第一段中重复两次，形成重复单位"团子，团子"，在间隔一个自然段之后，该重复单位再次出现重复，形成一个情感潜文本框架。由此，文本片段中先出现以重复手法构建的惊惶的情感潜文本含义，再以潜文本框架予以加强。

　　可以看出，在小说《狮门》中出现了前所未见的现象：同时存在恒常规约潜文本和恒常情感潜文本。恒常规约潜文本由遍布小说各处的，信息浓缩的地理名称共同构成。耶路撒冷城中各处地名都带有厚重的历史信息，作者借人类个体在历史面前的渺小，传达出安宁的情感含义。同时，多个传达惊惶含义的情感潜文本被主人公寻找兄弟的足迹串起，组成贯穿小说的恒常情感潜文本。但该恒常情感潜文本的惊惶含义是较稀疏的，被作者特意稀释的。

　　此外，恒常规约潜文本传达出的安宁含义，与恒常情感潜文本表现的惊惶含义是一对呈反义的人类情感。作者有意使规约潜文本的数量居

---

① Иличевский А. В., *Собрание сочинений*, Москва：АСТ, 2012, стр. 23.

② 笔者译。

于优势，并稀释情感潜文本的情感负荷，达到安宁含义压倒惊惶含义的效果。由此，小说的隐藏情节得以显现：惊惶的主人公最终在千年圣城的历史中得到安宁，读者也悟出，主人公真正要寻找的是他自己。

在伊里切夫斯基的小说中，可以见到俄罗斯经典文学作品中潜文本构建手法的回归和复兴。相对于佩列文、索罗金、托尔斯塔娅等人为代表的后现代主义小说，伊里切夫斯基的作品更注重对传统文学创作手法的继承，并在此基础上发展和精进。情感潜文本的构建手法，如重复手法，在伊里切夫斯基笔下演化得更精妙。规约潜文本的构建手法，如恒常规约潜文本，以及将恒常情感潜文本与恒常规约潜文本并列，在伊里切夫斯基作品中得以进一步发展。规约潜文本可以传达的含义范围，也不再限于不能明说、不愿多说的信息，或以前不能说现在任意说的信息，而是拓展至世界历史文化的范围。

小结

在本章中，我们依次审视了莱蒙托夫、果戈里、契诃夫、别雷、布尔加科夫、邦达列夫、伊斯坎德尔、佩列文、伊里切夫斯基共九位知名作家的小说作品，横跨19世纪、20世纪和21世纪初近两百年的时间跨度。

对以上九位作家的小说作品进行分析，解析其具体潜文本构建手法并阐释其含义后，可以发现一条十分明晰的发展和传承的脉络。俄罗斯小说中的潜文本自发源时代起，其构建手法和传达含义的种类便融入社会历史发展和文学发展的道路之中，忠实地反映世界图景的变迁，反映作家及其所代表的人群思维和观念的改变。

在19世纪上半叶莱蒙托夫的小说中，主要的潜文本构建方式是重复手法和文本碎片化的手法，表现讽刺、自嘲和慌乱三种情感潜文本含义，并开始出现以信息浓缩手法构建规约潜文本；在果戈里的小说中，主要的潜文本构建方式同样是重复手法和文本碎片化的手法，表现讽刺、自嘲、激昂的情感潜文本含义。19世纪下半叶，在契诃夫的小说中最常见的潜文本构建方式是重复手法、文本碎片化手法和蒙太奇手法，表现绝望、自嘲、负面评价、讽刺、慌乱五种情感潜文本含义。

时至20世纪上半叶，在别雷的小说中，情感潜文本含义的类型已经增至八种，分别为激昂、讽刺、犹豫、惊惶、负面评价、正面评价、自嘲、恐惧，构建手法也趋于多样化，包括重复手法、文本碎片化手法、特殊的标点符号用法、留白手法以及蒙太奇手法。此外，别雷的潜文本构建手法与果戈里作品之间存在明显的传承和互文关系。同一时期受别雷作品影响颇深的布尔加科夫的小说作品中，情感潜文本的构建手法主要有重复手法、文本碎片化手法、留白手法，表现不安、惊惶、讽刺、绝望的情感潜文本含义。与此同时，布尔加科夫小说中的规约潜文本数量显著增多，主要用于表现国家机关的行为。

20 世纪下半叶至今，俄罗斯民族经历了前所未见的世界秩序嬗变以及体系更替，其小说作品也表现出明显的潮流变化。前中期显现出中心化的主导潮流，后期则呈现去中心化的大趋势，其分水岭位于 20 世纪 80 年代至 90 年代初。社会主义现实主义的代表人物邦达列夫的小说作品中，文本碎片化手法、重复手法、蒙太奇手法是常见的情感潜文本构建手法，用以表现不安、紧张、惊惶、兴奋、激昂的情感含义。邦达列夫的小说中极少出现规约潜文本，这与其身份、地位直接相关，也与作家的生平、流派和创作意图直接相关。

俄罗斯魔幻现实主义文学的奠基人伊斯坎德尔的作品中，出现了所有经典的情感潜文本构建手法，如重复手法、文字游戏手法、留白手法、蒙太奇手法、文本碎片化手法，表现激昂、自嘲、讽刺、惊惶的情感含义。此外，伊斯坎德尔还较多运用无人称句手法和信息浓缩手法来构建规约潜文本，并以规约潜文本传达自嘲、讽刺的情感含义。伊斯坎德尔的特殊地位在于，他对传统的潜文本构建手法予以全盘继承，并精进技法，将之推进至一个全新境界。

解体后，俄罗斯小说中潜文本的创作手法出现过一个明显的异化时期，它与风靡十多年的去中心化潮流密切相关。在解构主义文学代表人物佩列文的小说中，规约潜文本可谓层出不穷，主要运用信息浓缩手法来影射知名人物和历史事件，进而达成其解构权威和经典的创作意图。情感潜文本也时有出现，但多处于次要地位，为规约潜文本服务，其表现的主要情感含义有惊惶、伤感等。时至今日，异化时期逐渐消退，俄罗斯小说的传统持续回归，经典的潜文本构建手法在新生代作家笔下得以复兴。在伊里切夫斯基的小说中，可见大量以文本碎片手法、重复手法、蒙太奇手法、特殊的标点符号用法构建的情感潜文本，以及信息浓缩手法构建的规约潜文本。虽然在伊里切夫斯基的小说中，规约潜文本在数量上与情感潜文本不相上下，但论作用和目的，其规约潜文本是为情感潜文本服务的。尤为值得一提的是，伊里切夫斯基进一步发展了重复手法，使其在新的文学世代中展现出全新的形态。

对以上九位作家作品进行分析的过程中，以及对可能包含潜文本的片段进行翻译（包括分析经典译文）的过程中，我们始终秉承着一个具体的目标：以提出的文本分析模型去搜寻可能存在的潜文本，以潜文本分类和构建手法理论还原作品中的潜文本外形，并在此基础上阐释其具体含义。

依照潜文本分类和构建手法理论，情感潜文本主要与文本的微观、宏观结构相关，规约潜文本主要与文本微观结构、文本作者、直观情景相关，潜文本框架和恒常潜文本主要与文本宏观结构相关。由此，在搜寻潜文本的过程中，我们以文本微观结构、文本作者和直观情景三个核心因素为主要切入点，以具体文本的微观、宏观结构特征寻找可能存在的情感潜文本；以文本作者因素与具体文本的关联，以及直观情景与具体社会文化环境的关联寻找可能存在的规约潜文本。在此基础上，依照文本分析因素之间的直接、间接联系，以及人的主观思维习惯，对流派、语体和体裁、文本读者（包括译者）这些外围因素进行分析，在理解潜文本的含义后，探索含义的传达和接受问题。

至此，本研究的实用性问题浮出水面，潜文本现象及其所携带含义在译文中的传达问题，以及普通读者的接受问题仍尚待解决。作为"模范读者"的译者在翻译过程中，如何表现原文中潜文本的存在，如何传达原作者的交际意图，如何使读者正确领会这种交际意图，将在下一章中进行分析论述。

第六章　俄罗斯小说中潜文本的翻译方法

在前文论述中,我们详细分析了俄罗斯小说中潜文本的发掘与阐释问题,同时也发现,源语和译入语在语言系统上的差别,以及源语文化和译入语文化的差异或多或少地会阻碍译者传达潜文本,妨碍译入语读者理解潜文本。在本章中,研究的重点将集中于潜文本在翻译中的再现问题。

第一节　潜文本翻译的伦理和原则

在论述潜文本翻译的原则之前,让我们回顾潜文本的定义和特性。潜文本是文本表层结构之下的,隐性表达特定情感信息或规约信息的,实现特定交际意图的信息实体。潜文本的特性是:客观上具有潜在性(或称隐含性),主观上具有开放性。可见,潜文本的核心属性在于"潜"字。潜文本是隐性表达的信息,潜在性是其主要特征,在翻译传达时仍应保留这种特征。其次,潜文本在主观上具有开放性,不同的信息储备、人生经历、阅读习惯和解读意愿会造成不同的潜文本阐释效果。

译者在翻译中如何对待潜文本的两种特性,采取何种翻译方法,实际上涉及翻译的伦理问题。翻译伦理,就是处理翻译过程中相关人群的相互关系所应遵循的道理和准则。[①] 本研究认为,译者在翻译潜文本时,应尽量保证作者交际意图的传达,再现潜文本的微观、宏观特征,并保证译文读者能够等同地领会作者的交际意图。

在处理与原作者的关系时,译者应对作者负责。在多数情况下,译

---

① 张春柏:《潜文本与文学翻译——从电影片名 Waterloo Bridge 的翻译说起》,《中国外语》2011 年第 2 期。

者不直接面对作者，而是面对其作品文本以及其中包含的交际意图。由此，译者对作者负责转变为对作品负责。译者必须全面理解作品，这其中既包括作者显性表述的文字，也包括作者没有明说的话。显性文本和潜文本都是作者的创作意图、交际意图所在，缺一不可。因此，译者在翻译中应当避免遗漏潜文本。

在处理与译文读者的关系时，译者应当尊重读者，相信读者。首先，译文读者享有和原文读者一样的"知情权"，他们理所应当有权知道原文中包含的所有信息，以及这种信息所处的状态和外观。因此译者在翻译潜文本时，不仅要采取适当方法和策略，保证译文读者可以接收到所有信息，还要尽可能再现潜文本特性和原有的外观特征。其次，译者应当充分相信读者，相信读者群体具有足够的能力、智慧和解读意愿，可以在阅读中通过自身努力解读出文中含有的潜文本及其含义。因此，译者不应过度阐释信息浓缩的规约潜文本，只在其隐藏得极深时为读者点亮一盏引路灯。

依照潜文本的特性以及潜文本的翻译伦理，在翻译俄罗斯小说中的潜文本时需要遵循三条基本原则：第一，潜文本不显译；第二，潜文本不漏译；第三，潜文本不过度解读。

一　潜文本不显译

关于潜文本如何处理，是用显性语言表达清楚，还是保留其隐性特征，翻译理论界存在争议。迈耶（H. Meyer）认为，在翻译外国文学中的"言外之意"时，应当将其表述清楚。但纽马克指出，译者在翻译潜文本时不应超出原文的字面，把潜文本推上表面，将潜文本变为显性的文本[1]。根据纽马克的观点，潜文本是作者的交际意图的组成部分，译者必须考虑到这一点，不可背离作者的交际意图。潜文本与文本的关系是隐性含义与显性意义的关系，译者不可将隐性含义转变为显性意义。

本研究赞同纽马克的观点，认为潜文本的翻译应当保留其原有特性。但纽马克的观点仍可进一步细化，具体到情感潜文本翻译和规约潜文本翻译两种场合，有相对不同的翻译策略选择。

---

[1] Newmark P., *A Textbook of Translation*, London: Prentice Hall, 1988, pp. 77-78.

在情感潜文本的翻译中，需要关注具体情感潜文本的构建手法。如果该情感潜文本是以重复手法、文本碎片化手法、蒙太奇手法、留白手法、特殊的标点符号用法、文字游戏和双关语手法构建的，则在译文中以同样的手法予以最大限度的还原。当情感潜文本是以特殊的微观、宏观结构构成时，在翻译中一般不用刻意关注潜文本不显译的原则，只需依葫芦画瓢即可。譬如，伊斯坎德尔的短篇小说《北方的金合欢》（《Мимоза на севере》）中有如下片段：

Мне показалось, что он намекает на одинаковую плодотворность обоих моих занятий. Почему-то всегда стыдновато называть свою профессию. Мир так **безумен**, что писатель в нем кажется неуместен, как звездочет в **сумасшедшем** доме. Кажется, назвав свою профессию, услышишь недоуменное: если вы писатель, почему мир так **безумен**? Если мир так **безумен**, зачем писатель?

Что тут ответить? Писательство —**безумная** попытка исправить **безумный** мир. Тут кто кого **перебезумит**. У меня лично более скромная задача — перевести мир из палаты **буйных** в палату тихих. А там посмотрим.①

译文：
　　我觉得他是在暗指，我干的两种活儿成效性都差不多。不知为何，我始终觉得自己的职业羞于启齿。世界这么**疯狂**，以至于作家一职显得不合时宜，就像**疯人院**中的占星家一般。似乎只要吐露自己的职业，便会听到不解的声音：如果您是作家，那么为什么世界如此**疯狂**？如果世界如此**疯狂**，那为什么还要当作家？

　　该怎么回答？写作——是尝试改变**疯狂**世界的**疯狂**举动。最终是谁让谁变得**疯狂**，不得而知。而我个人的目标则更加谦逊一些——将世界从**狂躁**病房转到非**狂躁**病房。走一步算一步。②

---

① Искандер Ф. А., *Козы и Шекспир*, Москва: Изд-во Время, 2007, стр. 124.
② ［俄］伊斯坎德尔：《北方的金合欢》，文吉译，《芳草：文学杂志》2017年第2期。

片段描写的是拉乌尔询问叙事人的职业时，叙事人的心理活动。可以看到，原文中多次重复使用了表示疯狂意义的"безумен"一词，以及与之语义相近的"сумасшедший"（疯子）和"буйный"（狂躁）。由此，原文表现出讽刺和自嘲的情感潜文本含义。在翻译时，应以同样的重复手法还原原文的微观结构特征，并借此传达隐含的情感潜文本含义。此处需要特别指出的是，在汉语文学中通常会避免在较短的篇幅内出现重复用词，但在翻译以重复手法构建的潜文本时，应当以等同地再现原文的功能，达成作者的交际意图为首要目标，可以暂时忽略这条言语规范。

又比如，在伊里切夫斯基的小说《白马》中，存在以留白手法构建的情感潜文本。

> Ариша сохранила относительную ясность ума до последних своих дней. Пока я летел к ней, начав пить еще на пересадке во Франкфурте, пытался накорябать в записной книжке все, что помнил из ее рассказов, слышанных мною в детстве. Не знаю, куда делись эти мои пьяные каракули.①

译文：
外婆阿琳娜维持了相对清晰的神智，直至她生命的最后几日。我飞过去送她，在法兰克福转机时，我边饮酒边尝试在笔记本中记下儿时她为我讲的故事。那些醉中书去了哪里，不得而知。②

文本片段中第一句和第二句中间存在一个特殊形式的留白手法：情节留白。第一句讲述的是外婆生前最后几日的情形，第二句讲述的则是叙事人坐飞机赶往外婆的居住地。二者之间明显缺少了对某些重要事件的描述。通过人类共同的情感我们可以感知到，缺少的这部分是外婆的离世。该潜文本的特殊之处在于，它没有在文本空间上使用可见的留白空间，而是在故事情节上故意漏掉极其重要的一环，让读者可以明显感

---

① Иличевский А. В., *Собрание сочинений*, Москва：ACT, 2012, стр. 167.
② ［俄］伊里切夫斯基：《白马》，文吉译，《芳草：文学杂志》2017年第6期。

觉到逻辑上的缺失，进而补全其中的信息。此外，第一句和第二句实际上还形成了一个短小的蒙太奇片段：画面一是外婆弥留的几日；画面二已是赶赴葬礼，在机场饮酒的叙事人。由此，原文运用情节上的留白和逻辑上的断裂营造出内心空洞、伤痛的情感。在翻译时，也应在汉语中还原出这种情节留白和逻辑断裂，而不应随意补足。一个"送"字隐约而模糊地点出叙事人此去的目的，又暗合中国读者意识中对殡葬习俗的描述，堪称点睛之译。

在少数情况下，由于语言系统之间的差异造成无法精确还原的，应参照原作者的交际意图，以对应的手法予以适当调整，其目的在于，使译文在译文读者的思维中达成相同或尽量相似的交际效果。尤其当原文中出现以双关语和文字游戏构建的潜文本时，这类情况便尤为突出。比如，前文中出现过小说《睡吧》中的例子：

Никита уставился на бутылку. Этикетка была такой же, как и на 《Особой московской》 внутреннего разлива, только надпись была сделана латинскими буквами и с белого поля глядела похожая на глаз эмблема 《Союзплодоимпорта》 — стилизованный земной шарик с крупными буквами 《СПИ》。①

译文：
尼基塔转而端详酒瓶。商标和内销型的"莫斯科特酿"一模一样，只是底色是白色，而且全是拉丁字母，乍看去像是一只眼睛的"睡莲进口公司酒吧"商标——一个象征手法绘制的地球外，加硕大的"睡吧"二字。②

此处的潜文本蕴含在名称缩写的文字游戏当中，且该缩写还是小说的题目，因此必须传达其中隐藏的信息。但由于俄语语言系统与汉语语言系统在拼写上的明显不匹配，此处只得做稍许变译。"Союзплодоим-

---

① Пелевин В. О., *Все рассказы*, Москва：Изд - во Агентство ФТМ, Лтд., 1991, стр. 12.

② ［俄］佩列文：《睡吧》，文吉译，《芳草：文学杂志》2013 年第 2 期。

порт"原意为苏联果蔬进口公司,变译为"睡莲进口公司酒吧",其缩写与"睡吧"吻合,同时"睡莲"的读音与苏联（Союз）相近,词义也与果蔬（плод）相近,最大限度保留了潜文本在原文中的特征。

针对规约潜文本的翻译,首先应分析其构建方式。如果规约潜文本是由不定人称句手法构建的,则应当以相应的句法结构予以表现;如果规约潜文本是由留白手法构建的,也应当以相应的文本宏观结构予以表现。译者在面对这两类情况时,采取的策略会稍有不同。

当规约潜文本是以信息浓缩手法构建时,则需要特别注意潜文本不显译的原则。考虑到译文读者群体的信息储备水平可能存在参差不齐的现象,一些译者在翻译俄罗斯小说时,将信息浓缩的规约潜文本在译文正文中直接展开,在原来的位置详细解释来由,或在规约潜文本后加括号注释。这种翻译策略无疑更改了原作者的交际意图,也改变了原文本的外观形态和美学特征。譬如,伊斯坎德尔的短篇小说《我的叔叔从不负人》（《Мой дядя самых честных правил》）,小说的标题取自普希金长篇诗体小说《叶甫盖尼·奥涅金》第一章的第一句,是对经典作品的互文引用,属于典型的以信息浓缩手法构建规约潜文本。然而小说除了标题是互文《叶甫盖尼·奥涅金》之外,正文部分的情节与普希金的长诗并无太多关联。在翻译时,首先要考量作者的交际意图。作者引用《叶甫盖尼·奥涅金》的诗句作为小说标题,实际上便将读者分为两类:读过《叶甫盖尼·奥涅金》的和未读过的。读过长诗的读者可能会察觉互文中包含的规约潜文本,做出相应的心理反应;未读过长诗的读者也能够读懂小说,不影响对全文的理解。因此在翻译过程中,此处的规约潜文本应采取如下处理方式:选取《叶甫盖尼·奥涅金》翻译质量最高、影响最广泛的中译本,即查良铮的译本,使用他对第一章第一句的翻译作为标题,即"我的叔叔从不负人"。采取这样的翻译策略,既可以保证该规约潜文本在译文中得以表现,也使该潜文本继续保留"潜在"的特征,与此同时还在某种程度上设置了提示,使读过《叶甫盖尼·奥涅金》译本的中国读者有机会察觉其中的规约潜文本,也不影响未读过译本的读者。

包含潜文本的文学作品犹如一座冰山,水面上可见的部分只占其体积的一小部分,水下部分需要读者自行领悟,也正是在这个领悟过程中,读者才能得到最大的美学享受。译者的责任是完整地、不多不少地再现冰山的水面部分，同时和原作意义让译入语读者感受到水下部分的存在，而不应试图将水下部分托出水面①。本研究认为，当潜文本含义的传达与潜文本的潜在性特征发生矛盾时，应当采取适当的方法和策略，一方面确保规约潜文本中含有的信息得以传达，另一方面也顺应作者的交际意图。可以采取的翻译方法有提示法、注释法。以上两种方法的具体操作将在本章第二节中详细论述。

二　潜文本不漏译

关于潜文本不漏译的原则，乍看上去似乎易于不显译的原则，但在实际的俄罗斯小说翻译实践中，不漏译潜文本是一个理想化的完美状况，是所有译者意图达到的目标。

作为单独的人类个体，原文作者具有独一无二的人生道路，这既包括其生活的时代、国家，所属的民族、社会阶层等客观因素，也包括作者的生活、学习、工作，与其他社会成员的关系等主观因素。以上所有造就了作者独有的、不可复制的语言能力和信息储备。译者作为另一个单独的人类个体，其语言能力和信息储备同样是独一无二的。在翻译某位具体作家的作品时，译者可以通过阅读、学术搜索、采风、走访等方式，尽量拓展自身的语言能力，尤其是信息储备，使之与作者的信息储备产生尽量大的交集，进而揣摩并理解作者在某个阶段的心理状态和创作意图。以理解作者为基础，译者尽可能地去理解文本，挖掘其中可能存在的潜文本现象。

原则上而言，理解一位作者生涯中所有的作品，并找出其中包含的所有潜文本是不可能的。因为客观上，译者无法将自己的信息储备扩充到与作者信息储备完全吻合的地步。时代、地点、事件等诸多不可再现的条件，以及人脑神经结构、思维方式和记忆容量等生理限制，会阻止信息储备完全吻合的达成。

相对地，通过仔细研究作者某一时期的生活状态、创作状态和心理状态，进而研究其当前时期内创作的一部或几部作品，找出其中所有存在的潜文本并加以阐释，是可能且可行的。

---

① 张春柏：《潜文本与文学翻译——从电影片名 Waterloo Bridge 的翻译说起》，《中国外语》2011年第2期。

要达到某一部作品中的潜文本不漏译，译者需要充分展现"模范读者"的能力，运用文本分析模型对具体的小说文本进行分析。首先，反复多次细读原文本，找出其中具有显著外观特征的微观结构和宏观结构；其次，仔细研究小说作者的生平履历、身份信息，以及他所处时代和社会的特点，找寻作者与文本之间可能存在的联系；再次，在多次细读中需要留意作品中可疑的实词和直观情景，找寻他们与作者可能存在的关联。最后，揣摩原作者的交际意图。

最后也是最容易被忽略的一点，是将译文的初稿放置一段时间，待翻译的思路慢慢沉淀之后，再重新审阅原文和译稿，搜寻可能存在的漏译、错译的潜文本。沉淀环节可反复多次进行，放置和审视的次数越多，越能减少潜文本漏译的概率。

三 潜文本不过度解读

在翻译潜文本时，时常会碰到一种棘手的情况，即无法确定某个潜文本想要表达的确切含义。这种现象与潜文本的属性有关，在某些情况下，也与作者特定的交际意图相关。

客观上，潜文本具有潜在性。潜文本所包含的隐性信息是不易察觉的，需要读者耗费脑力去理解。当潜文本构建的手法足够复杂时，或潜文本带有的隐性信息足够宽泛时，理解潜文本并确定其具体含义会变得十分困难。从主观上而言，作者在构建某个具体潜文本时，其原本意图就是不愿被轻易读懂，乃至不愿被读懂。因此，在极端情况下，某些潜文本天生具有不确定性和不可解读性。

在实际的小说翻译实践中，当遇见含义不明确，生涩难懂的潜文本现象时，译者应首先寻找含义不确定的原因。如果含义的不确定性是由潜文本的复杂构建手法引起的时候，译者应以相应的构建手法在译文中反映出该潜文本的复杂性。如果含义的不确定性是因为潜文本所包含的信息过于宽泛，应以适当的翻译策略表现出隐性信息可能涵盖的范围。如果潜文本含义的不确定性是作者刻意为之，是作者的交际意图所在，则应在译文中忠实地表现出这种不确定性。譬如，伊斯坎德尔短篇小说《我的叔叔从不负人》中有如下片段：

> Я бы не сказал, что он страдал манией величия, но, проходя

мимо памятника в городском сквере, он испытывал некоторое возбуждение и, кивая на памятник, говорил:《Это я》. То же самое повторял, увидев портрет человека, поданный крупным планом в газете или журнале. Ради справедливости надо сказать, что он за себя принимал любое изображение мужчины в крупном плане. Но так как в этом виде почти всегда изображался **один и тот же человек**, это могло быть понято как некоторым образом враждебный намек, опасное направление мыслей и вообще дискредитация. Бабушка пыталась отучить его от этой привычки, но ничего не получалось.①

译文：

我本不想说他是个自大狂，然而，当路过街心花园里的雕像时，他总会感受到某种鼓舞，向雕像点点头说："这是我"。当看见报纸或杂志上某人的特写照片时，他也会重复同样的话。为公平起见需要指出的是，他将任何男性的特写都当成是自己。但正因为如此，**那个人的形象便总会出现**，这可能被理解为某种敌对的暗示，危险思想的苗头，或者对威信的损害。奶奶试图让他戒除这个习惯，但都是徒劳。②

文本片段描写的是患有精神病的叔叔总将雕像或者照片上的人当成自己，因此总将"那个人"也当成自己。联系小说所描述的时代以及该直观场景，可以认为"那个人"是暗指苏联国家体系中某个位高权重的人，此处是一个信息浓缩的规约潜文本。但具体是哪一个人，作者没有指明，上下文也没有线索，可以基本断定是作者有意为之。在翻译时，应当保留该规约潜文本的不确定性。如果译者根据自身经验将"那个人"明确为具体的某位苏联领导人，便会构成过度解读，不仅缩小潜

---

① Искандер Ф.А.，*Малое собрание соченений*，Москва：Изд-во АЗБУКА，2014，стр.102.

② ［俄］伊斯坎德尔：《我的叔叔从不负人》，文吉译，《芳草：文学杂志》2018年第3期。

文本的含义范围，也剥夺了该潜文本的不确定性给读者带去的自由解读的权力。

同样的例子在《我的叔叔从不负人》中多次出现，例如：

— Нельзя, нельзя, **комиссия**, — грозно говорила бабушка, тыкая пальцем в портрет и отлучая дядю от него, как **нечистую силу**.

— Я, я, я, — отвечал ей дядя радостно, постукивая твердым ногтем по тому же портрету. Он ничего не понимал.

Я тоже ничего не понимал, и опасения взрослых мне казались просто глупыми.

Комиссии дядя действительно боялся. Дело в том, что соседи, исключительно из человеколюбия, время от времени писали анонимные доносы. Одни из них указывали, что дядя незаконно проживает в нашем доме и что он должен жить в сумасшедшем доме, как и все нормальные сумасшедшие. Другие писали, что он целый день работает и надо проверить, нет ли здесь тайной эксплуатации человека человеком.①

译文：

"不行，不行，**委员会**，"奶奶严厉地说，一边用手指在相片上比划一边驱赶叔叔，就像在赶**妖魔鬼怪**。

"我，我，我，"叔叔愉悦地回应她，用坚硬的指甲在那副照片上轻敲。他什么都不明白。

我也什么都不明白，大人们的顾虑在我看来只是愚蠢。

叔叔确实害怕**委员会**。问题在于，博爱之心泛滥的邻居们会时不时写匿名的告密信。其中一些指出，叔叔住在我们家是非法的，应当住在疯人院，如同其他所有正常的疯子一样。另一些则写道，

---

① Искандер Ф. А., *Малое собрание сочинений*, Москва: Изд - во АЗБУКА, 2014, стр. 102.

他整日劳作，需要检查这其中是否潜在有人剥削人的情况。①

该文本片段是紧接上文例子的两个自然段，描写的是奶奶不允许叔叔模仿"那个人"。片段中再次出现了信息浓缩的规约潜文本，同时还出现了语焉不详的情况。"委员会"指的是"那个人"所在的委员会，还是评估叔叔精神状态的医生委员会，作者故意没有指明。此外，奶奶驱赶的"妖魔鬼怪"指的是叔叔，还是"委员会"，还是"那个人"的形象，作者同样惜字如金。在翻译时，应当再现原文形式上的简略以及含义上的不确定性。如果译者根据上下文，自行将此处的"委员会"扩充为医生委员会，则会构成过度解读，违背作者原本的交际意图，同时使读者失去联想的空间。

由此，在翻译含义不确定的潜文本时，译者不应过度发挥自身主观能动性，主动在译文中确定其含义范围，或将可以自由解读的潜文本含义翻译为某种确定的含义。一千人心中有一千个哈姆雷特，译者应当尊重原作者的意图，尽量再现小说原文的美学特征，同时尊重读者自由解读的权力，充分相信读者的解读意愿和能力。

第二节 潜文本翻译的方法和策略

在明确潜文本翻译的三条基本原则后，可以进一步探索潜文本翻译的具体方法，以及在遭遇翻译困难时采取的翻译策略。

潜文本的翻译方法与潜文本的构建方式密切相关。在俄罗斯小说中遭遇具体潜文本时，厘清其构建手法是翻译过程的重中之重。由于情感潜文本与规约潜文本的构建方式存在明显差异，因此我们将分别论述二者的翻译方法。

一 情感潜文本的翻译方法

对19世纪至当代的经典小说作品中的潜文本现象进行分析阐释后，我们对俄罗斯小说中的潜文本构建手法已经十分熟悉。六种构建手法包

---

① ［俄］伊斯坎德尔：《我的叔叔从不负人》，文吉译，《芳草：文学杂志》2018年第3期。

括：重复手法、文本碎片化手法、蒙太奇手法、特殊的标点符号用法、留白手法以及文字游戏手法。其中，在翻译前五种手法构建的情感潜文本时，需要密切关注文本的微观结构和宏观结构。翻译由双关语、文字游戏手法构建的情感潜文本时，不仅要关注文本微观结构，还需要同时顾及词汇的显性语义、潜文本含义以及作者的交际意图，在四者间取舍平衡。

（一）与文本微观、宏观结构相关的情感潜文本的翻译方法

在翻译情感潜文本时，如果该潜文本是由重复手法、文本碎片化手法、蒙太奇手法、特殊的标点符号用法或留白手法构建而成的，那么在遵守译入语语言规则和言语规范的条件下，应当尽量还原潜文本在原文中的微观形态和宏观形态。

在翻译以重复手法构建的情感潜文本时，应在译文中表现出原文中词汇或语言单位的重复现象。在遵守译入语语言规则和言语规范的条件下，原则上还应保留重复的次数，以及重复的频率和节奏感。

譬如，伊斯坎德尔的小说《长逝》（《Утраты》）中有这样的片段：

> Кроме всего этого, Зенон чувствовал, что все-таки испытывает еще и любопытство к самому веществу **пошлости**, заключенному в этом человеке. Он хотел понять при помощи какого мотора действует человек, отказавшийся от мотора нравственности. Ведь должен все-таки находиться какой-то двигатель и внутри **пошлости**?
>
> Увы, с годами Зенон убедился, что двигатель **пошлости** — сама **пошлость**. Но тогда, пытаясь кое-что выведать у этого старикашки, он направлял беседу с ним на времена, когда тот еще не был такой развалиной, а, напротив, был новенькой, черноморской крепостцой усатого кумира, новенькой, хотя и халтурно сколоченной, как потом выяснилось.[①]

[①] Искандер Ф. А., *Избранное*, Москва: Советский писатель, 1988, стр. 406.

译文：

　　将所有这些除开在外，泽农觉得自己对这个人内在的**粗鄙**仍旧抱有些许好奇。他想弄清楚，当一个人拒绝了道德动力后，是什么引擎在驱动这个个体。毕竟，**粗鄙**下流内部也必定存在某种推动力？

　　可惜的是，多年后泽农才确认，**粗鄙**的推动力——便是**粗鄙**本身。每当想从老头口中套出些话的时候，他总会将话题扯回以往，那些他还未变得如此憔悴的时光。与现在相反，那时的他是位留小胡子的偶像，新官上任，就像黑海岸边的一座小堡垒，新墙新瓦，虽说不过是胡乱垒砌而成的，就像后来显现的那样。①

　　当前文本片段中重复的语言单位只有一个，即"пошлость"（粗鄙）。它在相对紧凑的篇幅中连续出现四次，表达出讽刺的情感潜文本含义。"粗鄙"是一个实词，在实际翻译操作中的处理较为容易，直接在译文中再现原文的微观结构，将"粗鄙"重复四次，便可表现出程度相同的讽刺含义。如前文所述，汉语中通常避免在较短小的篇幅内重复使用相同的字词，然而这一不成文的言语规范实际上是针对无潜文本交际任务的文本。当需要以重复手段在文本下面构建潜文本时，该言语规范便与交际任务相悖，应以完成交际任务为准。

　　当文本中同时出现多个重复的语言单位时，情况则稍微复杂一些，但翻译操作的原理基本相同。譬如，伊斯坎德尔的小说《开始》中有如下片段：

　　　　Когда экзаменатор или, скажем, начальник <u>кивает</u> тебе головой в знак согласия с тем, что ты ему говоришь, <u>так уж</u>, <u>будь добр</u>, <u>валяй дальше</u>, <u>а не возвращайся к сказанному</u>, потому что ты этим самым ставишь его в какое-то не вполне красивое положение.

　　　　Получается, что экзаменатору первый раз и не **надо было** кивать головой, а **надо было** дождаться, пока ты уточнишь то, что

---

① ［俄］伊斯坎德尔：《长逝》，文吉译，《芳草：文学杂志》2019年第1期。

сам же высказал. Так ведь не всегда уточняешь. Некоторые **могли даже подумать**, что, **кивнув** в первый раз, экзаменатор или начальник не подозревали, что эту же мысль можно еще точнее передать, или **даже могли подумать**, что в этом есть какая-то беспринципность: мол, и там **кивает** и тут **кивает**.①

译文：
当考官，或者说领导，对你点头表示认可你所说的话时，那么后面的，你可行行好，索性敷衍了事吧，而不是转头接着说，因为这样的话你会使他陷入一个极其尴尬的处境。

事情便成了这个样子，考官在第一次并不应该点头，而应该等你表述清楚，叙述完整。要知道你并不是每次都能表达清楚的。有些人**甚至会觉得**，考官或者领导第一次点头时，可没料到我其实还能表述得更为清楚，**更有甚者会觉得**，考官毫无原则性，心想：这你也点头，那你也点头。②

文本片段中重复的语言单位有三个：第一个是"кивать（кивнуть）"（点头），共重复五次；第二个是"надо быть"（应该），重复两次；第三个是"могли даже подумать（даже могли подумать）"（甚至会觉得），重复两次。作者运用三个语言单位的重复，在字面下表达出讽刺的情感含义。同时片段开头的碎片化结构也加深了讽刺意味。

在翻译时，动词"点头"在各个句子中的重复，以及在句子中的相对位置不变，不违反汉语的言语规范，同时重复的次数保持一致。两个"应该"的相对位置和重复次数也保持不变。"有些人甚至会觉得"与"更有甚者会觉得"形成重复，并在表述上进行了微调，符合"могли даже подумать"与"даже могли подумать"间的微小变化，并且更符合汉语的表述习惯。

---

① Искандер Ф. А., *Малое собрание сочинений*, Москва: Изд-во АЗБУКА, 2014, стр. 14.

② ［俄］伊斯坎德尔：《开始》，文吉译，《芳草：文学杂志》2015 年第 5 期。

当潜文本中重复的语言单位是名词、动词等实词时，翻译的难度主要在安排重复单位的相对位置，或在遵守汉语言语规范的条件下再现原文的微观结构特征。当潜文本中重复的是虚词或者词语的语音时，情况则更加复杂。譬如，伊里切夫斯基的《狮门》中的片段：

Последние годы я понял, что всегда мог жить только у мор<u>я</u>. Мне нравится испытывать ощущение пребывания на краю мир<u>а</u>; думаю, пространство после смерти — это пляж, бесконечн<u>ая</u>, незамкнут<u>ая</u> полос<u>а</u> мокрого песка под неприступными скалами и лезвие несбыточного горизонт<u>а</u>, на котором никогда не встретишь ни парус<u>а</u>, ни скрепки танкер<u>а</u> или сухогруз<u>а</u>.①

译文：
近几年来我认识到，自己只能在海滨安<u>家</u>。我喜爱这种感觉，身处海角天<u>涯</u>；我觉得，死后的世界——是一片海<u>滩</u>，无边无<u>涯</u>，绵延不绝的湿润海<u>沙</u>，高不可攀的悬<u>崖</u>，以及一条遥不可及的地平线，永远见不到舟一叶，帆一<u>挂</u>。②

在文本片段中，重复的语言单位是多个词汇的词尾：以-а 和-я 读音结尾的单词一共出现 14 次，且都位于分句的结尾。词尾重复的语音特点，配合碎片化的文本，在字面下构建起一种雅致、神往的情感含义。由此，整个片段具有了诗歌的韵律和美学特征，呈现出小说作品向诗歌倾斜的现象。

在翻译时，将"安家""天涯""无涯""海沙""悬崖""一挂"六个同以韵母 a 结尾的词语置于分句结尾，尽量保持句尾押韵的语音效果。由于俄汉语言系统的差异，无法在保证语义传达、句型相似、句尾押韵的同时，还达到 14 次词尾读音重复，但仍较成功地传达了原文片段的美学特征，以及字面下埋藏的情感潜文本。在这种情况下，翻译最

---

① Иличевский А. В., *Собрание сочинений*, Москва: АСТ, 2012, стр. 24.
② 笔者译。

大的难点在于选词。丰富的词汇储备、较高的语言能力和文学修养有助于译者更快更好地找到匹配的词语。

在翻译以文本碎片化手法或蒙太奇手法构建的情感潜文本时，应在译文中表现出原文中碎裂的句子微观结构，表现出蒙太奇式的镜头切换感。比如伊斯坎德尔小说《山羊与莎士比亚》中的片段：

  Но вот наконец козы, загнанные в загон, угомонились. <u>Ночь</u>. <u>Тишина</u>. Взбрякнет колоколец сонной козы, и вновь тишина. Передохнем и мы.①

  译文：
  最终，被赶进羊圈的羊群，安静下来。<u>夜</u>。<u>静</u>。睡梦中，某只山羊脖子上的铃铛当啷一声，再度寂静。我们也歇息了。②

片段中的"Ночь."和"Тишина."两个单部句是文本碎片化的极致，既表现出文本碎片化的特征，又表现出蒙太奇手法的特征。同时，整个段落都显现为碎片化的微观结构。

在翻译时，同样应当以最小的语言单位传达，译为"夜。静。"，在发音上达到最短、最轻的效果。再将段落的其他部分用短小的句子结构译出，等同地传达出安宁、闲适的情感含义。

当文本碎片是俄语中常用的插入结构时，情况再次变得复杂。还是以本节中小说《开始》的片段为例：

  <...>начальник кивает тебе головой в знак согласия с тем, что ты ему говоришь, <u>так уж</u>, <u>будь добр</u>, <u>валяй дальше</u>, а не возвращайся к сказанному, потому что ты этим самым ставишь его в какое-то не вполне красивое положение.③

---

① Искандер Ф. А., *Козы и Шекспир*, Москва：Изд-во Время, 2007, стр. 25.
② ［俄］伊斯坎德尔：《山羊与莎士比亚》，文吉译，《芳草：文学杂志》2017 年第 5 期。
③ Искандер Ф. А., *Малое собрание сочинений*, Москва：Изд-во АЗБУКА, 2014, стр. 14.

译文：

……当考官，或者说领导，对你点头表示认可你所说的话时，那么后面的，你可行行好，索性敷衍了事吧，而不是转头接着说，因为这样的话你会使他陷入一个极其尴尬的处境。①

句子中出现了一个常见的插入结构"будь добр"，将"так уж валяй дальше"拦腰截断，形成十分醒目的碎片化结构。在翻译时，如果直接译为"索性，你行行好，后面的敷衍了事吧"显然不符合汉语的语言规则。此时的首要任务，是在译文中以相应的文本碎片化手法传达讽刺的情感含义，因而需要调整原文的语序，译为"那么后面的，你可行行好，索性敷衍了事吧"，使之符合汉语的表达习惯。

在这类情况中，当传达潜文本的任务与其他任务相冲突时，译者应当审视原作者的主要交际意图。如果借潜文本表现隐性情感是作者的主要意图，则可以适当调整、变译原文。

在翻译以特殊的标点符号用法构建的情感潜文本时，如果潜文本是单独以标点符号构建的，则应在译文中再现该标点符号用法。在俄罗斯小说中，特殊的标点符号用法往往与文本碎片化手法相结合，有时也参与留白手法，或出现在图示化的特殊文本布局中。在不违背汉语标点符号使用规则的情况下，也应在译文中予以再现。

在翻译以留白手法构建的情感潜文本时，应在译文中表现出原文中留白的宏观结构。值得一提的是，由于译者不直接参与译文或译著的后期编辑、出版工作，因此应当在留白处标注出原文留白的篇幅，并在后期工作中积极与编辑、出版人士沟通，以免误将留白部分略去，或将译者的标注留在正式出版的译文留白处。

（二）以双关、文字游戏构建的情感潜文本的翻译方法

当情感潜文本是由双关语或文字游戏手法构成时，情况则要复杂得多。翻译双关语和文字游戏时，需要在文本微观结构、双关语的显性语义、其潜文本含义以及作者的交际意图之间找到平衡点，必要时还要有所取舍。

俄语属于印欧语系中的斯拉夫语族，是屈折语，词汇会随着人称、

---

① ［俄］伊斯坎德尔：《开始》，文吉译，《芳草：文学杂志》2015 年第 5 期。

时态、格的变化发生复杂的形态变化；而汉语属于汉藏语系中的汉语语族，是孤立语，每个字都具有独立的意义。两种语言之间的巨大差异使得汉俄语中很少出现对应的双关语。在大多数情况下，对俄罗斯小说中的双关语、文字游戏进行翻译时，译者只能部分还原原文在发音、语义和潜在含义之间的精妙关系。

就语用和交际意图而言，双关语和文字游戏一般用于构建潜文本，表现讽刺、幽默的情感含义。换言之，双关语和文字游戏的核心在于其传达的隐性情感。因此在翻译时，传达情感含义、保证作者交际意图的实现是译者的首要任务。在保证首要任务完成的前提下，再谋求语音、外观和显性语义的最大程度吻合。

俄罗斯小说中双关语和文字游戏一般分为谐音形近双关、语义双关两类。谐音形近双关是指发音相近或相同，词形相近的词汇组成的双关。譬如，本研究开头提到的小丑的例子：

Я читал Шекспира. Сэр Джон Фальстаф баронет и королевские шуты надолго и даже навсегда стали моими любимыми героями. Один шут сказал придворному, наградившему его монетой:

— Сударь, не будет **двоедушием**, если вы **удвоите** свое **великодушие**!

Мне эта фраза казалась пределом остроумия, доступного человеку.①

译文：

在品读莎士比亚时，约翰·福斯塔夫爵士以及那些宫廷小丑是我长久以来，甚至是这辈子最喜爱的角色。有一个小丑对赏赐给他一枚钱币的朝臣说道：

"老爷，您**大方**些再赏一个子，也不会**大放血**的！"

在我看来，这句话是人类**机智**可以达到的**极致**。②

---

① Искандер Ф.А.，*Малое собрание сочинений*，Москва：Изд - во АЗБУКА，2014，стр. 22.

② ［俄］伊斯坎德尔：《开始》，文吉译，《芳草：文学杂志》2015 年第 5 期。

文本片段中，двоедушие，удвоить 和 великодушие 三个单词在词形和读音上相近，并且三个单词还有一个不等式关系：великодушие 乘以 удвоить 不等于 двоедушие。这种精妙而多层次的双关文字游戏，难以在汉语中找到与之对应的词汇。在这种情况下，应当首先保证双关语中的讽刺情感含义得到表现。取 великодушие 的显性语义"大方"，再在汉语中找到谐音词汇"大放血"，由此在译文中构成带有相同讽刺含义的潜文本。

可以注意到，虽然译文中的文字游戏也表现出讽刺的情感含义，但情感的程度显然没有原文那样尖锐。此时译者应在尊重原文、不过度解读的原则下，给予适当补偿。译文中紧贴着双关语的位置，将"остроумие"译为"机智"，"предел"译为"极致"，在尊重原文的基础上微调选词策略，谐音的两个词汇弥补了前文讽刺意味的不足。

语义双关指的是在特定语境下，利用词汇的多义性形成的双关。多义词在语义双关中扮演核心角色。譬如，伊斯坎德尔的小说《北方的金合欢》中有这样的片段：

—**Самоуправление** всех частей России — вот спасение.
—**Самоуправление** у нас кончится **самоуправством**.
— Ну, это филология.
— А что ты думаешь, филология играет огромную роль в политике. **Временное правительство** было обречено на гибель уже потому, что назвало себя **временным**.①

译文：
"俄罗斯的各个区域独立自治——这才是出路。"
"我们的**独立自治**会以**独断专行**告终。"
"好吧，这是措辞问题。"
"你以为呢，措辞在政治中的角色十分重要。**临时政府**在自称**临时**的时候，已经注定了要灭亡。"②

---

① Искандер Ф. А.，*Козы и Шекспир*，Москва：Изд-во Время，2007，стр. 124.
② ［俄］伊斯坎德尔：《北方的金合欢》，文吉译，《芳草：文学杂志》2017 年第 2 期。

当前文本片段中出现了两个由双关语构建的情感潜文本，以及一个信息浓缩的规约潜文本。

两个词形、发音相近的单词"самоуправление"（自治）和"самоуправство"（独断专行）构成谐音形近双关语，表达讽刺的情感含义。由于两个单词都是抽象名词，"самоуправление"又在片段第一句中出现过，因此必须予以传达。译者同时受到潜文本含义和显性语义两方面的制约，可供选词的汉语词汇确实不多。在翻译时，取"самоуправление"的词义"自治"，取"самоуправство"的词义"独断专行"，再在"自治"前面添上"独立"二字，使之与"独断专行"呈现出谐音和形近的效果，同时满足显性语义传达和表现潜文本含义的要求。

在阐释第二个双关语之前，需要先理解"临时政府"这一信息浓缩的规约潜文本。它指的是俄罗斯1917年二月革命后建立的资产阶级临时政府，只存在了八个月左右便被十月革命推翻。

第二个双关语围绕形容词"临时"的多个语义构成。"临时政府"（Временное правительство）中的"临时"取非正式之意，指的是在民选政府建立之前非正式的政府。片段中第二个"临时"则取短时间、暂时之意。由此，语义双关构成了讽刺的情感含义。

双关语和文字游戏的特点以及俄汉双语语言系统间的差异，决定了译者在翻译时不可能恪守原文。双关语和文字游戏作为潜文本构建的手段之一，其核心就在于语言多变、多义的一面。如果在翻译中拘泥于准确性和忠实性，则恰巧违背了运用双关语、文字游戏构建潜文本的初衷。

二 规约潜文本的翻译方法

俄罗斯小说构建规约潜文本的方式主要有不定人称句手法、信息浓缩手法，以及比较罕见的留白手法。在翻译由不定人称句手法构建的规约潜文本时，需要关注文本的微观结构，尤其是零主语和被动语态的运用。在翻译由信息浓缩手法构建的规约潜文本时，需要根据具体情况，采用提示法、注释法等翻译策略。

（一）以不定人称句构建的规约潜文本的翻译方法

在翻译以不定人称句手法构建的规约潜文本时，首要原则是避免在译文中出现动作的施事主体。围绕这一原则，针对不同的情况可以采取三种不同的翻译方法：其一是零主语法；其二是匿名法；其三是被动语态法。

在布尔加科夫的小说《大师与玛格丽特》中，可以见到需要以零主语法翻译的文本片段。

> На Садовую, конечно, съездили и в квартире No. 50 побывали. Но никакого Коровьева там не нашли <...> С тем и уехали с Садовой <...>①

译文：
当然，去过花园街，也到过第 50 号住宅。但什么卡罗维夫都没找到……于是就这样离开了花园街……②

原文在此处以无人称句构建规约潜文本，描写调查机关的行为。在翻译时可以参照原文的句子结构，以零主语的方式传达文中的规约信息。

在某些情况中，俄语句子使用了不定人称句，但由于受汉语的言语规范所限，翻译时无法对应地使用零主语法。还是以《大师与玛格丽特》中的片段为例：

> Лишь только он отделился от лесенки, по которой спускались из кабины самолета, к нему подошли. Этого гражданина уже ждали <...>③

译文：
当他迈出机舱，刚刚走下舷梯时，便有人朝他走去。已经有人

---

① Булгаков М. А., *Избр. произведения*: В 2 т. Т. 2, Киев: Дніпро, 1989, стр. 488.
② [俄] 布尔加科夫：《大师与玛格丽特》，钱诚译，外国文学出版社 1987 年版，第 234 页。
③ Булгаков М. А., *Избр. произведения*: В 2 т. Т. 2, Киев: Дніпро, 1989, стр. 665.

恭候这位公民多时了……①

原文中的两个分句呈现为不定人称句，同样是描写调查机关的规约潜文本。在翻译时，如果译为"朝他走去""这位公民被等候"显然十分拗口，且不符合汉语的言语规范。此时可以使用匿名法，以身份不明的"有人"代替原文中的零主语，传达原有的规约信息。

除此以外，以不定人称句手法构建的规约潜文本还可以用被动语态法来翻译。依旧以《大师与玛格丽特》中的片段为例：

Пропавшего Римского разыскали с изумляющей быстротой <...> К вечеру же пятницы нашли и след Лиходеева.②

译文：
失踪的里姆斯基被找到了，速度之快可谓惊人……星期五傍晚，利霍杰耶夫的行踪也被发现了。③

依照汉语的言语规范，此处的两个不定人称句适合以被动语态法翻译。被动语态法的基本原理，是将动作的接受者作为句子主语，并在动词性谓语前加上"被""让"等介词，以达到隐藏施事主体的目的。

需要指出的是，在符合汉语言语规范的前提下，以不定人称句构建的规约潜文本应尽量使用零主语法和被动语态法翻译，少用匿名法。汉语中的零主语句和被动句与俄语中不定人称句在形态结构上更加相似，在保证规约潜文本传达后，应尽量还原原文的微观结构特征。

（二）以信息浓缩手法构建的规约潜文本的翻译方法

在翻译以信息浓缩手法构建的规约潜文本时，译者常常会面临两难的境地。一方面，潜文本翻译的基本原则规定潜文本不可显译；另一方

---

① ［俄］布尔加科夫：《大师与玛格丽特》，钱诚译，外国文学出版社 1987 年版，第 494 页。

② Булгаков М. А., *Избр. произведения*: В 2 т. Т. 2, Киев: Дніпро, 1989, стр. 661.

③ ［俄］布尔加科夫：《大师与玛格丽特》，钱诚译，外国文学出版社 1987 年版，第 489 页。

面，这种规约潜文本所包含的大量社会文化信息与读者的信息储备密切相关，为了避免读者可能产生的漏读，译者时常需要扩充信息浓缩的语言单位，将部分隐性信息提至文本表层，使其变为显性。

针对这种矛盾，译者应当采取适当的翻译策略和方法，在遵守潜文本不显译的原则与传达规约信息之间寻找平衡点。本研究认为，可以采取的翻译方法有两种，分别为提示法和注释法。

提示法是指适当扩充信息浓缩的语言单位的信息含量，在译文正文中，在规约潜文本的当中或周围设置提示，使读者根据提示联想到该规约潜文本中包含的社会文化信息。

以前文分析过的小说《作家的一天》中的片段为例：

> Причем хитрость марксистов состояла в том, что они при помощи выпивки и закуски приманивали рабочих, чтобы ознакомить их с революционной литературой. А хитрость рабочих заключалась в том, что они, делая вид, что интересуются революционной литературой, были не прочь выпить и закусить задарма. А позже даже за счет **Вильгельма** .①

译文：
> 俄国马克思主义者们的智慧之处就在于，他们在吃喝的帮助下吸引了工人，向他们介绍了革命书籍。而俄国工人们的智慧之处在于，他们做出对革命书籍感兴趣的样子，也不反对白吃白喝。后来甚至让**德皇威廉二世**来买单。②

如前文所述，原文中出现的"Вильгельм"（威廉）指的是德意志第二帝国的末代皇帝威廉二世，传闻他为缓解第一次世界大战东线战场的压力，曾提供资金给俄国革命者以颠覆帝俄政权。

如果译者在翻译时将"Вильгельм"仅仅译为"威廉"，则很难在不熟悉欧洲近代史的读者脑海中建立起"威廉"与俄国革命的关系，

---

① Искандер Ф. А., "День писателя", *Новый мир*, No. 4, 1999, стр. 28.
② ［俄］伊斯坎德尔：《作家的一天》，文吉译，《芳草：文学杂志》2016 年第 4 期。

甚至引起读者的疑惑：这个威廉是从哪儿冒出来的。此时，可以采取提示法，适当提高该规约潜文本的信息含量，将"威廉"扩充为"德皇威廉二世"。

由此，译者既不违背潜文本不显译的原则，又以相同的手法和近似的文本微观结构传达了规约潜文本。对这段野史有所耳闻的读者会解读出其中的社会历史信息和讽刺含义。对于不熟悉的读者，相关提示可以引起他的好奇，使他根据该提示自行搜寻"德皇威廉二世"与俄国革命之间的联系，进而解读出其中包含的潜文本信息。

在翻译以信息浓缩手法构建的规约潜文本时，还可以采取注释法。注释法是指，在规约潜文本出现的页码作脚注，或在结尾作尾注，解释规约潜文本中含有的浓缩信息。

以伊里切夫斯基的短篇小说《白马》中的片段为例：

> Гита была единственной выжившей из большой семьи, обитавшей до войны в местечке под Киевом: родители и пять ее младших сестер сгинули в **Бабьем Яру**. ①

译文：
吉塔战前生活在基辅下面的小地方，她是一大家子的唯一的幸存者：父母与五个妹妹都死在了 **巴比亚尔**。②

文本片段中的地名巴比亚尔是一个信息浓缩的规约潜文本，二战时该地曾发生过犹太人大屠杀事件。由于巴比亚尔是一个小地名，不为大部分中国读者所知，因此在翻译时需要以适当手法展现出其中包含的规约信息。

此处提示法显然不适用，将巴比亚尔扩充为"巴比亚尔犹太人大屠杀"不仅使潜文本变为显性文本，违背潜文本不显译的原则，还会大幅增加句子的信息含量，实际上改写了原文。在这种情况下，译者可以采用注释法，具体操作如下：

---

① Иличевский А. В., *Собрание сочинений*, Москва：ACT, 2012, стр. 161.
② ［俄］伊里切夫斯基：《白马》，文吉译，《芳草：文学杂志》2017 年第 6 期。

吉塔战前生活在基辅下面的小地方，她是一大家子的唯一的幸存者：父母与五个妹妹都死在了巴比亚尔[1]。
......
　　（脚注）[1]巴比亚尔：乌克兰地名，二战时曾发生过犹太人大屠杀事件。译者注

　　在一些特殊情况中，如果信息浓缩的规约潜文本涉及潜文本框架或伏笔等创作手法，为了不过早暴露作者的交际意图，还可以使用尾注。比如，伊里切夫斯基的小说《狮门》中的规约潜文本可以采用尾注的方法进行翻译。狮门是耶路撒冷旧城的城门之一，是基督教教义中耶稣受难的起点。小说《狮门》讲述的是主人公在耶路撒冷城中寻找失踪的弟弟，沿着耶稣受难的"苦路"一去一回，最终找回自己获得救赎的故事。小说题目"狮门"所含有的神学意味直至小说结尾才最终揭示。译者如果在开篇就为"狮门"作脚注，无疑会过早暴露这条规约信息，削弱小说的文学性以及读者在阅读过程中逐渐揭开谜题的快感。此时，译者可以采取尾注的方法，在小说情节收尾之后再补足相关规约信息，使读者久久回味，揣摩该规约潜文本为小说情节带去的神学意味，达成作者的交际意图。具体操作如下：

　　狮门[1]
　　[俄] 伊里切夫斯基
　　......

　　（尾注）[1]狮门：耶路撒冷旧城城门之一，基督教教义中耶稣受难的"苦路"起点。译者注

　　在某种程度上，注释法的运用会将隐性的规约信息部分转化显性信息，只是这种显性信息不位于译文正文当中，而是以脚注、尾注的形式存在于正文之外。脚注、尾注在译文中的位置可以弱化它们的显性存在，避免潜文本过度显性化。
　　在特定的复杂情况下，当构成规约潜文本的核心词语具有多个意义，且文本作者在多义词上做文章时，该规约潜文本的翻译也会复杂

化。此时可以同时使用提示法和注释法。譬如，佩列文短篇小说《睡吧》中有如下片段：

> Отношения с товарищами по институту у него заметно улучшились — комсорг Сережа Фирсов, который мог во сне выпить одиннадцать кружек пива подряд, признался, что раньше все считали Никиту психом или, во всяком случае, человеком со странностями, но вот наконец выяснилось, что он вполне свой. Сережа хотел добавить что-то еще, но у него заплелся язык и он неожиданно стал говорить что-то о сравнительных шансах **Спартака** и **Салавата Юлаева** в этом году, из чего Никита, которому в этот момент снилась Курская битва, понял, что приятель видит что-то **римско-пугачёвское** и крайне запутанное. ①

译文：
> 他与同学的关系明显改善了——谢廖沙·菲尔索夫，可以在梦中连续喝下十一扎啤酒的共青团支书，向尼基塔坦诚说，之前大家都以为他是精神失常，最少也是个怪人，而现在终于弄清楚了，都是自己人。谢廖沙本来还想补充些什么，但是突然结巴，并毫无征兆地开始说起**斯巴达克队**对战**萨拉瓦特·尤拉耶夫队**的可能性，尼基塔此时正梦见库尔斯克战役，于是以为谢廖沙梦中看到的是**古罗马人大战俄国普加乔夫农民军**这种极端混乱的情形。②

文本片段描写的是，半梦半醒的尼基塔与同样半梦半醒的谢廖沙聊天，后者口中的冰球赛事被前者理解为关公战秦琼式的穿越场景。此处出现了两个信息浓缩的专有名词，即"斯巴达克"和"萨拉瓦特·尤拉耶夫"，且二者都是多义词。"斯巴达克"既是俄罗斯著名的冰球队名，也是古罗马著名的角斗士，奴隶起义的领袖之一。"萨拉瓦特·尤

---

① Пелевин В. О.，*Все рассказы*，Москва：Изд-во Агентство ФТМ，Лтд.，1991，стр. 8.

② ［俄］佩列文：《睡吧》，文吉译，《芳草：文学杂志》2013 年第 2 期。

拉耶夫"同样是俄罗斯冰球队名，名字来源于俄国普加乔夫农民起义的领导人之一萨拉瓦特·尤拉耶夫。多义的专有名词使该规约潜文本具有复杂的逻辑关系，在翻译时可以同时采用提示法和注释法，具体操作如下：

首先，在译文中设置提示，将"Спартак"扩展为斯巴达克队，将"Салават Юлаев"扩展为萨拉瓦特·尤拉耶夫队；将"римский"扩展为古罗马人，将"пугачёвский"扩展为俄国普加乔夫农民军。其次，为译文添加脚注：

　　谢廖沙本来还想补充些什么，但是突然结巴，并毫无征兆地开始说起斯巴达克队对战萨拉瓦特·尤拉耶夫队[1]的可能性，尼基塔此时正梦见库尔斯克战役，于是以为谢廖沙梦中看到的是古罗马人大战俄国普加乔夫农民军这种极端混乱的情形。

　　（脚注）[1]斯巴达克和萨拉瓦特·尤拉耶夫：二者同为俄罗斯冰球队名，斯巴达克是古罗马奴隶起义的领袖，萨拉瓦特·尤拉耶夫是俄罗斯普加乔夫农民起义的领导人之一。译者注

在翻译以信息浓缩手法构建的规约潜文本时，注释法的使用应遵守四条规则。其一，在翻译以信息浓缩手法构建的规约潜文本时，注释法是最终手段，当提示法无法满足翻译需要时才使用注释法。其二，译者在使用注释法时，应预估目标读者群的信息储备，对于众人皆知的规约信息可以不予注释。其三，使用注释法翻译以信息浓缩手法构建的规约潜文本时，应使用脚注和尾注，不使用文中的夹注，避免潜文本的显性化。其四，译者在使用注释法时应表明来源，即"译者注"，避免读者产生歧义。

此外还需指出的是，小说文本的篇幅也会制约注释法的使用。在翻译短篇小说中的信息浓缩的规约潜文本时，脚注和尾注都可以使用，并无太大差别。如果翻译对象是中篇小说中的规约潜文本，则最好使用脚注，原则上也可使用尾注。如果翻译客体是长篇小说中的规约潜文本，则译者应选择脚注，而避免使用尾注。长篇小说中的尾注会影响阅读的连贯性，削弱阅读快感，进而影响潜文本的解读。

小结

本章首先回顾了潜文本一词的定义和特性，重申潜文本的核心属性在于潜在性，并具有开放性的次要属性。译者在翻译中如何对待潜文本的两种特性，采取何种翻译方法，实际上涉及翻译的伦理问题。翻译的伦理包括对作者负责，以及对读者负责。其中，对作者负责可以进一步延伸为对作品文本负责，因此译者必须全面理解作品，这其中既包括作者显性表述的文字，也包括作者没有明说的话。显性文本和潜文本都是作者的创作意图、交际意图所在，缺一不可；对读者负责可以进一步阐释为译者应当尊重读者，相信读者，尊重读者的知情权，相信读者的能力和解读意愿。一言以蔽之，译者在翻译潜文本时，应尽量保证作者交际意图的传达，再现潜文本的微观、宏观特征，并保证译文读者能够等同地领会作者的交际意图。

根据潜文本翻译的论题，可以推导出潜文本翻译的原则，共有三条：第一，潜文本不显译；第二，潜文本不漏译；第三，潜文本不过度解读。

潜文本不显译的核心在于，在翻译中保留潜文本的潜在属性。具体到情感潜文本翻译和规约潜文本翻译两种场合，潜文本不显译的原则有相对不同的翻译策略选择。在情感潜文本的翻译中，需要关注具体情感潜文本的构建手法。当情感潜文本是以特殊的微观、宏观结构构成时，在翻译中一般不用刻意关注潜文本不显译的原则，只需依葫芦画瓢即可。在规约潜文本的翻译中，需要特别注意潜文本不显译的原则，尽量避免将信息浓缩的规约潜文本在译文正文中直接展开，或者使用夹注。当潜文本含义的传达与潜文本的潜在性特征发生矛盾时，应当采取适当的方法和策略，一方面确保规约潜文本中含有的信息得以传达，另一方面也顺应作者的交际意图。

潜文本不漏译是一个理想化的完美状况，是所有译者意图达到的目标。要达到某一部作品中的潜文本不漏译，译者需要充分展现"模范读者"的能力，运用文本分析模型对具体的小说文本进行分析。

潜文本不过度解读则需要译者仔细权衡，揣摩潜文本的具体含义和作者的具体意图。如果含义的不确定性是由潜文本的复杂构建手法引起的时候，译者应以相应的构建手法在译文中反映出该潜文本的复杂性。如果含义的不确定性是因为潜文本所包含的信息过于宽泛，应以适当的翻译策略表现出隐性信息可能涵盖的范围。如果潜文本含义的不确定性是作者刻意为之，是作者的交际意图所在，则应在译文中忠实地表现出这种不确定性。

在明确潜文本翻译的三条基本原则后，本章进一步论述了潜文本翻译的具体方法，将之分为情感潜文本的翻译方法和规约潜文本的翻译方法。

在翻译情感潜文本时，如果该潜文本是由重复手法、文本碎片化手法、蒙太奇手法、特殊的标点符号用法或留白手法构建而成的，那么在遵守译入语语言规则和言语规范的条件下，应当尽量还原潜文本在原文中的微观形态和宏观形态。当情感潜文本是由双关语或文字游戏手法构成时，情况要复杂一些，需要在文本微观结构、双关语的显性语义、其潜文本含义以及作者的交际意图之间找到平衡点，必要时还要有所取舍。

在翻译规约潜文本时，如果潜文本是由不定人称句手法构建的，译者需要关注文本的微观结构，尤其是零主语和被动语态的运用。如果潜文本是由信息浓缩手法构建的，需要根据具体情况，采用提示法、注释法等翻译策略。

至此，本研究的论述暂告一段落。对俄罗斯小说中潜文本现象的求索起于文本定义，渐强于文本分析理论，细化于文本分析因素，整合于文本分析模型，反哺于潜文本构建手法，实践于作家作品，最终归于潜文本翻译方法。

结　语

　　语言和文学的发展是一面镜子，直观反映了文明的发展与社会的变迁。使用特定语言的社会发生变化时，其人民的思维也会发生变化，作为思维载体的语言自然而然也会诞生新现象，并随之持续发生变化。当文明与社会的变迁发生得尤为剧烈时，语言中的新现象也会如雨后春笋，层出不穷。

　　文学作为语言的一种特殊形式，忠实记录了语言在发展历程中的各类现象，并使之富集和升华，达到记录、警世和传承的功能。

　　19世纪至当代的俄罗斯民族国家，无疑经历了人类文明近现代发展史上的所有阵痛，并常常置身于历史潮流的风口浪尖。复杂的世界图景反映在人的思维当中，同时纷乱—稳定—再纷乱的社会环境使人的活动更加复杂化。复杂之上的复杂，导致语言的复杂化，并进一步导致文本含义结构的复杂化，使表层意义之下的深层含义不断细化，构建手法不断增加，其作用和地位也持续上升。

　　小说作为文学作品中最为普遍，读者最乐于接受的形式，充分地展现出这种文本复杂化、含义结构复杂化的趋势。19世纪以来的俄罗斯小说文本不断精进技法，记录时代精神、社会氛围和人类情感的手法不断推陈出新，这些变化不仅表现在显性的文字层面上，还尤为鲜明地体现在文本的隐性含义当中。在诸多俄罗斯小说文本中，不仅含义分层成为常态，而且构建潜文本也成为常见的文学创作手法。作家们乐于将自己的交际意图一分为二，一部分作为显性信息置于文字层面，另一部分作为隐性信息置于文字之下，并引领、鼓励读者主动去搜寻和阐释这种隐性信息。

　　这种现象的出现促使语言学者们和文艺研究者们开始正视文本中的信息结构分层现象，正视含义分层现象，正视潜文本现象，并试图从各个角度对这些现象进行分析研究。在实际研究中，无论是早期的功能主义学派，还是当代的交际理论学派、翻译学派、国内的语篇语言学学者们或文体学学者们，都逃不开一个核心研究客体，即文本本身。对文本进行全方位分析是研究潜文本现象的必经之路。因此，我们将文本分析确定为本研究的重点和核心途径之一。

文本分析天然具有复杂性的特点。它由多种因素组成，因素之间权重不尽相同，亲疏有别，且在具体的人类个体身上有不同的切入点、分析路径和组合方式。因此，明确文本分析的组成因素，进而确定各因素的权重、各因素间的关系，最终形成一个具有可操作性的文本分析模型，是研究俄罗斯小说中潜文本现象的必经之路。

本研究提出的文本分析模型将文本分析的因素分为三类，分别是：与文本相关的因素、与人相关的因素、与社会文化环境相关的因素。其中与文本相关的因素包含：文本的语体和体裁、文本的宏观结构（形式结构和含义结构）以及文本的微观结构（句法、词汇、语音、标点符号）。与人相关的因素包含：文本的作者（生平、身份、风格）、文本的读者（群体、语言能力、信息储备）以及文本的译者（语言能力、信息储备）。与社会文化环境相关的因素包括：文本流派与作者流派、文本的直观场景。

在此基础上，本研究详细阐述了文本分析各因素的权重，并将八种因素按其在体系内的权重归为三个等次，分别是：核心因素、重要因素和次要因素。核心因素包括文本的微观结构（句法、词汇、语音、标点符号）、文本的作者（生平、身份、风格）、文本的直观场景。重要因素包括：文本的宏观结构（形式结构和含义结构）、文本的读者（群体、语言能力、信息储备）。次要因素包括：文本的语体和体裁、文本的译者（语言能力、信息储备）、流派。

而后，我们仔细梳理文本分析各因素间的关系问题，以因素在人类思维中的关联程度为标准，将因素之间的关系分为：双向必然联系、单向必然联系、双向偶发联系、单向偶发联系，并逐一划定因素两两之间的关系。通过这一步论述，发现八种文本分析因素呈现出三两成组的聚合状态。

根据文本分析的分类、权重、彼此间的联系，本研究提出了一个专门针对文艺文本，特别是俄罗斯小说文本的文本分析模型，旨在阐释俄罗斯小说文本中出现的潜文本现象及其含义。

以该文本分析模型为基础,我们将俄罗斯小说文本中的潜文本现象进行界定分类:依据潜文本所携带的信息类型,将其分为隐性表现人物角色情感状态的情感潜文本,以及携带规约信息的规约潜文本;依据潜文本出现频率和在文本中存在的跨度,将其分为孤立存在的离散潜文本、贯穿小说文本的恒常潜文本以及在文本局部相互照应的潜文本框架。

进一步地,我们详细分析了上述潜文本类型的构建方式,分别是:以重复手法、文本碎片化手法、蒙太奇手法、标点符号手法、留白手法和文字游戏手法构建情感潜文本;以不定人称句手法、信息浓缩手法以及留白手法构建规约潜文本;以多个具有内在含义关联和内在逻辑联系规约潜文本构建恒常潜文本和潜文本框架。明确潜文本的类型及其构建方式后,我们完成了阐释潜文本的理论准备工作,只待将其代入具体的俄罗斯小说文本中进行检验。

本研究选取了19世纪初至当代共九位知名作家的小说作品作为分析语料。其中包括:19世纪的莱蒙托夫及其代表作长篇小说《当代英雄》,果戈里及其长篇小说《死魂灵》,契诃夫的小说《套中人》《旧房》《亮光》《命名日》《脖子上的安娜》《第六病室》;20世纪上半叶的别雷及其代表作长篇小说《彼得堡》,布尔加科夫及其代表作《大师与玛格丽特》《白卫军》《剧院情史》《红色王冠》;20世纪下半叶和21世纪初的邦达列夫的小说《河流》《铭记》,伊斯坎德尔的小说《山羊与莎士比亚》《在乡间别墅》《开始》《作家的一天》《圣湖》《从瓦良格人到希腊人的路途》《我的叔叔从不负人》《长逝》,佩列文的小说《"百事"一代》《薇拉·巴甫洛夫娜的第九个梦》《蓝灯》《睡吧》,伊里切夫斯基的小说《白马》《狮门》。

在作家作品选择方面,本研究广泛涵盖了俄罗斯文学发展史上的浪漫主义、批判现实主义、象征主义、魔幻现实主义、社会主义现实主义、后现代主义/解构主义等流派,在小说作品的选择过程中并无刻意,更多秉持的是随机性原则:以细读过、翻译过的小说作品为主,前人研究过潜文本现象的作品为辅。即便在这种随机挑选的情况下,我们仍能发现潜文本在俄罗斯小说中的广泛存在,且暗藏着一条发展传承的脉络。这更能说明俄罗斯小说中潜文本存在的普遍性。

提及潜文本发展传承的脉络,对以上九位作家的小说作品进行分析，解析其具体潜文本构建手法并阐释其含义后，我们可以发现该脉络十分明晰瞩目。俄罗斯小说中的潜文本自发源时代起，其构建手法和传达含义的种类便融入社会历史发展和文学发展的道路之中，忠实地反映世界图景的变迁，反映作家及其所代表的人群思维和观念的改变。对九位作家作品进行分析的过程中，以及对可能包含潜文本的片段进行翻译（包括分析经典译文）的过程中，我们始终秉承着一个具体的目标：以提出的文本分析模型去搜寻可能存在的潜文本，以潜文本分类和构建手法理论还原作品中的潜文本外形，并在此基础上阐释其具体含义。

厘清俄罗斯小说中潜文本的含义、潜文本的构建手法以及潜文本的发展和传承的脉络之后，本研究的实用性问题也随之浮出水面：如何将以上研究成果运用到实际的文学翻译当中，如何指引俄罗斯小说中潜文本的翻译。

潜文本的翻译首先涉及翻译的伦理和原则。在潜文本的翻译过程中，应秉承对作者负责，对文本负责以及对读者负责的态度，力求作者的创作意图、交际意图得以表达，文本的功能得以实现，读者的知情权和自由解读权得以保障。在此基础上，可以得出潜文本翻译的三条原则，即潜文本不显译，潜文本不漏译，潜文本不过度解读。

以三条原则为基准，俄罗斯小说中的潜文本的翻译方法可以顺势推导出来。在翻译情感潜文本时，如果该潜文本是由重复手法、文本碎片化手法、蒙太奇手法、特殊的标点符号用法或留白手法构建而成的，则译者应当尽量还原潜文本在原文中的微观形态和宏观形态。当情感潜文本是由双关语或文字游戏手法构成时，译者需要在文本微观结构、双关语的显性语义、其潜文本含义以及作者的交际意图之间找到平衡点，必要时还要有所取舍。

在翻译规约潜文本时，如果潜文本是由不定人称句手法构建的，译者需要关注文本的微观结构，尤其是零主语和被动语态的运用。如果潜文本是以信息浓缩手法构建的，需要根据具体情况，采用提示法、注释法等翻译策略。

含有潜文本的小说作品不是简单的单层文本，而是具有多个层次、多种解读方式和可能性的复杂含义构造体。含有潜文本的俄罗斯小说需要作者与读者的共同努力，才可能展现出其全部的外在美和内在魅力。翻译含有潜文本的俄罗斯小说，则需要译者挖掘并且不断扩展自身的语言知识、信息储备和文学素养，以正确的翻译方法和适当的翻译策略将之外在美和内在魅力和盘托出。在这种意义上，译者已经超越其原文读者和译文作者的双重身份，成为共同作者。

俄罗斯小说中的潜文本是历代俄国作家创新写作手法、实现创作意图和交际意图的重要手段。潜文本与显性文本彼此交织，隐性信息与显性信息并驾齐驱，共同传达人类情感和社会文化信息的现象，反映了时代赋予人类意识的特征，也映射了社会对于历史进程的反应。如此一来，后现代主义者们和解构主义者们推崇的"世界即文本"在俄罗斯小说中得出了相反的解读——"文本即世界"。这恰巧暗合了汉语中"一花一世界，一木一浮生"的表述。细微见知著，于文本中见世界和世界的变迁，研究文本可探究孕育它的世界，研究潜文本便可一窥世界羞于示人的部分。

参考文献

Cook G., *Discourse*, Oxford: Oxford University, 1989, p.80.

Halliday M.A.K., *Explorations in the Functions of Language*, London: Edward Arnold, 1973, p.107.

Neubert A., "Pragmatische Aspekte der Übersetzung", *Grundfragen der Übersetzungswissenschaft*, Leipzig, 1968, pp.21-33.

Newmark P., *A Textbook of Translation*, London: Prentice Hall, 1988, pp.77-78.

Nord C., *Text Analysis in Translation: Theory, Methodology and Didactic Application of a Model for Translation-Oriented Text Analysis*, Amsterdam & New York: Rodopi B.V., 2005, p.84.

Акимова Г.Н., *Новое в синтаксисе современного русского языка*, Москва: Высшая школа, 1990, стр.101.

Акимова Г.Н., "Водонапорная башня В.Пелевина-синтаксический нонсенс?", *Мир русского языка*, No.3, 2006, стр.26.

Алексеева И.С., *Текст и перевод: впросы теории*, Москва: Изд-во Междунар.Отношения, 2008, стр.48, 50-56, 71-72, 149.

Алексеева И.С., *Введение в переводоведение*, СПб.: Филологический факультет СПбГУ, 2012, стр.22.

Арнольд И.В., "Импликация как приём построения текста и предмет филологического изучения", *Семантика. Стилистика. Интертекстуальность: СБ. статьей*, СПБ.: Изд-во С.Петерб.Ун-та, 1999, стр.77.

Арнольд И.В., "О понимании термина《текст》в стилистике декодирования", *Семантика. Стилистика. Интертекстуальность: СБ. статьей*, СПБ.: Изд-во С.Петерб.Ун-та, 1999, стр.148, 157.

Ахманова О.С., *Словарь лингвистических терминов*, Москва: Советская энциклопедия, 1969, стр.331.

Белинский В.Г., *Белинский В. Г. Собрание сочинений: В 9 т. Т. 4*, Москва: Художественная литература, 1979, стр.156.

Белый А., *Мастерство Гоголя: Исследование*, Москва: ГИХЛ, 1934, стр.236, 302.

Белый А., *Петербург*, Москва: Прогресс-Плеяда, 2010, стр.9, 12, 21, 33, 183, 370.

Богатырева И., *Замкадыш*, Октябрь, No.3, 2017, стр.28.

Бондарев Ю. В., *Собрание сочинений: В 4 т. Т. 1*, Москва: Молодая гвардия, 1973, стр.198, 199, 367, 370, 373, 386.

Борисова М.Б., "Подтекст в драме Чехова и Горького", *Норма и функционирование языковых единиц: межвуз. сб. науч. тр.*, Горький: Изд-во Горьк.Ун-та., 1989, стр.111.

Брандес М.П., *Предпереводческий Анализ Текста*, Москва: Тезаурус, 2001, стр.5.

Бродский И. А., "По ком звонит осыпающаяся колокольня", *Иностранная литература*, No.5, 2000, стр.244.

Брудный А. А., "Подтекст и элементы внетекстовых знакомых структур", *Смысловое восприятие речевого сообщения*, Москва: Наука, 1976, стр.152-154.

Брудный А.А., *Психологическая герменевтика*, Москва: Лабиринт, 2005, стр.32.

Булгаков М.А., *Избр. произведения: В 2 т. Т.1*, Киев: Диiпро, 1989, стр.68, 286, 288, 289, 290.

Булгаков М.А., *Избр. произведения: В 2 т. Т.2*, Киев: Диiпро, 1989, стр.191, 487, 488, 612, 659, 661, 665.

Валгина Н.С., *Теория текста*, Москва: Изд-во Логос, 2003, стр.17, 185, 245, 246.

Вересаев В. В., *Гоголь в жизни: Т. 1*, Москва: АСТ, 2017, стр.393.

Википедия, *Николай II*, https://ru.wikipedia.org/wiki/Николай_II.

Виноградов В. В., *Избр. Труды*: *о языке художественной прозы*, Москва: Наука, 1980, стр.223.

Воропаев В.А., "Последние дни Гоголя как духовная и научная проблема", *Филаретовский альманах*, No.5, 2009, стр.114.

Гальперин И.Р., *Текст как объект лингвистического исследования*, Москва: Изд-во КомКнига, 2007, стр.18, 44.

Герд А.С., *Большой академический словарь русского языка*: Т.10, СПБ.: Изд-во Наука, 2004, стр.651.

Герштейн Э. Г., *Судьба Лермонтова*, Москва: Художественная литература, 1986, стр.351.

Гиллельсона М.И., *М.Ю.Лермонтов в воспоминаниях современников*, Пенза: Пензенское книжное издательство, 1960, стр.37.

Гоголь Н.В., *Гоголь Н.В.Собрание сочинений*: *В 7 т.Т.5*, Москва: Художественная литература, 1978, стр.25, 127-128, 150.

Голякова Л.А., "Проблема подтекста в свете современной научной парадигмы", *Вестник Томск.гос.пед.ун-та.*, No.5, 2006, стр.94.

Долинин К.А., "Имплицитное содержание высказывания", *Вопросы языкознания*, No.6, 1983, стр.39.

Ермакова Е.В., *Имплицитность в художественном тексте*, Саратов, 2010, стр.8.

Звегинцев В.А., *Предложение и его отношение к языку и речи*, Москва: Изд-во Московского университета, 1976, стр.298.

Золотовая Г. А., "Текст как главный объект лингвистики и обчения языку", *Русское слово в мировой культуре*: *Материалы X Конгресса МАПРЯЛ.Сб.докладов*, СПБ., 2003, стр.102.

Иванчикова И.И., *Синтаксис художественной прозы Достоевского*, Москва: Наука, 1979, стр.173.

Иличевский А. В., *Собрание сочинений*, Москва: АСТ, 2012, стр.22-28, 161, 163, 167.

Искандер Ф.А., *Избранное*, Москва: Советский писатель, 1988, стр.406, 407, 422.

Искандер Ф.А., *Стоянка человека*, Москва: Изд-во Правда,

1991, стр.262.

Искандер Ф.А., "День писателя", *Новый мир*: No.4, 1999, стр. 26, 27, 28, 31.

Искандер Ф.А., *Козы и Шекспир*, Москва: Изд-во Время, 2007, стр.22, 23, 25, 29, 124.

Искандер Ф.А., *Путь из варяга в греки*, Москва: Изд-во Время, 2008, стр.505, 506, 508.

Искандер Ф.А., *Святое озеро*, Москва: Изд-во Проспект, 2013, стр.4, 8.

Искандер Ф.А., *Малое собрание сочинений*, Москва: Изд-во АЗ-БУКА, 2014, стр.7, 10, 14, 16, 102, 103, 112.

Кайда Л.Г., *Стилистика текста: от теории композиции к декодированию*, Москва: Флинта, 2004, стр.63.

Канукова И.К., "К вопросу о разграничении понятий чувство и эмоции", *Актуальные проблемы филологии и педагогической лингвистики.Вып.VIII*, Владикавказ, 2006, стр.101.

Кожина М.Н., "Соотношение стилистики и лингвистики текста", *Филологические науки*, No.5, 1975, стр.63.

Коллектив авторов, *Большая советская энциклопедия: Т.20*, Москва: Советская энциклопедия, 1958, стр.137.

Комиссаров В.Н., *Современное переводоведение*, Москва: ЭТС, 2004, стр.192.

Кубрякова Е.С. "О тексте и критериях его определения", *Текст: Структура и семантика*, Москва, 2001, стр.77, 80.

Лермонтов М.Ю., *Герой нашего времени*, Москва: Academia, 1937, стр. 161, 234, 235, 237, 241, 242, 247, 252, 258, 291, 309.

Лихачёв Д.С., *О филологии*, Москва: Высшая школа, 1989, стр.40.

Лотман Ю.М., *Семиотика культуры: Избр. статьи*, Таллин: Изд-во Александра, 1992, стр.206.

Лотман Ю.М., *Об искусстве*, СПБ.: Искусство – СПБ., 1998,

стр.325, 327.

Лотман Ю. М., *Семиосфера*, СПБ.: Искусство - СПБ., 2001, стр.506.

Лурия А.Р., *Язык и сознание*, Москва: Изд-во Московского университета, 1998, стр.55.

Лю Ди, "Прагматические аспекты перевода русского деепричестия на китайский язык", *Мир русского слова*, No.2, 2016, стр.24.

Масленникова А. А., *Лингвистическая интерпретация скрытых смыслов*, СПб.: Изд-во С.-Петерб.ун-та, 1999, стр.260.

Миллер О.В., "Лермонтовские места и маршруты", *Литературная энциклопедия*, Москва: Советская Энциклопедия, 1981, стр.250-252.

Миньяр-Белоручев Р. К., *Теория и методы перевода*, Москва: Московский Лицей, 1996, стр.50-52.

Николаева Т. М., *Лингвистический энциклопедический словарь*, Москва: Советская энциклопедия, 1990, стр.507.

Пелевин В.О., *Все рассказы*, Москва: Изд-во Агентство ФТМ, Лтд., 1991, стр.8, 12, 34, 35, 40, 42, 48.

Пелевин В.О., *Generation "П"*, Москва: Вагриус, 1999, стр.16.

Пелевин В. О., *RELICS: Ранее и неизданное*, Москва: Эксмо, 2005, стр.7, 48.

Пушкарёва Н.В., *Подтекстовые смыслы в прозаическом тексте*, СПБ.: Филологический факультет СПБГУ, 2012, стр.16, 22, 103, 106, 172.

Рогова К.А., "О смысловой глубине текста", *Материалы XXVII межвуз. нау. - метод. конф. преподавателей и аспирантов*, СПБ., 1998, стр.29.

Ронен О., "Подтекст", *Звезда*, No.3, 2012, стр.166.

Сидорова М.Ю., "К проблеме определение художественного текста", *Текст: Структура и семантика*, Москва, 2005, стр.133.

Скребнев Ю.М., *Очерк теории стилистики*, Москва: Флинта, 2016, стр.19-20.

Соколов Б.В., *Булгаковская энциклопедия*, Москва: Локид-Миф,

1996, стр.70.

Солженицын А.И., *Рассказы*, Москва: АСТ, 2009, стр.24.

Сухих И.Н., "Чехов в XXI веке", *Нева*, No.8, 2008, стр.175.

Тюленев С. В., *Теория перевода*, Москва: Гардарики, 2004, стр.217.

Унайбаева Р.А., *Категория подтекста и способы его выявления: на материале англо-американской художественной прозы XX века*, Москва, 1980, стр.4.

Филин Ф.П., *Руский язык. Энциклопедия*, Москва: Советская энциклопедия, 1979, стр.348.

Чернейко Л.О., "Художественный текст как чтение и его филологическая интерпретация", *Текст. Структура и семантика. Доклады У111 Межвузовской конференции*, Москва, 2001, стр.146.

Чехов А. П., *Собр. соч.: В 12 т. Т. 5*, Москва: ГИХЛ, 1956, стр.385.

Чехов А.П., *Собр. соч.: В 12 т. Т. 6*, Москва: ГИХЛ, 1956, стр. 154, 164, 188.

Чехов А. П., *Собр. соч.: В 12 т. Т. 7*, Москва: ГИХЛ, 1956, стр.131.

Чехов А.П., *Собр. соч.: В 12 т. Т.8*, Москва: ГИХЛ, 1956, стр. 20, 154.

Чехов А. П., *Собр. соч.: В 12 т. Т. 11*, Москва: ГИХЛ, 1956, стр.429.

Чехов М.П., *Вокруг Чехова*, Москва: Правда, 1990, стр.55.

Чубарова В.Н., "Скучная история А.П.Чехова: опыт интерпретации", *Изв. Южн. Ун-та. Филол. науки*, No.4, 2009, стр.25.

Швейцер А. Д., *Теория перевода: Статус, проблемы, аспекты*, Книжный дом ЛИБРОКОМ, 2012, стр.54.

Шубина Н.Л., *Пунктуация современного русского языка*, Москва: Академия, 2006, стр.88.

Эйзенштейн С.М., *Избр. Произведения: В 6 т. Т.2*, Москва: Искусство, 1964, стр.165.

Эйхенбаум Б.М., *Лермонтов М.Ю. Герой нашего времени*, Москва: Изд-во АН СССР, 1962, стр.161.

Эйхенбаум Б.М., *М. Ю. Лермонтов: Исследования и материалы*, Л.: Государственное изд-во, 1979, стр.223.

Эко У., *Открытое произведение: Форма и неопределённость в современной поэтике*, СПБ.: Изд-во Симпозиум, 2006, стр.13.

Ярцева В.Н., *Лингвистический энциклопедический словарь*, Москва: Советская энциклопедия, 1990, стр.238.

［俄］别雷：《彼得堡》，靳戈等译，作家出版社1997年版。

［俄］博加特廖娃：《莫漂》，刘早译，《世界文学》2018年第1期。

［俄］布尔加科夫：《大师与玛格丽特》，钱诚译，外国文学出版社1987年版。

［俄］布尔加科夫：《白卫军》，许贤绪译，作家出版社1997年版。

［俄］布尔加科夫：《剧院情史》，石枕川译，作家出版社1998年版。

［俄］邦达列夫：《河流》，文吉译，《芳草：文学杂志》2013年第5期。

［俄］邦达列夫：《铭记》，文吉译，《芳草：文学杂志》2014年第4期。

［俄］果戈里：《死魂灵》，陈殿兴等译，湖南文艺出版社2001年版。

黄秋凤等：《文本译前分析与原作语言表现力的再现——以契诃夫〈胖子和瘦子〉为例》，《牡丹江师范学院学报》（哲学社会科学版）2012年第3期。

胡谷明：《篇章修辞与小说翻译》，上海译文出版社2004年版。

胡谷明等：《阐释俄罗斯文学作品中潜文本现象的文本分析模型》，《俄罗斯文艺》2017年第3期。

姜蓉：《纽马克文本分类模式评析》，《西南民族大学学报》（人文社科版）2007年第9期。

［俄］莱蒙托夫：《当代英雄》，翟松年译，人民文学出版社1956年版。

刘宓庆：《当代翻译理论》，中国对外翻译出版公司1999年版。

刘早：《高加索的山风——法济利·伊斯坎德尔论》，《江汉论坛》2017年第6期。

路海跃：《谈隐性照应的翻译》，硕士学位论文，北京外国语大学，2016年。

卢玉卿：《文学作品中言外之意的翻译研究》，博士学位论文，南开大学，2010年。

牧阿珍：《19世纪俄罗斯诗歌中的"彼得堡文本"》，硕士学位论文，哈尔滨工业大学，2012年。

［俄］佩列文：《"百事"一代》，刘文飞译，人民文学出版社2001年版。

［俄］佩列文：《睡吧》，文吉译，《芳草：文学杂志》2013年第2期。

［俄］佩列文：《蓝灯》，文吉译，《芳草：文学杂志》2013年第4期。

［俄］佩列文：《薇拉·巴甫洛夫娜的第九个梦》，文吉译，《芳草：文学杂志》2014年第5期。

［俄］契诃夫：《亮光集》，汝龙译，上海译文出版社1982年版。

［俄］契诃夫：《妻子集》，汝龙译，上海译文出版社1982年版。

［俄］契诃夫：《第六病室》，汝龙译，学苑音像出版社2005年版。

［俄］契诃夫：《套中人》，诸逢佳等译，湖北人民出版社2006年版。

［俄］契诃夫：《契诃夫文集》，李辉译，中央编译出版社2010年版。

钱锺书：《管锥篇》（第一册），中华书局1979年版。

邵敬敏：《说言外之意》，《华东师范大学学报》1990年第4期。

申丹：《叙事、文体与潜文本——重读英美经典短篇小说》，北京大学出版社2009年版。

石安石：《语义论》，商务印书馆2005年版。

［俄］索尔仁尼琴：《年轻人》，文吉译，《芳草：文学杂志》2013年第3期。

塔尔斯基：《语义性真理概括和语义学的基础》，马蒂尼奇《语言哲学》，商务印书馆 1998 年版。

文吉：《佩列文的幻境》，《芳草：文学杂志》2014 年第 3 期。

伍光谦：《语义学导论》，湖南教育出版社 1988 年版。

徐盛桓：《广义含意理论的建构》，《外语研究》1998 年第 2 期。

徐盛桓：《含意的两种形态》，《外语与外语教学》1997 年第 2 期。

徐盛桓：《含意本体论论纲》，《外语与外语教学》1997 年第 1 期。

［俄］伊里切夫斯基：《白马》，文吉译，《芳草：文学杂志》2017 年第 6 期。

［俄］伊斯坎德尔：《开始》，文吉译，《芳草：文学杂志》2015 年第 5 期。

［俄］伊斯坎德尔：《卡齐姆叔叔的马儿》，文吉译，《芳草：文学杂志》2016 年第 1 期。

［俄］伊斯坎德尔：《圣湖》，文吉译，《芳草：文学杂志》2016 年第 2 期。

［俄］伊斯坎德尔：《作家的一天》，文吉译，《芳草：文学杂志》2016 年第 4 期。

［俄］伊斯坎德尔：《在乡间别墅》，文吉译，《芳草：文学杂志》2016 年第 6 期。

［俄］伊斯坎德尔：《北方的金合欢》，文吉译，《芳草：文学杂志》2017 年第 2 期。

［俄］伊斯坎德尔：《从瓦良格人到希腊人的路途》，文吉译，《芳草：文学杂志》2017 年第 4 期。

［俄］伊斯坎德尔：《山羊与莎士比亚》，文吉译，《芳草：文学杂志》2017 年第 5 期。

［俄］伊斯坎德尔：《我的叔叔从不负人》，文吉译，《芳草：文学杂志》2018 年第 3 期。

［俄］伊斯坎德尔：《长逝》，文吉译，《芳草：文学杂志》2019 年第 1 期。

张春柏：《潜文本与文学翻译——从电影片名 Waterloo Bridge 的翻译说起》，《中国外语》2011 年第 2 期。

张文英等：《解读诺德翻译导向的文本翻译模式》，《长春理工大学学报》2012年第5期。

张应林：《语篇分析学》，华中师范大学出版社2006年版。

朱琳：《翻译导向的文本分析综合模式理论基础及教学启示》，《外语教学》2012年第5期。

后 记

  俄罗斯语和俄罗斯文学于我而言，是一份缘分，一段奇遇，以及生命中时远时近、最终无可割舍的重要元素。

  2002年春，当我正在为数学头疼不已，学校为我偏科头疼不已，而家人也为我的高考前途头疼不已时（各位读者肯定注意到了，这里是以重复手法构建情感潜文本），北京第二外国语学院俄语系来到我所在的中学提前单独招生，且只考语文和外语两科。数学尤其吃力的我，这两门却是游刃有余。4月，录取通知书便到达手中。父亲与俄国文学颇有渊源，知晓俄罗斯语言文学学习的难度，先知先觉地拜访武汉大学俄语系一位老师，将我送去进行俄语入门。直到多年以后，这位老师又教授我博士期间的修辞学和符号学，她便是武大俄语系的系主任郑文东先生。缘，妙不可言。

  2011年秋，在某高校做了五年行政工作的我觉得腹中空空，也为荒废了专业心疼不已，遂考入华中师范大学俄语系，师从张豫鄂先生。也是在这一年，我开始了俄罗斯文学翻译工作，并毫无经验地选择后现代主义文学作为起步，后来的事实证明，这实际上成为一种压力测试。重压之下，既明白了自己的粗浅，也锻炼了实践和实操。硕研阶段的外国教师是伊琳娜·米特罗法诺夫娜，几年以后，她的丈夫米哈伊尔·布吉米罗维奇又教授我读博士期间的俄罗斯语言文化。缘，妙不可言。

  2015年秋，我考入武汉大学俄语系，师从胡谷明先生，正式从理论和实践两个方面接触俄语翻译和文学翻译。如果说之前的文学翻译工作是误打误撞，全凭自己悟，那么从这一年起，翻译理论成为我最坚实的基础和最强大的工具。也是在这一年，我开始大量翻译俄国当代的现实主义文学作品，尤其是描写山民和乡土的自然主义小说。这些作品中，对人民幽默、狡黠和智慧的刻画，让我时常拍手叫绝，屡屡醍醐顿悟；对大山中自然景观、乡土风情尤其是山民习俗的描写，对于从小在山里摸爬滚打的我是如鱼得水，翻译起来得心应手。跨越 8000 公里的地理人文和语言文学就这样交织在一起。缘，妙不可言。

在胡谷明先生门下求学期间，师徒二人常常就各种先锋问题、理论前沿进行热烈讨论，迸发出不少新鲜的想法和思路。胡谷明先生不仅有丰富的翻译理论知识和很高的翻译实践水平，对于各家译论的观点更是如数家珍，信手拈来。正是先生一针见血地指明，在当前文学翻译理论领域，对潜文本、潜台词的研究才刚刚起步。现存的学术成果或针对具体的文学作品，或针对潜文本现象本身进行研究，而潜文本的阐释和翻译方面还未见成体系的论述。同时，先生还敏锐地发现我的翻译作品中存在丰富的潜文本现象，而且很多情况下，我采取的翻译策略、翻译方法和具体翻译操作是值得商榷的。于是，本作的研究方向、研究意义和研究材料都逐一明晰，《潜文本的阐释与翻译》这部作品开始逐渐在脑海中成型。

2018 年早春，文稿初成。借着尚未退去的文思，我直抒胸臆写下这篇致谢词：

> 时序三月，江汉春意渐浓。珞珈埋首三载，侘傺之际，闻道竟胜虚度之三旬。然樱风飘白日，邺景东驰流，一朝掩卷搁笔，才觉梅馨散，丹枫焕绿，珞樱英落缤纷；待金桂浮香之期，恐已是另一番光景。
>
> 忆背水求学时，得恩师胡谷明先生不弃愚钝收入门下，以渊博所学倾囊相授。先生之言如幽潭石溅，回响无穷，拨晚生胸中迷云以见日，乃得窥学问门径。入师门才醒自身粗浅，恩师以充栋学识引路，以严谨治学正人，以策略技巧点拨，琢顽石以方正经纬，发人潜力超逾自我。三年求学，读、译、编、著皆小有积累，虽仍显稚拙憨钝，但较之畴昔已别若云泥，其中无不沁透恩师之教诲。先生知遇，如同再造。学海扁舟，当谨记先生教导，一日三省勤勉不息。
>
> 更有郑文东先生、包向飞先生拓晚生眼界，一瞥学科交叉之魅力，获灵感如醍醐灌顶；刘永红先生、张豫鄂先生、韩全会先生、付晓霞先生、祖淑珍先生、张惠芹先生、张冬梅先生、于春芳先生、刘春晖先生、韩小也先生授晚生以渔技，时而温言相润，至今

万斛泉源受用不尽。

家人鼎力相支，以水米文学相哺，以言行风骨为范；爱人包容不弃，力担良多，抚小女聪慧可人，得此港湾夫复何求。

同窗诸位博士多有交流碰撞，笑辩间火花迸发，不啻青梅煮酒，得益颇多。来日无论蹉跎顺逆，当共励共勉。

徐跬稳踏，前路已近。虽未知曲直缓急，然师长提携相助，亲友关爱相伴，纵使书山卷海也只闲庭信步，不冀闻达繁华，但求无愧于众人。

谨以此文献予山湖楼宇、师长贵人、家人亲友，虽口拙难吐，铭感五衷。

时至今日，这部作品的研究思路已经发散开去，化为涓涓细流，在各个方向上叮咚作响，提醒我继续研究并深挖其潜力。与俄语的缘分，与俄国文学的缘分，与俄罗斯语言文学大师们和学者们的缘分，与俄国作家以文神交的缘分，才刚刚起始，在每一个路口每一个转角等待相遇。

书稿在修订和成型过程中，得到武汉大学马萧先生、熊伟先生、方兴先生、郑文东先生，华中师范大学刘永红先生，中南财经政法大学朱红琼先生提出的宝贵意见。本书的出版得到中国社会科学出版社的大力支持。在此向他们的帮助和支持表示诚挚的感谢。

本书是作者的第一部论著，是将俄罗斯语言文学研究和翻译理论研究相结合的一次尝试。书中涉及多个学科领域的术语和理论体系，作为语料的文学作品在年代上跨度较宽，涉及不少国情文化元素，这使研究难免存在不足和疏漏，恳请各位读者和专家批判指正。

刘早
2019 年 1 月于武汉大学